王苏辛 著

象人渡

上海文艺出版社

目录

001　接下来去荒岛

039　东国境线

139　雍和宫

179　象人

241　二流小说家

273　我出生了,但

299　后记

接下来去荒岛

一

我已经远离 W 城,在南部一座地级市当博物馆解说员——这是我步入社会以来,做的唯一一份和大学时所学的历史专业对口的工作。我背熟了几套不同的讲词,能应付各式各样的观光团和视察。口舌繁忙之际,我的注意力总停留在博物馆玻璃墙外阳光下巨大的飞蛾上。它们穿过阳光与阴影的边缘地带,如果目光匆促,会误以为它们背部的花纹只有一半,而另一半是深浅不一的灰色。

有关张洋的讯息一面在朋友圈深处隐隐显现,一面又在校友群内偶然跳动。有人会发张洋故乡老房子的照片,有人会 po 出一张人群中有张洋的合照。它们随着飞蛾隐喻式的展示,在我面前铺陈开来。

回到我与张洋相识初始,他似每一个外在表现都与我不同,却在内心深处之事上与我一致。后来,他身上与我不同的地方开始占据主导地位,直接改变了他的人生走向。

他这种不同，也成为我牵挂他其后这些年生活的主要原因。起初，每每看到张洋与外在不同的一点真相，我就迫不及待告诉每一个人。到后来，我渐渐沉默，尽管即使我不说，也并未有谁真的想刺探。与他最后那次会面，是在他W城的廉租房内。那时他已经开始了真正意义上的事业，房间内只有一张床，书都摆放在卧室的四个角落。他过于瘦弱的身躯不会让人联想到疾病，反而充满饱含勃勃生机的朴素感。期间我们一直听港台老歌，我记得的一首，是罗大佑的《现象七十二变》。他的唱片机和电脑擦拭得一尘不染，一如歌里唱得那样明亮。那次见面，他说了大概二三十句话，是他历来与我交谈中言语最少的一次。并像过去一样，只谈论自己的事，对外面新发生的事情一无所知，好像天然就该不知道，好像永远不会感兴趣。但因为其中包含的巨大专注，吸引我不住往下听。

我待到黄昏就匆匆离去，没有吃张洋准备的火锅。他仍像过去一样，不为我的突然离去感到沮丧，仿佛先离开的仍是他自己。送我走出小区大门时，他依旧挥挥手道："加油宋飞。"张洋的"加油"没有太多感情色彩，就像别人说"再见""下次见""后会有期"等等一样。我看着他的身影被来往车辆的倒影遮蔽，觉得有另一双我的眼看着我被人群吞没。我突然觉得我必须离开W城了，但我没能告诉张洋。我们的友情早已脱离了年少时分享秘密的阶段，我们只谈论遥远的事物和隐藏具体指涉的内心困顿。我希望那是一次和往常一样的会面。可当我重新想起他时，突然觉得，也许张洋早于我发现了我的不同，难得煮了一顿较为正式的饭菜——这对他来说已是奇迹。只是感觉到这些细节时，张洋已经离我，或者说，我已经离张洋越来越远。

二

二〇〇八年夏天，我刚到 W 城，租住在一户老公房内，和五十岁的房东阿姨同居一室，只一层厚厚的亚麻布帘把我们隔开。她喜欢把内衣晾晒在床头，最炎热时也不开空调，让我把洗脸水囤积起来冲厕所。我总觉得房间内充斥着一股酸腐味，却也不便挑明——我只租得起这样一个床位，含水电费一个月五百。

我原计划在英语培训学校找一份一周两天班的代课工作，其余时间能有机会做自己想做的事情，尽管事实上我唯一做的事也就是在城内游荡而已，我根本不知道自己想做什么。我做不到在工作中和那些同事正常交流，时常处于暴躁中。某个上午，我结算了一个月的工资，打印了一叠简历，泡在人才市场里，把肉眼可见的工作，全都面试了一遍，但一无所获。后来，从我报出学历到面试结束，HR 脸上的惊喜渐渐变成一种厌倦，她觉得我名牌大学的学历及流利的英语是最核心的竞争力，可我最终毕业的专业与他们的需求不对口，且我大学四年换了三个专业，虽证明我的学习能力很强，却因此让他们不相信我真的愿意在他们行业久留。最后，她微笑着告诉我"你很优秀，但我们没有适合你的职位"。到了晚上，我在焦虑中接纳了先前婉拒的初中英语兼数学教材编辑工作，其间换了一间单间租住。扣除租金和餐费、交通费，平均每个月只能留下五百到一千元。而决定我生活乐趣的，就是这五百到一千元。我去健身房办了月卡，还常常和不同的网友相约组狼人杀局和台球局，和办公室的沉默寡言不同，面对这些陌生人我变得非常活跃，尽管每一次游戏结束后我便把他们删掉，或退出小组。

这样的生活一直持续到第二年秋天，我终于在办公室发了火，在准备拂袖离去时，突然接到一位大学师兄的电话。

在第一和第二次换专业间隙，师兄给了我很大帮助，除了帮我跟他相熟的老师沟通，还带我参加了一次校园旅游团，完成了十天的云贵川之旅。结识了新朋友，那个学期我终于得以平稳度过。

师兄告诉我，他来W城出差，想和我见一面。我在W城很久没有朋友，这个电话给了我一些希望，一下班，便直奔约好的商场。

此次见面，师兄见到我比往日更显热络，他喋喋不休地说着自己正在进行的事业，并热情邀请我参与。我仔细听了后发现是医疗器材销售,顿时生疑,却不好意思挑明。接着,师兄说起自己在老家的项目出现问题,需要尽快回去一段时间。我一时恍惚,问他老家在哪,他却突然沉默,向我介绍起坐在后面一排的张洋。他说这是我们共同的学弟,本来还有两年才毕业,但恐怕已经毕不了业了,又急需一份工作,能包吃住、交五险一金即可。我看过去,只觉得张洋长得特别瘦小,说是一把骨头摆在椅座上也不为过,年纪轻轻面部已经因为过瘦长了不少小细纹,如果不是脸上始终挂着神采奕奕的笑容,我会觉得他是一位肾衰竭病人。我示意张洋坐过来,师兄却摆摆手说"他一向如此,和第一次见面的人吃饭,要坐旁边桌"。

"还好今天人不太多。"我讪笑着,给自己点了咖喱饭,给师兄和张洋各点了一菜一汤,另点了几串羊肉我们共同吃。在准备点茶水时被张洋伸过来的手拦住。

"我们没钱。"他大声说。

我一愣:"我请。"

师兄则突然收敛笑容道:"等一会儿我要走,不用了。"

这顿饭吃得比我想象中要快,师兄全程兴奋地演讲,我完全插不上话,唯有的几句也是关于工作和一些乏味的日常琐事,这让我很是失望。将近八点时,师兄突然起身接了电话,再匆匆赶来时,问我有没有一千元,他急需给同事转账一笔钱,可自己的卡都在女朋友那里。我没有质疑他的话,甚至因为迟钝,快速在旁边自动提款机转了账。

送师兄到地铁站时,他再次喋喋不休邀请我和他一起加入医疗器材销售的公司,向我聊起最近读的书,其中一本叫《出埃及记》,嘱我一定要看看。等师兄的身影埋入地铁人流,我转身要去坐公交之际,张洋竟还在我的身后。在和师兄的会面中,他全程似是透明人一般,只是笑着,现在却像一块存在感极强的磁铁,让我不得不盯着他,甚至戒备和警惕起来。

"你被骗了。"他大声道。

"什么?"

"陈启明没什么项目,他这次就是来骗你钱的。"张洋继续说,"不过他不是专程来骗你的,他只是想让你加入他们传销,但他不忍心,骗你点钱能让他暂渡难关,又能心理上平衡一些。"

"你在说什么?"我又莫名又惊讶。

"他被传销骗了,借遍了能借的钱,今天不带回卖产品的钱,就拿不回行李。"张洋道,"我来之前已经买了他一瓶产品,花了五百。"

我完全被震惊了,只好说:"你刚才怎么不告诉我?"

"他不是坏人,只是误入歧途,我们没能力劝服他,报警也没用,就算一时把他给掰正了,他还要跟我们绝交。绝交我是可以的,可你能接受吗?何况,我们借机都算还了人情,不也是好事一桩?再说,刚才我也暗示你了啊。"张洋一改前面的愣头青派头,突然老成起来。我不禁觉得自己才是学弟。

"我怎么确定你现在说的就是对的,师兄还给你介绍了工作的。"

"他刚才说的工作就是那个传销。我怎么可能去呢?我现在说的当然是对的,否则我现在也可以不说,等你自己发现。"

我一时气急,却也找不到发泄的理由:"你现在为什么告诉我?你确实可以不说。"

"我有义务让你知道真相。"张洋道,"不过,既然我在,师兄的钱,就算我欠你的。"

"如果师兄回不来了呢,如果他被传销组织扣了呢?"

"他今天能出来,就说明他已经被洗脑成功了。否则他们会放他出来?你看着吧,他肯定还会回去。"

"我们就放任不管?"

"你能管什么?恐怕下次他问你要钱,你还是要借,不如现在趁机屏蔽了算了。"他说着,已经把师兄的手机号码拉入了黑名单。

三

那之后很久我都没再见师兄,尽管难以接受他入了传销组织的事实,却也庆幸他未再主动联系我。而张洋,渐渐和我熟络起来。在人多的场合,他表现得比我们第一次见面时更开朗，但私下与我交流时表情又显得过于严肃，他似没有冷淡和开心之间的第三种表情，以致我曾误以为他的严肃是因为生气。

我介绍张洋去教材出版社面试，起初一切顺利，他的笔试分数很高，刁钻的冷僻词也只错了一道题，面试时也算回答流畅，甚至我怀疑他为了留下更好的印象，故意在一些原本很清楚的问题面前停顿了几秒，以示认真。但因为没有学位证，张洋只能拿着和实习生差不多的工资，好处就是一周只需要去四天，可张洋从周一到周六都喜欢在办公室待着。有时候他也不完全在看稿子，而是观察和研究着办公室每个人的喜好。但他很少与大家主动交流，更愿意一个人待着，即使是我，也好几次被他甩下，不得不独自去食堂吃饭。

只一次，办公室有人的电脑出现故障，张洋很快修好了。还有一次上级检查中，张洋一改面试时的守拙状态，变得对答如流，时而还锋芒毕露。这些微小的细节让沉默寡言的张洋渐渐得到不少人的注意。偶尔，还有老编辑向他请教营销问题。教材参考书的市场巨大，但因为视频课程的冲击和行业原有的竞争，社内有几套老书的加印量越来越不如往年。张洋提出配合视频试讲课搭配销售的思路，虽然提高了这几套书的定价，却在很多社群销售渠道中卖得很好。

有时候，销售部开会也会把张洋叫去，有时他代表出版社和写字楼物业交涉，有时他负责联系几个已不在世的作者家人，也有时他负责组装新到的一批桌椅和台式电脑。虽然没有编辑资格证是他的硬伤，但到年底，他的年终奖甚至比我还多了几千块。张洋和全社的同事甚至清洁阿姨都十分熟悉，常常还有一些我闻所未闻的线下同事聚会邀请他参加。张洋的沉默渐渐在这些聚会中被打破，但去了没几次，他也丧失了兴趣，手机时常关机。那些联系不到他的人，纷纷找到了我，我也因此和更多同事有了联系。

不久，我和张洋合租了一套两室一厅，张洋主动承担了第一季度的房租，还买了投影仪，在大屏幕上看 NBA 直播。克里斯·保罗以一米八三的个头隔扣了两米——的霍华德时，张洋一边拍手，一边泪流满面。尽管并不像张洋那样对 NBA 充满热情，但被热情感染，我还是感受到许多快乐。我静静地缩在紧挨墙壁的被子一角，看着张洋渐渐长长的头发仿佛跟大屏幕上的欢呼雀跃融为一体，想到自己和办公室最受欢迎的人是朋友，居然有一丝莫名其妙的优越感，我不禁为自己感到羞耻。可也正因感受到这一点，我时常在日常间隙追踪张洋的动向。只是，我看似是 W 城跟他关系最近的人之一，很多事我依然被蒙在鼓里。

比如张洋常在周六日去城郊，还喜欢在周三晚上去一条满是韩国人的街，具体做什么，他从不会说。我在校友网上搜索他当年的主页，得知几年前，他考入我们那所全国重点高校后，很少按照学校课表去上课。和我当初一样，他一开始也随着个人短暂的兴趣盘旋在不同学院的教学楼内，但很快，这些根本满足不了他。不同于我不管多么徘徊不定仍希望得到一个学位，张洋对自己能不能顺利毕业这件事并不是特别在意，他似乎更关心什么才是自己此生应做的，但很快又在社交网络上推翻自己，认为根本没有"一生应做的事业"这种事，人只能为自己的此刻负责。他旁听了一学期设计学院的课程，并成功找到帮手，和他一道完成了一件立体设计作品，入围了某设计奖项。可很快，他就陷入对一位年轻女教师的单恋，只是这种单恋更像一场表演，他从未真的开口对女教师告白，只是不停在校友网内诉说衷情，一度成为全年级的笑话。大二下半学期是他的转折点，他终于减少在社交网络上的聒噪，还差点成为基督徒，性情稳定了许多，但还是决心退学，虽然这场退学看起来毫无意义，张洋却视之为青春期和成年期的转折点，但或许连他自己都知道其中难以回避的表演成分，很快又做了一条自我批评，而那之后，他的主页便再没更新过，只偶尔在脸书等其他社交网络上发一些不温不火的日常生活场景。

直到合租一年之后，张洋突然告诉我要回家看母亲。我从未听他提起过母亲，也很少看见他主动联系家人，只听他在一次电话中拒绝了父亲的借钱请求。在我们共同的交往中，张洋提起家人的时刻都特别少。

"这次我要回去一个月。"张洋点起一支烟。

"这么久?"

"三年没回去了,一年至少该回去十天,三年起码该三十天。"张洋掰着手指,又对着空气比画了几下,"工作要多拜托你了。我让领导把手头几本书安排在你那边做,如果有提成也算你的。"

"这算通知吗?"我讽刺道。

张洋不理会我,迅速又点了一支烟:"我突然觉得,我不喜欢做的一些事情,在我身上的影响,比那些我觉得自己好像更喜欢的东西,给我的影响,还要大。"

也是这时,我发现张洋已经把围棋频道关闭了,电视机和投影仪都挂在了二手交易网站,包括他热衷过的巨幅拼图、建筑模型。

"我得回去,只有回去是必要的。我现在的生活,太多不必要的事情,甚至包括工作也是。我没能找到乐趣,除非我的乐趣完全变成赚钱。"

"你要换工作吗?"

"现在是不得不辞职……但除非我知道我真的喜欢什么工作,否则我只能喜欢工作本身。这对我来说很难……"

我觉得他不过是对现阶段的生活感觉到厌倦,但谁不觉得厌倦呢,我对"离开"都厌倦。离开和在原地待着能有什么不同?恋爱和不恋爱能有什么不同?那时我在社交网络上刷着个人状态,不断更新类似上述意思的短句。张洋到底是比我积极得多,他在跟我说了上面那些话之后,生活变得比往日自律。他离开的第二个月,就告诉我暂时回不了 W 城,嘱我把房间转租。尽管被提前告知,我还是很不高兴。在质问短信发出之前,张洋率先发来了道歉信息。他说母亲住院,他必须留下照顾,近期都不可能再回 W 城了,嘱我代他完成工作交接。

我花了半个月时间,把张洋电脑上散落在不同文件夹中的文件整理清楚,把几本重要教材安排下厂,还约好了几个看到转租信息的租客的看房时间。孰料没过几天,张洋竟又回了我们的出租屋。

他看起来很疲惫,黑眼圈比往日更明显,人也瘦了许多。他告诉我母亲拒绝化疗,但亲戚们执意要求母亲参与化疗,他与众亲戚对垒,最终还是妥协了。

"我想把这件事交给我爸,可他没能听我妈的。"

"化疗不是有希望吗?为什么要拒绝?"

"我也不希望她拒绝,但我更不希望她做自己不喜欢做的事。"张洋道,"但你知道吗?更残酷的是,我发现我内心深处也希望她不参加化疗,那样她就可以安心度过最后的两年,我也就可以因为她的去世没有再回老家的理由。"

"是吗?难道不都是这么想的吗?说起来,你往家里打电话的次数还比我多。"我说,"你这次回来,你妈怎么办?"

张洋看向别处:"我打算每隔一周回去一次……哦,每个月回去一次。但谁知道呢,也可能这两个月都平安无事,不需要我回去吧。"他皱着眉，一边整理着自己的物品一边看向那面曾经用来放围棋比赛的白墙，还有头顶天花板上的电风扇在立式台灯的照耀下显出的一条轮廓清晰的阴影，又因为窗户半开着进来一些风，屋内的灰尘和昏黄的亮光都在晃动。

他长吁一口气，摊在弹簧床上："我觉得，我还是搬回老家去吧。"

四

张洋至此"消失"了一年。这期间，我终于鼓起勇气从教材出版社辞职，在招聘网站投了多份简历后，一家初创的信息科技公司给我打了电话。面试过程无比顺利，一入职，我便和另两名同事一道负责新 App 的上线宣传文案撰写。工作内容虽然是另一种枯燥，但薪资较之前提高了一倍，我的心态好了很多，得以从另一个角度认识了自己。因为是初创，办公环境很好，假期团建也很丰富，只是三个月试用期一过，我迅速进入朝九晚十的生活，还有好几次加班到凌晨三点的经历。工作内容完全不似面试时所分配的，与外部市场的营销对接很快安在我身上，我一边苦不堪言，一边又不忍心丢弃这份工作，直到 App 上线后流量高开低走，我突然发现，如果眼前的产品一死，公司现有团队也将面临解散的命运。好几次关掉办公室的灯，看着落地窗外面霓虹闪烁,我突然一阵失落。但失落恐怕是很多人的失落,并非我所独有,我仍觉得并不孤独。直到第二年年初,我没有拿到年终奖。放完春节假回来,OA系统跳出部门解散的通知。我没有感到难过,甚至有一丝庆幸。行业的不稳定性,成就感的微弱,让我早已疲于应对。但我还没明白自己要做什么,暂时只能靠给几个娱乐类媒体写宣传软文度日。好在有一个固定的约会对象,还被她带动着一起健身,有时还被鼓动和她一起在大雨里夜跑。只是她不喜欢披雨衣,只有我披着透明的雨衣,从一个微弱的胖子,渐渐长成一个强壮的胖子。有一回,为了赶一篇文章,我写到早上六点。和女友在麦当劳吃早餐时,突然接到张洋的电话。

"我妈被医院下了病危通知书。"电话中他的声音听不出感情色彩,"估计就这几天了。"

我还未从一场恍惚中彻底醒过来,就又听他说:"亲戚太少,我妈生前也没有什么朋友,我也想不到其他人……我是说,葬礼那天来的人恐怕太少,不知你能不能抽空来一趟,不用随份子钱……"张洋的声音到后面有些颤抖,也许是这丝颤音让我突然有些动容,我停顿了一下道:"好。"

和我想的不同,从W城到张洋所在的煤炭城市没有直达火车,飞机也要先在某东部城市转机。观察两天后,我订到一趟临时的可以直达的绿皮火车。躺在卧铺车上的一刻，几个月来熬夜写文章的疲惫终于得到充分释放，让我对这趟旅程居然有了一丝好感。像幼时跟着父母在外地旅游，带满食物，甚至准备好在亲戚家睡地板的床褥，我这才意识到，来W城后，我再没去别处旅游过。我突然不知道来到W城，是获得了更多自由，还是更多限制。又或者，生活在一座物质资源和精神资源相对丰富的城市，生活在密密匝匝微型景观中的我，早已经丧失了对更遥远奇观的兴趣。当我在新的恍惚中抵达煤炭城市时，迎接我的是比W城更重的沙尘暴和更拥堵的交通，还有眼睛通红的张洋。

他穿得比大街上的行人厚很多，胡子剃得很干净，头发却还是有些长。运动裤换成了牛仔裤，上半身套着几件松垮垮的T恤，颜色不一，有长袖有短袖，最外面一件是短袖，里面一件长袖穿反了，露出翻过来的、开线的袖子。他看我走过来很高兴，想跟我拥抱，但我们都感觉到距离，只好握了握彼此的手。我跳上张洋开的三轮汽车，车子行驶了一段平坦但尘土飞扬的马路，路过一排在城郊晒玉米的农户，我看见写满"拆"字的张父的院落。

张洋父母自他幼时便分开居住，前几年才正式办理离婚。张洋初中之前一直跟随母亲生活，初一开始才和张父一道居住，高一时又开始住校，高中毕业后便不再用家里的钱。张父热衷做生意，但赔了很多。前年为第二任妻子买房，又花光了全部积蓄，只剩下这个和张母结婚时单位分的小院。张洋幼时在这里栽种的杏树、桃树如今都还长着个儿，倒是其他蔬菜一年一换，今年只成熟了一些荆芥和番茄。我走进院落时，没有看见张父，只看见张洋刚剪下的蔬菜，还有一叠装在白色塑料袋里的鞭炮，以及一个银色的二八寸旅行箱。我搜罗着适合撑开帐篷的区域，却发现空出来的地方都堆满各类杂物，我甚至担心夜里会出现黄鼠狼。张洋并不知我所想，只是很快端来一碗捞面。

"饿了吧，快吃吧。"他说完，也端起自己那碗面，蹲下来开吃。

他不知我不管外出住在哪，常常在朋友家的客房打地铺，已为我在一家三星酒店开好了房间，我过意不去，执意让他退掉，他以自己也要住为由拦住了我。

"怎么，院子里的旅行箱是你的？"

张洋一边吃面一边道："昨晚凑合了一下，发现床不认识我。也可能是我不认识床了。我妈那套房子，我也卖掉了，我在这儿没住的地方了。"

"为什么要卖？"问完我就后悔了，补充道，"卖了也好，反正你也不打算在这儿。"

"我也想在这儿，可这里的工作太慢了。"张洋拨弄着最后几根面，"我差点去银行当柜员，觉得柜员的工作比较快节奏，可是呢，一到五点就下班了，我真的难以想象五点就结束的工作……我能忍住很多东西，但还是没办法克服内心的严格。而且在这里工作，我一坐下来，就想起我妈走之前青黄青黄的脸，整个人就像塌下去，一半陷在病床上，一半浮在床上面……好像，身体已经在那时候就失去了很多生命，而我看到的，只是人体纤维散落一地时的模样……可是我难受，却哭不出来。我不知道是不是因为太早离开她了，她刚去世，我就好像忘记了她的样子，如果没有照片，我真觉得我就这样忘了。"

我吞下一大口面汤道："你在这里住几天？"

"三天。"张洋慢慢回归常态，"从今天算，我后天晚上就回W，我在那边已经找好了一间屋。"

"衔接得还挺顺畅。"

"我妈在医院的最后一个月，我就在网上时时关注着一些小区的房源了。我还是要回W的，不是那边多好，只是除了W，其他地方更不熟。"张洋一口气喝完面汤，"明天可能得让你辛苦点，和我爸他们一起哭一哭。"

"你们这儿对哭声还挺有要求的。"

"有要求，五十以下的要大哭，五十以上的小哭，超过八十岁过世的可以不必哭了。"张洋突然有些愤怒，"可我妈才四十几啊。"

五

灵堂设在张父的平房小院内，和葡萄藤、杏树、番茄架、黄瓜藤等等组合在一起。没有花圈，一簇簇白色的纸花和剪纸挂满窗户和外墙，据说都是张父的杰作。塞着张母照片的相框后面是被取下的张洋奶奶的遗照，此刻它完全被张母照片的风采夺去，甚至还被相框压在下面。张母的遗体刚从殡仪馆抬回来，已经进行过化妆，寿衣寿裤也穿得齐整。一行人只张洋掀起棺材盖一角，迅速合上，其余人只是围着棺木周围哭泣。张父挨个和宾客握手，轮到我时，我本想自我介绍，孰料他根本没兴趣听，只是握住我的手重复他跟前面宾客说的那句话："拜托你了。"我听着觉得怪怪的，仿佛我是雇来的演员。但放眼一看，除了少数几个亲戚模样的人，其他人似乎和我的状况也差不多。我觉得自己只是个旁观者，内心毫无波澜。直到张父背过身去突然嚎啕大哭，我竟也渐渐热泪盈眶。为避免和亲属一样哭得那么痛心，我不得不克制自己的情绪，直到一瞬间的悲伤过去，我重新回到冷漠的状态。张洋穿着黑西装黑西裤，内搭灰色衬衫，整个人看起来高大许多，和他姥姥一样，先得大哭，接着沉默一阵，再之后仍是大哭，再之后又一次沉默。只是每次哭泣的力量在减弱，沉默的能量渐渐变强，也因为他这层沉默带出的一丝冷酷，整场葬礼都沉浸在肃穆沉痛的气氛中。我站在张家三代人的后面，成为几个亲朋组成的小社会的一员，更被庄严的悲伤所笼罩，不得不常常走出来透透气。

致哀后是念悼词，先是张父念。他比张洋更矮，但胖许多，久久站在一处，像从地表长出来的灌木。他穿了一身灰色唐装,白皮鞋,肚皮鼓鼓,头发三七分在两边,我怎么也无法把他和遗照上十多年前的张母联系在一起——那是一张轮廓分明的脸,有些方,眼窝深邃,但两眼间距稍微有些大,鼻子下有一颗小黑痣,下巴上还有一颗,虽是笑着,但没有酒窝,只左半边脸上一道扭捏的笑纹。

我转身去洗手间抽烟,看着镜子里自己的脸——断眉,略显浮肿的双眼,薄嘴唇,头发剃得短短的,像刚修剪好的草坪,发际线因为长期室内戴帽子,已经有些后移。我把头伸进冷水里,迅速扑棱了几下,用纸巾擦拭干净,只听外面已经断断续续响起张洋的悼词。

"……母亲生于一九六六年,婚后来到本市。曾是第三机器制造厂工人,九十年代末下岗后当过三年老人院护工,随后开过菜铺、小卖铺。近几年,她最被我们所知的身份是初中英语教师。她三十五岁自学英语,读完英语专业硕士学位。

"……她热爱自己的每一份工作,以朴素之心待人。病前一年,还曾前往西部乡村支教,辅导过的学生顺利考取了北京的技术学院。母亲喜欢以理服人,在我的成长阶段,教导我要多读书,多走路,多尝试,多承担。是她告诉我,在不知前路在哪的时候,承担好现阶段的责任,会让我渐渐清楚前面的路在哪儿……"

张洋的悼词甚是简短。一念完,他起身再次把灵堂两侧被个别宾客碰歪的花圈都摆成了一条直线。接下来是起灵,我跟在张洋背后,他低声说,我是站在他表哥的位置,我不禁往后退了一步,直到棺木颤动一下,才又跨步上前。没走几步,有人拍我的肩,是张洋真的表哥来了,他身材颀长,抬起棺木时,每个人都要配合他的高度。这么抬着走了五十来步,走到一辆灰色小卡车面前,几个人把棺木抬上去,张父继续安排宾客在院子里用餐。张洋和我,还有他的舅舅坐上一辆三轮小摩托,一路跟着往殡仪馆的方向去。

　　天仍是灰蒙蒙的,空气中似有煤渣,我不小心吸进了什么,大口吐着气。张洋跨上摩托,示意我坐在他身后,并熟练地从口袋里拿出防雾霾口罩,还硬塞给我一个。而我身后坐着的是张洋头发花白的舅舅,口罩是我们的三倍厚,脸上还有刀疤。他说自己专程从县里过来,他丢了身份证,没买到票,就搭着一辆货车来了,凌晨才到市里。

　　"今天的人有点少。"张洋舅舅道。

　　"很多人我没邀请。"张洋道,"毕竟是我妈的后事,我想她也只是想见见你们。不那么想见其他人。"

　　"也对,也对。"舅舅则张张嘴,不再说话。

　　小卡车开得慢,我们三个紧跟着它,常常被其他车辆超过。张洋按捺不住,搜了最近的路线,但道路曲折许多,车开得陡峭,我不得不抱住了张洋的腰。我预感到接下来半天我们不会再有任何交流,把注意力投入道路两旁荒芜的"景色"。

不同于我们三人虽同路却各怀心事,其他路过我们的人都显得兴致勃勃。有同样骑摩托在我们旁边路过的,还突然唱起歌。有几个步行的穿着中学校服,但看起来年纪偏大一些的男学生,也戴着口罩。他们大声喊着对方的名字,仿佛在吵架,又像在玩乐。这些对鸡毛蒜皮日常细节的追问响彻道路两侧,时而被我们耳边的风穿过,时而又被周围的气氛无限稀释,直至融入周围环境的浓度中。我看向头顶上方,仍是灰蒙蒙没有一丝云的雾霾蓝的天,突然怀念起W城的大风。我不知道自己为什么要来,也不知道为什么就跟上了送葬的"队伍"。但因为刚为张母抬过棺,我又觉得眼前的行为顺理成章。仿佛这是我既定的命运,如不照做,就要遭天打雷劈。

六

殡仪馆和火葬场的人也都戴着口罩,站在路口,体型差不多,也都戴着眼镜,像一对孪生兄弟。我只看见他们的眼和鼻梁,觉得不算很讨厌。张洋打电话,告知张父我们已经到了,张父说了声"好",接着仍是抬棺。但这次我没有帮上什么忙。有突然出现的几个中年男人熟练地从车上搬到一面白色的担架车上。我看着他们把张母推进殡仪馆,突然觉得只是和朋友一起带他母亲来看病,这让我难过起来。张洋则面无表情地对那两个人交代着什么。

"我们过去,你在这里等一下。"他低着头,看着地上担架车的影子从脚下掠过,"待会儿见。"

火葬场和殡仪馆是连在一起的,两个馆一小一大,也像一对孪生兄弟,有烟尘从我目光的左侧飘过来,我觉得臭臭的,但不好说,只得往殡仪馆大厅疾步走去。许多扇门在远处开开关关,而每一个声音都与我无关,我突然有些慌张。可也因此,我觉得这里并不那么冷清,像一座稍显安静的医院。我拿出手机,想刷刷社交网络上的新信息,却发现这些信息此刻都浮在我身体上方,我根本无法与它们对视。一个穿着蓝色制服的清扫的中年男人朝我看了一眼,我也看了他一眼,他的嘴动了动,似乎觉得我需要安慰,却不便说,最终只是拍了拍我的肩道"节哀"。

"我不伤心。我不伤心。"我急急地说,很快就后悔了,只得补充道,"里面的不是我妈。"中年男人皱了皱眉,再不看我,朝着大厅的另一侧打扫了。一个负责拖地的年轻女性,她的拖把直接漫过了我的白色运动鞋,可我看到鞋子脏了,也不生气。过了一会儿,张洋从火葬场出来了。从比较高的殡仪馆建筑物的阴影中朝我走近,神情从黯淡渐渐变得明亮。

"了结了。"他说完,拉着我朝外面走去。我注意到他两手空空,其中一根手指上潦草地贴了个创可贴。

"刚才烫到了。"他似突然有了倾诉欲,"捡骨头时烫到了。"张洋走到殡仪馆和火葬场的大门外,跟我一人点起一支烟。他跟我说起十二个火化炉,他母亲的那只火化炉最热闹,他们过去时,前面一只还没烧完。等到张母的遗体烧完了,其他人的遗体很快又进去。他总觉得骨灰深处还有其他人的骨灰。以至于没烧尽的那些骨头,有的深一点,有的浅一点,尽管烧炉工不这么看,但他就是觉得它们颜色有异。

"有一根短的骨头,我觉得不是我妈的,想把它挑出来。但是很奇怪,我想把它挑出来,它却在我手指间微微跳动。我使劲才把它捉住……当时也没有觉得疼,直到放下,才觉得手指疼得辣辣的……可那块骨头挑出来后,重量就不对了。"张洋道,"就不是我妈那个体格的人的骨灰应有的重量了。"

"有什么讲究吗?"我不期待回答,继续问道,"接下来呢?骨灰盒呢?全都搞定了?"

"骨灰盒我过几天来取,要和我爸商量谁来保存的问题。"张洋道,"我想,大概就是我一直留在身边了。"

"没有地方寄存吗?在墓格里,在骨灰堂里,在……"

"那就是完全不存在了,和把骨灰撒进大海没有区别。"张洋道,"我不会来别人的地方看我自己的妈,这太奇怪了。"

我不喜欢他在一天的冷静后,突然显示出的一丝愤怒,但总觉得这是一种寻求认同的方式,只好频频点头。我突然觉得他不会再跟我讲起家里的事了,仿佛这次前来,已是我们友谊的顶峰。

我们没有等张洋舅舅出来,就一道去了酒店,办理入住后,张洋的行李也被张父送到了酒店我们的房间。和我想的不一样,张洋硕大的行李箱内装的多是电子产品,衣服和日用品都很少,清简到我觉得自己的行李过于沉重。面对我未打开的折叠帐篷,张洋并没有询问。他低声告诉我自己正在给一个大型单机游戏写脚本。如果顺利,就不用坐班了。

"工资怎么算?"

"按项目结算。"张洋回答得比行李还简洁,"不过我也不知道顺不顺利,现在的感觉是,我还挺爱写,但好像实现度会很差。"

我看他打开了游戏的测试界面,花红柳绿的背景,闪烁的字幕,还有跳来跳去的热裤短袖美少女。一行蓝底字幕写着——

接下来去荒岛。

"现在到了这一步,要面临平行宇宙和最高级之间的选择了。"张洋道,"我们做过心理分析,如果继续让玩家选择剧情,大部分人都会跟随本能选到五个平行宇宙那里,因为看起来每一环都不一样,配角众多,剧情看起来更复杂精彩。但只要选进其中一个宇宙,就很难进入我们设计好的,只有专注主线剧情的玩家能抵达的最高级。很多人会因此弃了游戏。可如果我们强行设计单线条剧情,引导玩家进入最高级，在过程中，失去了选择互动感……而且会有一段略显枯燥的独自打怪的路程，恐怕很多人又会不满。测试阶段已经看到一些差评了……"

"恐怕你心里已经有了决断。"我看向别处。配合不感兴趣之事，我稍微有些不耐烦。

张洋似察觉到了我的微表情，但仍然继续说："我肯定要强硬一回，把玩家拉到我的单线条叙事上，让他们一步步进入最高级……不过，如果差评太多，我这份工作也结束了。"

"你怎么想到去写游戏脚本的？我从没发现你对这个感兴趣……"

张洋讲起游戏脚本项目的由来，竟有一丝师兄的"神采"。但很快，他的表情随着电脑屏幕暗淡下去的亮光变成灰色。他打开手机上的计算机迅速计算了一下，告诉我，如果这次游戏项目下载量过低，他就拿不到尾款了。

"我觉得这些事没什么意思，我只是最近需要钱。虽然我不能说对这个脚本没兴趣，但是一进入后面执行的阶段，我的兴趣就减弱了……那我想，也许回到源头会好些吧，我去找些别的事情做……我也喜欢尝试出谋划策，否则憋在自己的事情里，向下飞行，怎么也到不了远处。"

我不确信张洋是说给我听的，他更像在自言自语，对着另一个自己说话。我关掉房间灯的时刻，看见他已经把头深深埋了下去。那一整晚，他都没上床睡觉，只是保持那个姿势趴在电脑前,像一个叫不醒的装睡的人。

七

那之后很久我没再见到张洋,只知道他的游戏项目最终黄了。除了没有拿到尾款,游戏剧情丰富,投资过大,宣传不够,下载量过低,前期的差评无法被后期的部分好评所冲抵,直接导致他曾作为编外人员服务的那家小游戏公司倒闭。张洋变得深居简出,并开始自学日语。不久,我甚至听说他常常去横店影视城,有时候是去见什么人,有时候只是和各式各样的群演头头打成一片。他开始接一些我看不懂的十八线艺人宣传项目,从中赚取差价,一度赚了一些钱,但很快又洗手不干,以致积累不多的财富瞬间如过眼云烟。我突然意识到他和我一样也在一个长久的迷茫期之中,只是和我不同,他表达困惑的方式是不断在行动中判断自己工作的前景,而我则是不想清楚就没有动力行动。

到了夏天,他邀请我去游泳馆一起游泳。洗澡时,我们各自都发现自己的身体比之前大了一号。

"我准备出去一阵了。我爸又问我要钱,我没给他,他恐怕要来我住的地方。还有陈启明,如果他再来借你钱,千万不要借给他。"张洋道,"他通过别人以他对我的帮助要挟了我,我已经借给他一万了,不让他还了,你别借给他，他不会还的。"

"那你还借给他？"

"让他彻底欠我一个人情，以后就不好开口了。"张洋潜进水里的一刻，我果然看见师兄的电话闪烁起来，只是我和张洋不同，我依然无法拒绝他，在急躁中，甚至把手机拍进了水里。

那天和张洋的晚饭吃得很沉闷，这和张洋无关，是我想着毫无前途的零工性质的工作，沉浸在与女友不分手就得结婚的关系中，烦不胜烦。得知张洋打算去一些小县城考察，我只感觉到震惊。

"那有什么可考察的？"我望着他，仿佛他如果不去巴黎和纽约，就是不正常的。

"小县城有巨大的市场……我想试试做一款主题软件，利用同一主题把一个群体勾连起来。软件偏向社交，但又不全是社交，它更是一个通过爱好连接大家生活圈的工具……很接近县城里的那种群体社会感。只要用上，就让人觉得自己和整个网站里的人都可以成为朋友。"

看着张洋的肚皮随着他的语调难得地起伏了一下，我突然感觉到一丝微弱的嫉妒，仿佛不管在W城还是小县城，张洋都是那个更为上进的人。同时，他更是周围人信任的人，他懂得融入大家，也懂得如何展现自己的不同，更懂得把这种不同转化为一种事业。而我始终对这些很模糊。这让我感觉到强烈的不平衡感。我几乎是拖着沉重的步子走回了休息室，不料张洋竟已离去。我打开社交网站，看见他更新了一张我的游泳照，想评论一句，但最终什么也没有发出。我又游了几圈，给女友发了一条分手短信，关掉了手机。我想给自己一个积极的晚上，我能想到的最重要的事就是补充简历，寻找一份新的长期工作。

再看到张洋的消息已经是十多天后。他选择了一个地图上都很难找到的西部县级市下属的小县城。全城只有一条街，全镇靠做麦草画为生。还有一个塑料手工艺厂。张洋有时会去这些厂子拍些照片，但更多时候是在大街上游荡。他可能是唯一一个在县城居住这么久的外地人，有时候走在路上还会被小孩的目光好奇地打量。我看见张洋连续更新了三天县城风景照，接下来则是七天都没更新。直到又隔了七八天，他晒出一张女学生的照片，看起来是高中生模样，但仔细看又比透露出的年龄显得成熟。我不知道他是不是终于有了恋情，但当张洋返回 W 城时，他依然是一个人，带着那只银色行李箱。

就这样一直到秋天，我都没有再见张洋。那年国庆节前夕，我终于在广告公司找到了一份文案的工作，把女友遗落在我那里的最后一箱物品寄走，也又一次见到了张洋。

那是我倒数第二次见到他。他的出租屋比我想象中小很多，物品很少，除了他睡觉用的沙发床，我甚至找不到可以坐下来的地方。他变得黑了，甚至比之前更瘦，但面色十分健康。他的书桌上摆着一瓶牛栏山二锅头，一本摊开的《金刚经》。他说自己的社交网站 App 刚刚上线,他准备把赚到的钱用在另一个正在筹备的新项目上,还准备搬去郊区的廉租房。我看见那个社交 App 名叫"荒岛体验",打开之后有很多同城活动和很多远程活动,用户虽少,但十分活跃,并且付费用户占总体用户的百分之五十以上。我想问他那天为何提前离去,却最终没有问出口。只是对他搬去廉租房的行为表示不解。

"要省钱。"他道,"现在资金链没有解决,我只能保存实力,给自己留着一笔流动资金。对了,你把陈启明删了吗?"

"删了。"我有些心虚,在张洋低头看手机之际,我匆忙点出陈启明的电话,把他加入了黑名单。

"我不知道是不是需要再投入一点热情。"张洋道,"越来越多的 App 都像一次性的产物,设计者只想到它一开始的卖点,却很难把这个点做成一种长期的生活方式。可生活方式不止是迎合,更应该是引领……但如果要引领,只是做一个个产品是不够的,还需要一个联合体,它是生存主题,产品只是负责执行……我觉得我一定会知道的,掌握生活的方法。"

我不知如何回应,只好询问他和那个貌似女学生的女人的故事。

"分手了,我不适合家庭生活,但只恋爱让我觉得不道德……那是很短但很快乐的一段恋爱。"张洋道,"让我真的认识到生活本身就是重复,包括我也只是在重复,可这种重复并不应该成为人们厌恶生活的原因……它甚至有着巨大的活力,这种重复下来的量的积累,甚至不弱于任何一种新型的创造……"

我皱皱眉,想到自己因为女友的逼婚竟提出分手,多少有些禽兽,可此情此景,我不愿谈论自己。只得指着二锅头道,"你喝这个?"

"没钱啦,要省着用。"张洋突然捏了下自己的脸,仿佛在化解场面的尴尬,又像在遮掩内心的疲惫,"总觉得喝白酒比喝啤酒让人显得节制。"

"因为醉得快吗……"我讪讪地笑。

"但喝完这一瓶,酒也不会喝了。"张洋不理会我惨淡的幽默感,"今天留下来吃饭吧,虽然我这里只有螺蛳粉和哈尔滨红肠。"

八

我不知道我是不是需要一种更强硬的对生活的干预,才对新工作的热情空前高涨,可障碍也随之而来。首先是我所在的小组面临人事变动,而我是变动过程中唯一留下来的新员工,被认为是另一名新来的中层领导的人。我试图对张洋说出我的困惑,他告诉我"要有耐心"。就这样支撑了大半年,工作进入正轨,可我却越来越感觉到不适。

尽管和同事们的交流与合作越来越和谐，我却觉得自己跟这座城市的关系越来越疏离。我不喜欢一个人的办公室，因此即使需要加班也选择楼下咖啡馆。我不喜欢地铁末班车那种人挨人的状态，也不喜欢早班车那种暴躁的气氛。更不喜欢周日在家休息时一个人看剧打游戏的状态，我重新开始健身。

最开始我在健身房办了半年期的卡，坚持一个月之后我觉得十分沉闷，在网上把卡转让给一个历史系研究生。她不算漂亮，但性格很温柔，给我留下很好的印象。转卡之后我们还约会了几次，但没有发生亲密关系，这让我有些轻微失望，只是我也为我的失望而对自己感到失望。我开始像小区里的大爷大妈一样绕着公园跑步，从黄昏跑到深夜，因为W城时常下雨，还好几次在跑步中途遇到大雨，但我也没停止。跑了两个月后，体重没有怎么下去。很快，房东收走了房子，我在江边租了一间屋，还有了合租室友。跑步从夜跑变成了晨跑，我也越来越从跑步中感觉到更多幸福感。大汗淋漓之际，那种自下而上的酸痛感裹挟着巨大的快感让我觉得兴奋，仿佛一切纷纷扰扰不再与我有关，甚至也不需要另一个人陪伴便可以独自走很长很长的路。再后来我专门挑选大雨时刻披着雨衣去跑，生活的时间也因此被填满，我仿佛因此找到了对抗生活，或者说与生活和谐相处的方式，直到一次项目失败。

那是一个香港地产公司，要求在文案中呈现动物和自然的元素。我和另一个同事共同负责，但很快他就辞职了。前期沟通都没有太大问题，中途也没有问题，孰料最后客户完全推翻了我们的方案，并指出在一则他们深夜发到我那位同事邮箱的邮件里，已经写了新的要求，可我完全没有看到那封邮件。整件事像一场巨大的失误，而我却是唯一不知情的人。事后，虽然我没有被过多责备，却突然对跑步丧失兴趣。重新缩回房间内，我变得郁郁寡欢。我以为我把生活安排得很好，可这样安排得很好的生活，却其实承受不了任何波动。即使是这样小的波动，却有致命的效果。

我再次看起招聘信息，重新寻找适合自己的职业和生活，甚至看起外地的工作，我突然想起自己大一所学的历史专业，那是我一开始的志愿。只是我并不坚定，每当有新的兴趣，我就想要放弃前面的兴趣，这种放弃和重新开始，让我消耗掉了很多兴趣，可历史这个最初的兴趣，却最终保留下来，只是陷入"没有前途"的漩涡，它被我的其他兴趣所覆盖。重新想起时，我发现自己居然对这个专业依然有着好感。我决定找一些和历史相关的工作。也在此期间，我对历史系研究生重新展开攻势，给她买了不少衣服和化妆品，也邀请她一起出游，在把她变成我的女友后，我对她失去了兴趣。但我也不想分手，只是享受着这样复杂的亲密关系，这对她也造成了伤害，让我对自己倍感厌恶。直到一所私立中学给我打电话，他们在招聘历史老师，我虽还没有考教师资格证，但他们依然邀请我去面试。

  我回想起高考后为什么选择报考历史专业，或许是看了 BBC 的历史纪录片，或许是看了 Netflix 的某部希腊历史片。作为分数总是不错外语又流利的文科生，我总觉得自己可以过上更加丰富的生活，希望有一帆风顺、起码不穷也别拖自己后腿的生活。历史这样看起来就像大数据组合起来的专业，让我获得了拥有大量常识的快感，我热爱各种历史细节中的故事。这让我百感交集，仿佛兜兜转转，我不过是喜爱这最初的选择，却因为被新鲜事物所吸引，又怀揣着担心浪费时间的恐慌，过早斩断了许多自认为没有前途的爱好。我重新想起张洋的话，"要有耐心"。想到他也曾频繁换专业，我不知道他是用什么方法才让自己从那样的更迭当中醒悟过来。也是这时，我得知他开始和几个朋友共同创立一个游戏公司，上次他所说的"项目"，正是这家公司的第一个产品。

  但和之前不一样，这次张洋只负责市场运营和日常的公司运营。他不再热衷研究各类新型产品，更多关注人们生活方式的微妙改变。我在社交网络上看见张洋常常飞来飞去，多数时间往返于北京和广州，有时也往返于 W 城和上海、大阪之间。在那次去找过张洋之后，我也一度想去他的公司看望他，却始终不敢提，仿佛知道他有另一群更能帮助他的朋友，我觉得我们的友情不再像过去那样独特。

一个深夜，我盯着聊天软件上各个友人的聊天窗口，想着能找谁聊几句，张洋的窗口却跳了出来。

仿佛并不觉得我们很久没有聊天，而依然亲昵地嘱我打一局他们的新游戏，并反馈给他看法。只是这次我拒绝了，坦言自己现在关心历史，那是一场同样复杂而充满想象的游戏。为了缓解拒绝的尴尬，我问他为什么不再专注做产品，而开始做起高管。

"只有日常的重复才是真相……"张洋发来一段语音（我迅速感觉到他现在发语音比打字更自在），"我不能忽视这个真相，但也因为这个真相，我对所谓新的创造没有兴趣了……我只关心人怎么变化，当然大多数时候，人是不会变的，每个时代都是一样的。"

我第一次没有对张洋的话感觉到惊讶，也突然没有问题想问他，只是回复道："大多数人不会变，但我们会变。还有一些比我们高明得多的人，他们无时无刻不处于变化中……这样的人，一直在，找到他们，也许找到了时代独特的样貌。"

许是对我的回复无话可说，张洋并没有继续回复，而是享受着难得的与他寒暄的机会。

不久，我开始频繁面试历史方面的工作，有许多因为仍在W城，被我推掉，只一个南部城市的博物馆，给我留下甚好的印象。那里陈列的展品倒并不十分特殊，却每一件藏品都来自较为冷门的时代，还有一些，是来往中原的外国人留下的结合中原文明和他们本国文明的作品——一些特殊的瓷器和衣物。我几乎因为这甚好的印象，重新勾起了学习点什么的热情——这将在以后成为我最独特的秘密。在我彻底离开W城之前，张洋邀我去他新的家，但我却因突然忙碌起来，竟没有抽出时间去。那之后不久，张洋的朋友圈变成三天可见，再后来他在朋友圈发了一条消息"此号不用"。我突然觉得自己被抛弃了。只是没过两天，张洋用新微信把我加了回去。这次他没有谈论自己，而是问起我的现在。接着，他谈起最近遇到的问题，觉得自己在公司里的工作开始变得机械，但他决定克服。聊天的结尾，他再次发来语音"加油宋飞"。我想了想，打下了一行字"下一站荒岛"。

那之后我没有主动找过张洋，更多时候在默默观察着张洋的动向。他开始买房，换新车，只有感情状况一栏始终写着"单身"，不知是一直没有更新，还是状态真的如此。我偶尔会像侦探一样检索张洋的动向，通过社交网络，也通过别人的转述。我不知道张洋是不是知道这一点，严格来说，我也希望他能知道。可我没有再能获得他任何具体的信息。我甚至期待有一天张洋出现在我工作单位的门口，依旧不询问一句我的近况，只是谈一谈自己。可漫长的夏天，只有飞蛾出没，从清晨到日落，在博物馆透明的玻璃门外徘徊。也有时候会下起雨，我看见我在雨里奔跑。

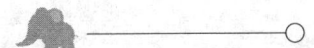

东 国 境 线

一

"那年阴历闰六月,中秋和国庆连着过。我想着,老窝着不是办法,怎么也得出去一趟。可是去哪,我和东阳一直没想好。最早是想沿着栾江一路走,东阳还说可以请个长假,带佰佰一路我们开车到塔什干去。听得我心惊肉跳,可我觉得他就是一说吧。不过他说了这话,我还真有点紧张。倒不是觉得他真能开过去,只是觉得他哪里不太对。但我没法说。我和东阳,好几年没法说了。有时候,东阳下班回来,就闭着眼睛躺在沙发上。但我知道他不是累了,他就是拿这个当借口不跟我说话。反正他说话越来越少了,我们每天说不了几句话……我们结婚十年,说长长不过一辈子,但他心里想什么,我肯定看得出来……我就怕他有事瞒着我。但东阳好像也知道我心里想什么似的。他回来得很准时。九点半他班上下自习,十点半之前他肯定到家。比他话多的时候还老实。可能就因为这个吧,我也没觉得那段日子特别怎么,但也就是没特别怎么,我就觉得奇怪……那年我跟东阳说好,二十八号我们从西客站坐车到程州,然后从程州坐飞机去广灵,最后可能还要从广灵往西国境线走。但到二十七号他突然不同意,说要往东走。我就奇怪,我们不就在东边吗?为什么要往东走?东阳说要去最东边。我说去哪?他就说要跨海。我说跨海那不出国了?东阳就不说话。我直接买了到东面群岛的机票,想着反正一定要走,就先走着……本来说好九月二十九号就出去,最后拖到国庆节晚上。也不能说晚上,我们出去的时候天还亮着,地铁还有一小时封站……但不知道那天怎么了,我们都走错路了。后来还是佰佰说,我们走反了。我赶紧和东阳往回走,一急还拉了佰佰一下。佰佰当时就摔倒了。我记得,就是佰佰站起来的时候,天刺棱一下就黑了……"

柳方蒙在徐虹对面坐着,一边看着她双手不断上下比画着,一边手中的笔不住假装在本子上记着什么,但其实本子上没有什么有效信息,他不禁觉得尴尬。

"他就没往家里打过电话?带学生在北京考试的时候也没有?"

"打的啊。"徐虹突然说,"可跟不打也没区别。"

"怎么?"

"就一直听电话那边是接通的,但他就是不讲话。"

"不讲话?接通电话不讲话?"

"对。如果他的呼吸声算,那也可能是讲了。"女儿郑佰佰在她座椅背后玩着橡皮泥,并时不时把橡皮泥粘在椅子两侧,再撕下来。

"那之后呢?"柳方蒙看向外面走廊里若隐若现的摄像头,"郑老师到底什么时候开始不说话的?"

"他不能说是不说话。"徐虹站起来,双手像拎小动物一样把佰佰提起来,不太温柔地把她安放在红色沙发上。沙发后背靠近落地窗,正是佰佰的脑袋朝着的方向,身体摆成大字,阳光照在她身上,她眼睛望向外面。从柳方蒙的角度看过去,她像对他翻了一双巨大的白眼。

"一定问他的话,东阳是说的。他就是不交流。"徐虹看着柳方蒙,有一丝凝重的东西在她的眼眶中打转,但柳方蒙知道一定不是泪水,或者说比那更复杂,因而节制。

"两个月前,我问他结婚纪念日要不然我们单独过,问了三遍。他没说话。但是到了日子,他突然打电话给我让晚上去文化路的一个餐馆。是个融合菜馆,内厅包着蓝色墙纸,我们吃饭的那个包厢是星夜间。他就坐在'星空'下面的圆桌边上,挥手让我坐在他对面……"

"那天他说了很多?"

"除了'来了''坐',只说了两句。我问他怎么选了这家餐厅。他说,在'星空'下吃饭比较安静。我说为什么?他说蓝色的星空是拒绝的意思,拒绝很多,所以安静。"

柳方蒙皱着眉,圆珠笔在本子上来来回回划着凌乱的笔画。

"那是他最后一次跟我交流。"徐虹艰难地说,"最后一次跟我们说'无用的'话。"

"我知道了。"柳方蒙本想说"我明白了",但还是把"明白"咽了下去,"最近很多家长投诉,郑老师班级不开家长会,下课之后连学生的提问也不回答了。"

"这我就不知道了。在家里,除非佰佰生病的时候,他偶尔跟我交流。其他时候,就是'吃饭了''回来了'。"

"除了家,郑老师不去其他地方?"

"他周六晚上会去附近体育场踢足球……足球队早不带他玩了,现在他就自己追着球跑。他进去的时候,很多认识他的人就自觉退了出来。如果有陌生人一定要跟他说话,他就跑开了。"

"您见过他跟其他人交流的情景?"

"没有。"徐虹看着他,"东阳不回避我们跟着他,他可以当我们都不存在。我跟过他去超市、书店、停车场,去过烟酒店、服装店,但除了结账的时候,我没见他张过嘴。好像,从不跟我交流开始,他也不再跟其他人交流了。"

"除了刚才那些,还有其他的变化吗?"

徐虹看向佰佰:"他生活得更规律了。工资卡、奖金也都给家里。和以前一样,在家看书、浇花、备课……"

"郑老师有网友吗?"

"没有。"

"您为什么这么确定？"

"从他不跟我交流，也开始对我没秘密了。手机、电脑……只要我想拿过去看，他绝不阻拦。"

徐虹继续说："微信微博，或者其他什么，他会点赞，但不会评论、转发。他像个影子一样看着所有这一切。包括股票和房地产广告。"

"哦。关于郑老师……"柳方蒙张张嘴，"他有没有特别关注过什么？或者有一些，其他的朋友？"

"没有。"徐虹看向别处，"他倒喜欢站在窗边看他养的花，有时候也会看向远方。说起来挺有趣，每当他站在窗边看着外面，我就觉得他在背对我说话……尤其是马路上汽车驶过的声音传来时，我就觉得他的声音也藏在那些声音中。"

"如果是现在呢？"柳方蒙突然说，"家里有人说话时，他也不吱声吗？"

"那他还会更安静，不光不吱声，还会坐着不动弹。屋里有一个人始终不说话，会显得说话的那个人特别傻……我有时候觉得，我可能不是不高兴他不跟我交流，只是不高兴自己显得很傻。"

她站起来走了一圈，深蓝蛇纹高跟鞋在地面上划出咯吱咯吱的声音。

"您在家也穿高跟鞋？"

"方便随时出去。"徐虹说，"但好像也没有真的出去几次。"

二

从小区出来，柳方蒙本想打个车，但最终还是选择了地铁。

晚上七点半的地铁，不像六点半前后那么拥挤。人们在电梯上散乱地站着或走着，有的人并行站在一节梯子上，也没有让人觉得厌烦。或许因为队伍松散，他们反而呈现出一种自然状态下的秩序感。柳方蒙双手插进裤兜，穿行在人群的缝隙中，随时能捕捉到一些平时不易察觉的信息。

一个看起来七八十岁的干瘦老先生，五官很有棱角，戴着四五十年代好莱坞电影中时兴的爵士帽，蹬着做旧款乳白平底浅口羊皮鞋，身上套着一件宽大但衣料厚实版正的半长款浅蓝风衣，领口露出一角米白色衬衫。这些衣物套在他身上，显得人更瘦了，似乎让他很不自在。他不住晃动自己的双腿，或者交叉摆放，或靠着一侧栏杆，眼神不时看向巴掌大小的智能手机和外面晃动的地铁广告。

"下学期我就不当班主任了。"郑东阳这么说的时候，站在学校走廊的栏杆处。从他站着的方向朝前看，能一直望到财富大厦——那是全城最高的建筑。只在晴天的时候能一眼望到。如果赶上阴天，财富大厦只是一块藏在雾霾中的扁平铅灰色阴影。

柳方蒙掖了掖衣角，把松掉的鞋带重新绑好。他想伸手扶栏杆，但右手在半空中挥舞了一下，又塞回外套口袋。他想起最后一次跟郑东阳说话时，他也是如此——走到一半，突然转身，然后挥舞了一下右手，又转回去继续走。只是郑东阳最终选择把手塞回裤兜——这可能是因为他手臂长。在办公室里，郑东阳的手臂经常会被拿出来说。大家善意地提起此事，把它作为活跃气氛的元素之一。有时候，也会说到柳方蒙。

"老婆回来了？"偶尔有人冲他露出一副和日常的严肃不相符的表情。直到柳方蒙的妻子真的一直没有回来，大家便开始避开此事。甚至很少有人再跟他闲聊，除了郑东阳。

"你知道安息海峡吗？据说要建安息海峡大桥，把亚洲欧洲非洲都连起来。"郑东阳扶了扶眼镜框，"你想想，如果把太行山和丘山还有白螺山连在一起，或者整个东部的山都连在一起……"

"那是假新闻吧……"

他看向远处："真假很重要吗……如果连在一起，那这些山，还有它们之间的城镇，就像一个平行世界了……有的人在山下，有的人在山上。这样算，山上也是一个起伏的平地了，像在山下的平地上，又起了一层高楼……"

"立交桥不就这样吗？"

"那是个交通设施……"郑东阳像自言自语，"不属于整个我们生活的世界。"

直到现在,这些词句在柳方蒙脑中回环,他仍觉得很古怪。这些话里仿佛有一些他不知道的密码,闪烁不停。柳方蒙的目光慢慢扫过人流里每个鼻梁高挺的人,仿佛一不留神,就能看见郑东阳从自己面前走来。他摸了摸手机,轻微的震动声让他恍惚以为苏翎来了电话。他把电话按掉,再看向黑而光洁的屏幕时,感觉背后有一块高大的影子在压向自己,屏幕再次亮起来。

"我突然想起一个事。"是徐虹的声音。柳方蒙仿佛听见她的鞋跟踩踏着地板,从卧室到客厅,直到封闭的卫生间……然后突然,类似风呼啸而过的声音……接着她关上窗。

"……郑东阳。"她停顿了一下,"东阳曾经跟我说过,财富大厦周围的房子,可能要拆了。"

"……如果拆,我们就能一直看到灵慧寺一角了。"她说,"然后一直往东,一直,可能就看到亚欧大陆桥了。"

"亚欧大陆桥不在我们这儿往东的方向吧。"柳方蒙愣了愣,但还是平淡地说,"就算在,那是多远的东西……"

"加上旅游那次,他说过好几次往东,但我怎么就只记得旅游那次了呢。你说,东边到底有什么?"

柳方蒙看着十字路口的人群,他们穿过他站的位置,分别朝四个方向走去。他被四条人流包围,但所有人都合理绕过了他。像处在一块被刻意屏蔽的区域,又或被社交网络上的友邻设置为"不看他的主页",柳方蒙觉得自己站在一块别人看不见又实际存在的平地上。他站过了一个红绿灯的时间,人行道把他围起来,让他感到安全。他也确实是安全的。但只要稍稍挪动一下,哪怕只是挪到人行道边缘,也会有细心的交警走过来,提醒他往里走。柳方蒙弓着背,匆匆随着新一波的人流往家的方向走。他步子极慢,右手一直在上衣口袋里紧握着已经发烫的手机。他的食指按着关机键,接着再按开机键。一直到走上单元楼,他都这么按着,好像这样就能让他变得平静。

他甩了甩钥匙,第二下才准确插进孔里。门"嘭"的一下,像背后有什么东西把它用力弹开。他没有换拖鞋,径直走向书房。所有陈设还是苏翎最后一次打扫时留下的模样,只是现已积下一层薄薄的灰。柳方蒙把目光移向白色墙壁,以及墙壁上巨大的世界地图。

地图按照海拔高低绘制,高海拔的区域统一标注成赭石色,而他居住的这块东部沿海地区,被标注为浅蓝色。海峡是紫色,裂谷是绿色。内陆是一片朱红色。而他的目光一路朝东,看向那些蓝白相间的群岛,还有那些死火山密布的区域。在一撮撮群岛的东边,他看到一整片被标注为白色的大洋。洋面上有一座细细短短的类似桥的东西。而桥的下面,是星星点点的陆地和海洋相间的地方。

"听说现在地图 App 上,能看到各个地方的 3D 实景图。纸质地图,未来还有多少人会用呢?"当时苏翎刚用吹风机把洗过澡的身体吹干,她坚信用吹干的方式比用毛巾擦拭更洁净。他们的居所只有四十平,房间却很多,书房、餐厅、杂物间、阳台……人在其中行走仿佛是在挪动身体。但苏翎又非常喜欢动来动去。她沿着书房的一面墙壁挪动到客厅,再到卧室,并在阳台上停下脚步。

"要是一直朝一个方向走,最后也还是回到原点,那是不是哪也不去比较好?"她穿着米白色蚕丝浴袍,柳方蒙看着她在地图上标记的那些想去的地方。那些地方在他看来都没太大意思——圣弗朗西斯科、赫尔辛基、雷克雅未克、斯德哥尔摩等等。而且他觉得她永远不会真的去。

"会不会有一天,你把这些地方都标满?"他说。

"那我们就会需要一张新的地图了。"

柳方蒙把脸埋进水里,过了几秒才又钻出来。他打开手机,点进苏翎的朋友圈,那里已经是一条横线。苏翎的朋友圈从不再更新,到他自己整个被屏蔽,这个过程悄无声息地进行过了,反而让他觉得轻松。他翻出领导的手机号,在短信里详细记录了今天去郑东阳家调查的情况。关掉手机的一瞬间,他突然想到的,是郑佰佰朝他翻的那双巨大白眼。

三

"那年国庆你们玩得怎么样?只去了群岛?"柳方蒙正

对着光,徐虹背着光看向他。她的脸庞边缘在反光下显得很粗糙,高低不平。她看着柳方蒙在阳光刺激下不能完全睁开的双眼,又看向他衬衫上的句子——"When good folks meet, evil men keep their distance"。距离郑东阳回家还有两个小时,她不知道,如果郑东阳看见他们这样聊着他,会不会说一句话。又或者他会像第一次不说话的晚上,只是在她的追问下低头坐在沙发上,偶尔眼睛向上看她,目光严苛而决绝。

"我只是总觉得他要去东边是有原因的……国庆,那年国庆的事儿,都过去三年了。"

"是什么原因呢?"柳方蒙见她没直接回答,又问道。

"……那年国庆,我想着,可能是我认识他之后,我们一起的时候最开心的日子。"徐虹坐下来,声音变轻,接着又激动起来,"我们谈恋爱的时候,常常坐几块钱的小火车去隔壁霜岛。霜岛只是小湖岛,我总觉得没有椰子树和蓝天白云,就不算是岛……灰蒙蒙的,晚上又没车回来,我们只能躺在农家乐。一到晚上,郑东阳就跟他大姊还有他妈妈'请假',我就很烦……"

"不过,结婚之后倒很正常的。头三年,他大姊会来,婆婆也会来,但我每一次都跟她们不太愉快。我们买房后,日子好了些,婆婆来的次数少了。她说儿媳妇掏钱装修的房,她住不习惯。大姊离婚后比以前还要来得勤。每个国庆长假都要来我家睡地板。郑东阳给她支了张小床,但她不睡,觉得给我们添麻烦。可她睡在地板上,才是最恐怖的。半夜起来上厕所,不小心就要踩到……大姊睡觉没定性,总要动来动去,觉得她在卧室外面,睡着睡着就移动到洗手间边了……不过后来没多久,郑东阳也不跟她们来往了。除了春节,他几乎都在工作,还有我们自己的日子。直到他开始说东边……"徐虹抿了抿嘴,"就是那次国庆前,他说自己有个亲戚,住在一个什么岛上。"

"去东边找亲戚?什么亲戚?"

徐虹顿了顿:"他当时没说,我也就没问。不过,如果找亲戚,那干嘛一开始要去西边?他可能只是想引出旅游的事,他知道我喜欢海岛,如果他提出西部和东部两个选项,我肯定选后面。"

"最后你们去东边找亲戚了?"

"我不知道那算不算去……"她说,"我们上了莲花港市最边缘的一座岛……但谁知道呢?谁知道那个岛那么大,我以为群岛上的一个小岛,不是很容易就走到头的吗?但我们在岛上骑行了一个白天,才到海边。海边光秃秃的,还很冷,不能游泳,贝壳啊,根本就没有。岛上的景区开发得彻底,像被洪流冲刷了一遍,到处是人工的痕迹,但人烟又其实很稀少……"

"郑东阳兴致很好,骑行的时候,我发现他路线没跟着地图走,我就在后面喊他,但他不应。就一直骑,我也一直骑。也不知道骑了多久,他突然让我停下来。然后我看见——在一排不知道什么树的缝隙间,有一道闪烁不定的金光。那时候是傍晚,我看不清那是一道什么光。但郑东阳说是跨海大桥。我记得,就那样骑了好大一会儿,那金光才消失。"

徐虹说完,有些出神。她身后,是跑来跑去的郑佰佰——阳光把她晃动的小身体打在墙壁上,是一块糯米团子大小的浅黄色影子。在徐虹低头喝水的瞬间,柳方蒙在笔记本上把刚才记下的两个词"大姊,母亲"划掉,又重重写下两个词:"亲戚,东边"。这里天黑得比西边城市早一个小时,却比更东边大部分地区都晚一些。等柳方蒙缓过神,黄昏已快结束。他想起,郑东阳刚调到他们学校的时候常说"天黑得真晚",然后说起自己在另一座城市的生活经历。那经历平淡无奇,以至于柳方蒙不明白他为什么要说。迄今他只记得一个细节——郑东阳大学时全寝室住八个人,每个人都说着一种方言,最后大家就在听不懂对方方言的气氛中各自练好了普通话。

"那您,知不知道郑老师有没有还保持联系的同学?"

"很多啊。"徐虹反应很快,"他是班长,他们还有一个微信群。"

"……我忘记是哪一次,我半夜被他手机震动弄醒,打开一看,那个群里的人在发图……郑东阳跟着他们一起发。"

"什么图?"

"各种奇特天象的图,我不太懂。只知道有一幅拍的是一道金光。"徐虹道,"海岛骑行的那天,要不是手机没信号,他肯定要拍那道金光的……"

四

柳方蒙慢慢退出郑东阳家。他计划去趟学校,跟领导说这事没什么眉目,早点给郑东阳班分一个新的班主任才是正事,可他又觉得心神不宁的,好像徐虹说的那些前言不搭后语的人生片段已经画出真相的轮廓,只是他自己辨不清楚。作为学校里著名的万金油,柳方蒙习惯了自己"备胎"老师的身份,哪个老师不能上课,他就自觉补上。以至于,学校领导让他走访郑东阳的家,并做调查,他也觉得没有拒绝的理由。入职这几年,他陆续教过物理、思想政治、生物,不同年级的语文,因为被学生多次反映讲课没重点,最近又开始教体音美。只是最近几月他心不在焉,教体育时只会让大家一遍遍绕着操场的水杉树跑。教美术时随手从教室角落拿出足球、网球拍,甚至刚刚换上的塑料袋,随意在静物桌上一摆,说一声"画吧",就打发掉学生一堂课。好在这些课学生也不重视,就算这样心不在焉,也能应付过去。

但这次从郑东阳家出来,他突然觉得自己应付不下去了。对曾经的他来说,面对棘手的工作,只要看似认真地为其付出应有的时间，至于结果怎样，也都危及不到他。郑东阳就算一直不跟大家交流，也不会有什么问题。他按时到学校，认真备课。如果当天要评讲作业，他还会提前到学校，重新看一遍自己打的分，检查是不是准确。柳方蒙来学校前的那些年，学校里的万金油是郑东阳。只不过他和柳方蒙的区别是，柳方蒙不管讲什么课都漫无边际，郑东阳清晰有序，可以胜任学校里开设的任何一门课。

他可以把一个倒数的班级带到年级总分第一，还率先在学校各项排名落后全市各主要中学时，提出开设艺术班。他提出来的时候，艺考大潮还没有正式形成。郑东阳除担任高三重点班的老师，兼任编导班与艺术综合班的班主任。和其他老师不同，郑东阳的教课方式完全独立，他甚至从来不用课本。柳方蒙一直记得，有一个姓杨的女学生，顶着一个寸头，喜欢顶撞老师。原本学的是理科，非要转成文科，成绩排名下滑到年级一百开外，父母一趟一趟来学校，要求换回去。学校安排女生转到郑东阳班上，说好三个月后的年级摸底考试进文科生前三十，否则还是学回理科。当时郑东阳带的是一个杂班。各个班成绩倒数的、不服管教的学生都在里面了。班上学什么的都有，理科、文科、体育、音乐、美术、编导……周一到周三，全体学生一同上课，周四和周五就分流了，女生原本应该跟着文科生一起上课，却渐渐被其他课程吸引，在各个不同的小班窜来窜去。过了一段时间，女生发现自己被全班孤立，觉得是老师和学校的缘故。郑东阳说,不是没人理你,是你自己没位置。杨姓女生之后更加叛逆了几天,年级主任找到郑东阳,可郑东阳说女生并不叛逆,她的旷课记录和迟到记录为零,可见并不讨厌课堂,也不是讨厌学习。"这可能只是极端的自我表现方式,还可能她真的不知道自己的位置,但她急切地想知道。"郑东阳当时说。

等柳方蒙从外地培训回来,女孩在郑东阳班上学回了理科。第二年,她以全省唯一一个理科生的身份,通过了最高戏剧学院文学系的考试,专业课成绩居全国前十。而柳方蒙渐渐安于自己的"万金油"身份,除了性情使然,还因为他对郑东阳好奇。仿佛在职业生涯上,郑东阳是一个"表率"。而今,这份好奇,又渐渐让他没办法再对这场调查应付下去,不是因为调查不能再被拖延和蒙混,而是他自己想知道。他想知道郑东阳突然不跟大家交流的原因。柳方蒙觉得,仿佛自己也成了杨姓女生,终于有了真的想热心的工作事务,但这又实在是太讽刺了。他想着,一边惯性在笔记本上一遍遍写着同一个名字——"苏翎"。

他下了地铁,在大路和小巷之间选择了后者。大路是惯常去学校的路,他曾经和郑东阳一边聊天一边走在那条小巷上。很多城市都有这样的小巷,大部分人称它们"城中村",但郑东阳说,那只是不能被安置的一块地方。很多地方拆迁,很多地方重建,长期没有被纳入的边边角角就连成了一条曲曲折折的"线"。小巷就是这样形成的。问题是，这样的小巷往往没有街名。曾有学生私自立了街牌放在巷子和中心大街的交叉处，有一段时间，各类地图App还把它收了进去，但很快被举报，小巷又成了无名街。人们用很多称呼指代它，比如"×中东门外"，又或"老拆迁办"。即使没有街名，在本市生活多年的人，还是能顺利找到它。郑东阳曾说，有了街名，反而不好找了。

小巷形成于财富大厦建造时，当时一大批老住宅区和商场都被清理。柳方蒙刚来学校的时候，就租住在巷子尽头一个老小区，小区围墙外挂着油漆大字"拆"，但迟迟又没有被拆掉。到现在柳方蒙还会看见老小区里涌出来的年轻人，有农村的，有外省的。小区的房租也没有比柳方蒙租住时贵多少，仍旧停留在全城房租价位金字塔的底端。但也只有在那些小区聚集的街巷中，柳方蒙才突然觉得自己身处一个没有辨识度的城市，身处地球上任何一个中等规模的平原城市，这种感觉，甚至让他有种暂时逃离熟悉生活的兴奋感，仿佛可以随时徜徉在另一层空间。所有的过去、现在和他还无法预见的未来交汇在一起。他再一次走上小巷，想到的不只是曾经郑东阳突然停下脚步，滔滔不绝讲起城市改建和基础教育，还有苏翎踮着脚把墙上贴着的世界地图顶端，那块北极圈所在的位置标黄。

"这你也要去？"柳方蒙道，"不过可以神游。"

"哈哈。是神游好，还是真去了好呢？"苏翎道。

柳方蒙想着，突然感到一阵低落。继续顺着小巷的弧度走,就能看到学校,他不禁有些紧张。他希望碰见郑东阳,但又怕郑东阳像在学校里一样继续不和自己说话。他本走在路边,现在则靠着一边的店铺低着头走。他觉得自己回到了第一次去学校试讲的时候,站在阶梯教室的四块黑板前,头顶上的电灯棒照着,眼前一排中年人仿佛二十年后的他自己,恍惚之中,拉拉杂杂讲了二十分钟,似也只在复述一个个书本上的故事。

直到台下的声音响起。

"所以你觉得柏拉图和德谟克利特有一个是不对的吗?你说柏拉图最初对物理学充满希望,但最终对它不抱幻想,因为他想不出地球是圆形的对地球有什么好处。为此在《斐多篇》里,他借苏格拉底之口批评德谟克利特?"讲话的人复述了一遍他刚刚讲到的内容,倒像是为他缓解紧张。

"是,柏拉图希望探究的是地球为什么是圆形的,为什么圆形是最好的形状。如果说地球是宇宙的中心,那就要说明为什么地球是宇宙的中心就是最好的……当然,柏拉图没有问题。德谟克利特也没有问题……他在用自己的方式去解释一切可能的自然科学问题,打破笼罩在城邦之上的神话传说……"柳方蒙突然清晰起来,"当然,刚才那些是我的总结,可能柏拉图并没有这个意思。"

"不,他有没有那个意思都不太重要……重要的是你怎么想?"

柳方蒙脑子转了一转,仿佛他自己变成了学生,只能懊丧为什么从高一物理讲到了柏拉图,但这一问又让他敏捷起来:"我们不可能先知道科学的结果再去探究具体的科学事实本身。"

"没错。但科学的神和神话的神不是同一个。德谟克利特和柏拉图谈论的东西本身也不是同一个,他们可以在物理学诞生之初的图景中同时出现,但你不能用德谟克利特去反驳柏拉图。"

当时那场试讲因为郑东阳的提问显得他漏洞百出,但十几场试讲中,只有他的试讲给各位领导留下了印象,他成了那批教师中唯一被录用的一个。柳方蒙想起这一幕,突然微笑起来。直到前面拐弯处突然闪出一个高大的黑影,他礼貌性地对柳方蒙笑笑,露出一口柳方蒙记忆中的白牙。柳方蒙想喊他,但突然喊不出口,仿佛那个笑容的出现,就是为了阻止柳方蒙搭讪。

五

"他回家很晚。比之前还要再晚些。郑东阳肯定知道你找过我。我昨天把他最近回来的时间列了列,感觉有越来越晚的倾向。"徐虹说,"我看见他在那个天象群发了一个excel表格,上面列着一些老建筑,有些已经损毁,还列着正待拆迁的房子和小区。"

"是郑东阳自己搜集的?"

"他的信息库一直在更新。财富大厦周围的房子准备拆的时候,他就开始做表格了。最开始是全市的资料,后来有省内其他城市的,还有西北和东部地区的。有一个我有印象,叫鹰哥海天主教堂。就在我们去过的那个东部岛,叫鹰哥海岛……当时它还叫这个名字。莲花港管辖的。元朝以前还是两三个村寨大小,后来水位下降,埋在海底的旧陆地又密密麻麻露出来了,我们去的时候,已经是县城规模的地方了。"

她继续说:"表格里每个老建筑都注明了筑造时间,但鹰哥海的筑造时间郑东阳没写。他给那些老建筑挨个标了完整程度,但鹰哥海没标。"

"有些老建筑应该不会拆的,郑东阳把它们和准备拆迁的现代住宅放在一起,想做什么?"

"他觉得应该有一个足够合理的公共空间,一个城市,一个村子,一座岛……"徐虹看向远处,"对郑东阳来说,不同时代的老建筑,是从不同空间坠落到我们这个空间的,我们要珍惜,更要合理利用。最好是,不占用那些建筑的空间,让它们和我们生活的世界,甚至和我们的生活本身融在一起。"

"郑老师的话您记得很清楚。"

"人都是记跟自己话语体系不一样的东西记得最清。"

"也是郑老师说的?"

"是。所以我说,跟他一起久了我也变旧了。"

"也可以说更'新'了。"

"我要去接佰佰了。"

"我还有个问题……郑老师发完那个表格之后有人再说什么吗?"

"曾经有。但后来就没了。你没感觉到吗?郑东阳根本没指望任何人理解他做的事情,也没打算真的对任何人倾诉什么,他发与不发,都只是他的心情使然。"

"他现在不交流了。"柳方蒙突然心下一沉,"因为他觉得自己的内心完全自足,不需要借助跟其他人交流来获得满足和平衡。"

"其实我一直有可怕的想法,他在他的世界里一直是自足的,我,甚至他大姊,他妈妈,他以前的和现在的家,都是他生活的闯入者。"

"不会。郑老师是少见的真的关注这个社会的人了。他完全明白人不可能独自一人生活,这是不可能的。你知道我说的不只是肤浅层面的生活所需。"柳方蒙压了压嘴里的话,但最终还是说了出来,"很多他不说出来,只是他觉得没必要说了。"

"这不是废话吗。"徐虹压低声音,"哪有什么是真正必要的。"

"或许这也是郑老师正在想的。什么是真正必要的。目前我们种种被要求必要的行为,是不是真的让我们生活得更加合理,更加有效……"他边说边想着郑东阳跟他论起柏拉图的那节课。

郑东阳头发浓密整齐,两只眼睛不算大,左眼单眼皮,右眼双眼皮。离近看时,能看到右眼眼皮上有一条刀疤。柳方蒙想问徐虹那道疤痕是怎么形成的,但最终没有问出来。走出来的时候,他看到自己的影子浅浅地打在郑东阳家小区外的红砖围墙上。最近天气晴朗,阳光充裕,街上的影子也多了,它们像一个个实体,填充在人与人的距离之间,好像眼前的世界多出了一层空间。人在前面走,它们在后面跟,如果人不能时时赶在前,就会被后面的影子超过——有时候是自己的影子,有时候是别人的影子,更多时候,根本不知道是谁的影子,它们蜂拥而至,很快地,很多影子连成一体。柳方蒙小心地移动自己的身体,也尽量让自己的脚步不踩到其他人的影子,仿佛那是一种侵犯,尽管这行为有时发生在无意识的状态下。

"你看,像不像二向箔?"郑东阳站在柳方蒙的影子旁说。那是几年前,他们第一次私下交流。

"降维打击,变为平面……或者说一个世界就此消失。"郑东阳继续说,"你不是不想踩到影子吗,所以才走得这样慢。"

这开场白有些特别,但又非常敏锐,柳方蒙有些吃惊:"郑老师您先过。"

"不用,我不急,只是忍不住。"郑东阳突然有些讪讪,"做老师就是需要不断忍住,我不是针对你,我是说,每节课都需要如此。你不可能把你知道的都告诉学生。"

"这也太难。"柳方蒙附和道,"老师也是边讲边清楚的——如果没这个过程,讲课就只是工作了。但要把这个'清楚'忍住……"他想继续说,但突然意识到自己根本还没有机会感受到这个清楚的过程。

"要忍住。一定要忍住。"郑东阳像对他说,也像对自己说,"柳老师,你今天讲得好,但是对老师讲的那种好,不是对学生。"

柳方蒙有些震惊,这场混乱的公开课居然真的有老师在认真听,而他还真的看清了,知道他是讲给内心的自己,不是讲给学生。

"讲给学生有乐趣吗?"他感觉自己这话不合适,但还是继续道,"他们什么都不知道,对一个什么都不知道的人讲,不是对自己的损伤吗?"

"不会啊。"郑东阳吃惊道,"你是在盖房子啊,在画地图啊……学生是你自身图景的一部分啊。他们也会改变你……而且,如果不这样讲一遍,你真的确定你说得正确吗?"

"我其实一直想问,您怎么会对教课这么有热情的?"

"您也有啊。您不知道吗?"郑东阳比划道,"只是您期待有人听懂您,所以您不断重复很多人不能听懂的东西,我期待说出别人想听的,所以我需要忍住,不要去说别人不想听的和还不能听的。"

"惭愧了，我其实不知道怎么说出别人想听的。"

"如果没有信心，按照课本讲也是可以的。课本其实不错，你只需要知道这是通识教育，不用太纠结。如果可以，课本之外的书，你觉得的一些好书，让大家看看也可以。不看也没关系，可以讲讲故事，就像你说起柏拉图时……他们听得懂，但不会懂全部，这些声音会不停在他们耳边徘徊，等到他们完全听懂了，你其实已经在讲更高层次的东西了。"

"这样不会有问题吗？永远听不懂全部。"

"学校里的老师们总想让学生听懂，所以复杂的算式不讲，新奇的思路少讲，他们总想服务大部分学生，最好是全部的学生。但这不可能。"郑东阳说，"这是老师们的妄想。每一个老师，他能真的教到的，只是很少的一部分学生。但好的老师可以影响他所有的学生。"

"怎么能影响所有学生？"

"让他们知道你究竟怎么思考的。"

"这不会让他们的思路禁锢吗？老师不会一直跟随他们。"

"当然不会，但你会跟着他们一起变化啊。除非你决意不为这世上任何人做出任何改变。"

柳方蒙翻开本子，上面是描画多遍的"大姊""母亲""东边""鹰哥海""财富大厦"……还有刚刚边想边描画的"二向箔"。如今，这些关键词连在一起，柳方蒙隐隐觉得内心通透了一些。刚刚他还觉得自己应该沿着郑东阳 excel 表格上的老建筑所在地走一圈,但现在觉得不那么必要了。他内心有一个庞大的猜想,但不敢说。在那个猜想里,郑东阳从来都没有真的去过他研究的这些城市,这些老建筑,甚至郑东阳这几年看似密切关注的×市的城市规划还有这个国家的城市化进程,只是他为一个重大的事情做的铺垫。他觉得自己需要见一下徐虹,或者那个被郑东阳抛弃的以前的家庭,他的母亲、姐姐,或者徐虹没有对他说的,那些郑东阳的同学和朋友。这念头在他心底弹跳,他时而觉得应该这样做,时而又觉得那些人根本提供不了什么有效信息。他渴望直接去问郑东阳,但那个笑容仿佛仍在眼前,让他望而却步。柳方蒙想起郑东阳说的——"面对不能检验的事实,最好完整走一遍",还有"如果是目前阶段解决不了的,就去请教另一个人生阶段的人"。但他又如何用郑东阳的脑子感受一遍郑东阳的生活。很多成年人,他成熟之后的人生多半是精神自足的,曾经围绕周围的朋友逐渐变得稀少或者疏远,更何况是郑东阳这样的人呢。他的亲人更多了解的只是他的早期人生,而他精神上真正亲近的朋友,柳方蒙不知道,徐虹不知道,郑东阳疏远的亲戚更未必知道了。而每个人的讲述必然充满不同程度的错位。即使是同一个人的讲述,也可能像徐虹一样,她最初跟他说到的郑东阳和后来跟他谈到的郑东阳也仿佛两个人。但柳方蒙决定放下质疑,否则这所有来自郑东阳的信息,就真的完全无效了。

六

从×中到庐雨茶室并不很远,但郑东阳的大姊走了很久。她的形象和柳方蒙想象中不太一样,手拿包的颜色是今季的流行色雾霾蓝,披着略显宽大的水波纹大衣,都是百货大楼能买到的国际大牌当季新品,尽管生产厂商都来自珠江三角洲。柳方蒙原以为,她会是一个皮肤干燥头发略显凌乱的臃肿妇女,可她体态匀称饱满,脸庞饱满红润,显得徐虹的苗条反而是一种单薄。脖颈系着一条柠檬黄色的丝巾,下巴及脖子连接处还有眼角略有几条皱纹,倒更像对脸型的修饰。她把包轻轻放在玻璃桌上,灰色毛线裤包裹好的双腿并拢向右倾斜,长发束起,前额的几缕乱发被纤细的发箍拢好整齐搭在耳后。但看似得体的装束却显得很怪异,身上每一件单品都像刚刚从模特身上剥下来似的。

"我是郑东兰。"她兀自叫了壶云南白茶,"这里以前是棋牌室,现在倒变成什么庐雨了。"

"旁边新开发的住宅区聚合名居不也变成西班牙小镇了吗。"柳方蒙道,"我听郑老师说,您不是本市的。"

"郑东阳不会跟你说这个。"郑东兰看了他一眼,"他跟我们断绝关系后,我妈开始有点老年痴呆。我跟徐虹说过这个情况,郑东阳就经常回来看我妈。但每次只进我妈房间,不久待,也不跟我说话。后来我妈事故住院,郑东阳来照顾她,但也只跟我打过一次招呼,等我妈好转一些,就要赶飞机走人。去年底的时候,徐虹突然找我,说郑东阳不跟她交流,还问了很多有的没的。打听了很多郑东阳前妻的事。"

"前妻?"

"嗯。他们有过一个得了白血病的孩子,后来那孩子死了,捐款没用完,但孩子妈也没退……后来她出国念书,然后郑东阳跟她分居了两年,就离了。"

郑东兰交代得非常简洁,这中间省略的一切细节,明明更接近真相,却突然很难被还原。

"他前妻是怎样的人?"

"他们是一个学校的同学,她是英语系,东阳学地理的。她比徐虹话少,常常盯着一个地方看。东阳说,她在琢磨其他事。"

"……他对前妻的感情相比和徐虹如何呢?"

"我看不出来。"郑东兰低着头看着杯中浮上来的茶叶,"但为了她,东阳毕业后就执意留在北京,我跟我妈都反对……可谁知道过了几年他又离开北京了。"

"郑老师在北京的工作是……"

"最开始是一个职校,可以解决户口。后来他又去了一个私立国际高中,年薪很高。就是各种累,家长们学历高,有钱,都觉得自己比老师聪明,东阳又年轻,他们免不了指教他一下。但他脾气倔,老得罪他们。他们决定离婚后,他就辞职了。"郑东兰嚼着两根浮在茶水表面的茶叶,看向窗外。

"郑老师的父亲好像您跟徐虹姐都没提过。"

"他跟我妈在我们小的时候就分居了。小时候过春节我妈包包子,他也来,在我家的院子。门是虚掩的,他一推就能进来。有次,我看着他推门进来,吃了两个菜肉包,然后就走了。那是我最后一次看见他。"

"那时候郑老师几岁?"

"六七岁吧。但我觉得东阳没受我爸的影响……他也没受我们家其他人的影响。我们这一辈,只有他自觉跟亲戚跟表兄弟姐妹们保持一种亲和感,需要的时候,谁有难的时候,他总会雪中送炭。"郑东兰道,"我过去常常觉得,到哪里有像他这么好的人?但他现在也不跟他们来往了。"

她继续道:"不管做任何事,他都以让家人放心为前提……他当时的分数,国内差不多什么大学都能进。他兴趣也广……我上班之后才知道,他高中有段时间,每个月都会去找我爸下一次围棋。我妈第一次生大病开刀,也是他先知道的消息。我读大学时谈恋爱跟我妈情绪对冲的时候,是他代我跟我妈传话,又跟我传达我妈的各种情况……徐虹他俩刚恋爱的时候,给我打电话,让我们不要老找东阳……可我其实都不好意思说,东阳跟我们打电话是习惯,是默契,我们是真正亲密的一家人,不是谁要捆绑谁,更不是谁要掌控谁。不过,现在这也都没什么好说的了。"

"郑老师前妻呢?你们相处得如何?"

"她?她根本不理我们。那个女人,什么都挺好,就是脑子里只有自己。东阳,他能知道许多不同的人心里想些什么。这些年他疏远我,但我的生活也继续得不错。我只是奇怪,他为什么这样。好像把我们当仇人一样。"

"……他说过为什么跟那个前妻结婚吗?包括为什么选择跟徐虹结婚?"

"当然是'感情到了'。反正,他说什么我都信。那些年我们家所有人之间的纽带,就是东阳。我刚才说过了,他维系着我们全家和被我们疏远的亲戚的关系。礼数都周全,用他的话说,'人要活得有来处'。但我以前觉得,他活得……太清晰了。"

"嗯。"柳方蒙道,"我还有个问题——郑老师喜欢旅游吗?他说过特别想去什么地方吗?在东面群岛,有什么亲戚?"

"亲戚?如果是我知道的亲戚,那恐怕没有了。但是……三年前,有人说我爸去了东边,有个我和郑东阳该喊小表叔的,还说看见过他。但我不想跟他有什么来往。郑东阳有没有,我就不知道了。旅游吗,他最大的问题就是宅。还有个问题,就是一直留着一个女同学的照片。"

"他有过很多女朋友?"

"没有。除了他前妻和徐虹,就是一个姓宋的女同学。那个女孩子也很怪,大学毕业后就满世界跑,前几年据说在乌兹别克斯坦,后来听说又去了非洲,还有一次,在医院碰见她妈妈,说她回国了,但家里人都不知道她具体在哪。"

"您这几年一直在本市?平时不跟郑老师家的人来往吗?"

"我在,也不完全在。除了冬天,我还是更喜欢我们那儿。但我妈在这边生活得不错,加上老人想看孙女。东阳不在家的时候,我会带上老人去看佰佰。我愿意来见您,是前阵子和徐虹在小区门口看见郑东阳了。他看见我走过去,但面无表情。还好我妈已经病了,她要是清醒,看见他这样,该多伤心。"

"看来,除了郑老师前妻,他之前交往的女性。"柳方蒙看着郑东兰的眼睛,"和徐虹,像是完全两路人。"

"郑东阳找谁,我都不奇怪。最开始我也好奇他怎么找了徐虹,她家里人闹腾得要命。倒是她还挺狠,我记得,他们结婚前,有个亲戚想让徐虹给她表妹找个工作,她给表妹留下三千块钱和一沓招聘简章,就走了。这做派和郑东阳现在,真有一点点像。"她说完,一口气喝下半杯茶水,"就算他回到徐虹说的'之前的状态',那也只是他们家。我们家,我,我妈,我们那些亲戚,郑东阳早都断得很绝了。"

柳方蒙张张嘴,但最终改口道:"郑老师有个班级微信群,您知道吗?"

"我不知道这个。用你们的话说,他就是不愿意进行工作之外的交流,那你们可以在他工作的时候跟他说话啊。并不是没有途径。这样的'了解情况',用现在的流行词叫什么?尬聊?任何人,你堵着他说话,他能不说话?"

柳方蒙放下茶杯,眼前仿佛浮现出徐虹焦躁的脸。她说过和刚才郑东兰一模一样的话,柳方蒙也对学校领导这样说过。可事实是,每一个这样说的人,都没有真的这样做过。即使是徐虹,看见郑东阳出现在客厅,也只是问他为什么不坐电梯,而郑东阳一如既往没有回复,只是把佰佰的考卷从头到尾翻了一遍,重重签上了自己的名字。

七

已是下午。柳方蒙等郑东兰走出去约三十分钟,才从茶室出来。郑东阳前妻的名字甚是古怪,网上查到的三个同名者,其中一人为男,一人只有十五岁,另一人四十二岁,和郑东阳年岁相近,正在芬兰一所私立大学做访问学者。柳方蒙看到女子的主页,头像是一张看起来只有二十几岁的自拍照,女子那张脸的背后,正是郑东阳最初任职的职业学校大门。柳方蒙把主页网址中的自定义域名复制粘贴，立刻搜到一个同样域名的博客。博客注册时间是十年前，唯一一篇没有被锁住的文章是白血病求助帖，被转发一万多条，评论五千多条。其中最热门的一条评论，是说孩子去世，请停止捐款，发帖人ID是"dongyang1976"。

郑东阳的班级换了新班主任，从上次摸底考试来看，学生成绩没有因为郑东阳的反常出现下滑。高二年级有一位历史老师曾经就近现代史一个问题追问郑东阳，把他堵在学校食堂前门二十分钟。郑东阳只撂下一句话"我不知道"，从此避开和这位老师碰面，甚至不再去食堂吃午饭。即使是教师之间正常的工作往来，郑东阳也一概以"不是我负责""不了解"拒绝。整个办公室，因为郑东阳的沉默，变得十分安静。柳方蒙曾在校门口看见接郑东阳下班的徐虹。她换了新的皮包和衣服，郑佰佰依然活泼开朗，看见每个老师都要打招呼。只有郑东阳呆滞地走着，仿佛所有人，眼前一草一木的变化在他眼中都不存在。他故意走在郑东阳身旁，但郑东阳没有和他说话的意愿，他的拒绝，更像尽可能把自己择出所有人的生活。柳方蒙从网上调出鹰哥海教堂的照片，它非常崭新，像刚建好一般，虽然和它身后的房屋颜色一样，但看得出来它新很多。这和财富大厦周围建筑的情况相似——虽然被拆掉了，但新的楼盘为了和财富大厦看起来配套，也刷成了财富大厦的颜色。那些明亮的金黄色窗框，仿佛随时都在呼唤另一个新的财富大厦。柳方蒙按图索骥，查询了所有被郑东阳列出来的建筑，它们有的因保持原貌已经在城市里显得非常突兀，有的正在被同化，甚至改建。它们往日的气息正在消散，新的气场又尚未建立，使人面对它们的时候，觉得既让人游离出现在的生活，又抓不住它一丝往日游魂作为可靠的依傍。

"它们什么空间都不属于。"用郑东阳的微信号把excel表格发给柳方蒙时，徐虹加了这句话。柳方蒙知道它仍是郑东阳曾经说过的话，但他没有继续追问的欲望。或许徐虹可以在郑东阳对她开放的手机信息中发现一些蛛丝马迹，而它们恰好又是柳方蒙了解他的新途径。但柳方蒙觉得羞耻，就像苏翎第一次来学校看他，他给她介绍自己的同事，并向她解释，自己的工作就是代课，而苏翎一边不解，一边东张西望。直到把学校里的花花草草都看遍，才突然说："代课老师不都流窜'作案'吗？你怎么一直在同一个学校代课。"而柳方蒙只需要说一句，郑东阳也曾经是这样一位代课老师，她就会恍然大悟，带着与自己年纪不符合的吃惊表情道："很厉害吗，郑东阳？"

"是啊，我们学校最牛的老师。而且，目前是最赞成我们在一起的人了。"柳方蒙笑道。

"呵，为什么要他赞成？"

"两个人在一起还是需要得到祝福的。"柳方蒙像背书一样这么说。

"自己祝福自己不可以吗？而且我们也可以互相祝福。"

柳方蒙想着，仿佛又回到刚来学校时，他看见郑东阳怀揣着少有的阴郁走进当时空无一人的办公室，并请柳方蒙一定留住班里那个准备转校的女生。

"她现在换学校要出现问题。"

"为什么呢？早点斩断年轻的感情，总比分手哭天喊地要好。再说，那个学校也是重点学校呀。"

"不不，他们不能现在分手。起码要有一个人，先感觉到感情中的不开心。"

"万一——直不能察觉呢？"

"怎么可能呢？那个女生野心太大，那个男孩却有些急于求成，他们就是两类人。只要他们再走近些，会更多发现彼此的不同。而这个不同，他们暂时还学不会容纳。"

"可您为什么就一定这么热心呢？"

"如果我不诚心让他们更好，我的工作就真的只是'工作'。如果只是工作，那又有什么乐趣。"

"抱歉，我只是因为不能去更好的地方所以来了这儿……"

"您打住，我没兴趣听。"郑东阳道。

柳方蒙震惊地看着他。

"柳老师，您以为友谊存续的方式是什么？"

柳方蒙想说自己受宠若惊，被他当成朋友，但最终说出的是一声略显诧异的"啊"。

郑东阳在突然停电的办公室点上蜡，摇曳的火苗似有若无地要舔舐他的手指:"距离感。以及永不追问心情,永不分享秘密。不管那是自己的,还是任何其他人的。"

柳方蒙觉得这话郑东阳还跟他说不着,但他又觉得幸好说了。

"你不觉得残酷吗?"他想起苏翎的话,并跟着回忆中苏翎说话的口气慢慢在此刻的大脑中转述着。

"'过年回家是很好的一件事,因为会见到很多亲戚。你可以更多观察与你有血缘关系的人们。观察他们,并修正你身上的问题。'听听,你刚才的话,多残酷,好像问题都出在血缘和亲戚那里一样。"苏翎撇撇嘴。

"问题都在我们自己身上,但你可以观察那些停止思考的人究竟是怎样生活的。"柳方蒙想象着郑东阳的语调,并试图说出郑东阳会说的话。

"你怎么确定别人是停止思考的,而你就是思考着的?"苏翎反唇相讥。

"我能确定啊。否则我们为什么选择了对方?不要告诉我这只是浪漫情绪作祟。"柳方蒙决定选一个苏翎能接受的方式。

"好吧。这当然不是,我知道。"苏翎盯着地下,仿佛自己脚下是一颗黑洞,此刻正在无限朝下蔓延。而此时此刻,柳方蒙觉得自己就是苏翎那颗黑洞。他破坏了她的秩序,但很可能这种"破坏"也只是他的想象。苏翎只是厌倦了他的那点指手划脚,因为她根本没信过他那些理论。

柳方蒙走进离自己最近的一家旅行社，请负责咨询的女士调出最近比较受关注的旅游线路。在一张张眼花缭乱的彩色路线图中，他检索出了几个让人情感复杂的地名——霜岛……北京……塔什干……莲花港。

霜岛是离本市最近的小岛，出现在各种旅游热门线路上并不奇怪。北京是几条远方旅游线路的交叉点和中转站。塔什干并不是什么热门旅游线路，但有张中亚五国游的单子混在这一叠国内旅游线路里，塔什干是里面很重要的一站。莲花港吗……这可能是本市火车和飞机能直达的最远东部沿海城市。柳方蒙的目光停留在形状确实很像半朵莲花的港口城市，顺着它一直往东，就是日本群岛。接着，是茫茫的大洋。

"这是这两年的一条热门线路，叫穿越东国境线之旅。"

"穿越？"

"先乘坐飞机穿越邻近的几座内陆城市，抵达东面群岛腹地，再以群岛为圆心，跨越鲸海……"

"跨越鲸海？那不穿过亚洲了？"

"一般游客就是在东国境线沿线一带游玩，就算跨出去，也是国境线附近的免签国。但我们既然是穿越之旅，那它还是可以按照游客的喜好，变更目的地，也可定制私人路线。"

"这都可以？"

"这是面向年轻人和城市新贵的一条线路，固定路线不能满足需求,有一点变化的机会,人会更有尝试的欲望。"

柳方蒙咀嚼着"城市新贵"这个词,感觉自己周身没有新贵的样子,年纪不上不下,也实在算不上世俗意义中的"年轻人",但还是问道:"跨越鲸海之后呢?还能穿到哪?"

"我们有几位专门负责私人定制线路的导游,他们可以单独给您安排直飞美洲的行程,并联络当地地陪。我们也接待过穿越东北国境线往俄罗斯方向去的旅客,还有日本韩国的。不过,这几个线路收费比较贵。毕竟是私人定制,完全一对一,您可以完全自由地把个人喜好告诉导游。"

"跨度也太大了。去美洲,那还哪是东国境线之旅。"

"我们是'穿越东国境线之旅'。"

"这个团,有人报吗?"

"除了私人定制线路,普通行程我们超过十个就开团了,如果没有谁特别提出,就默认全团旅客只到东面群岛沿线。最远可穿过国境线界碑,到最近的几个外国城市,但不会跨海。"

"这么说,也没穿出去多远啊?"

"几年前,这个线路刚刚开始面向市民,有个有名的老师就报了要跨海的项目,差不多穿过了亚洲。"

"那个老师是自己去的吗?"

"这就不知道了。我只负责登记报名的旅客,至于是全家还是单人,因为这条线路特别贵,如果有旅客提出带伴侣或者年幼的孩子，我们是不反对的。"

"我还有个问题。如果旅客在开团后，提出要去其他国家呢？"

"截至出发前 24 小时，旅客可以提出，我们会尽可能安排。但由此造成的损失，我们需要旅客承担。"

旅行社外的大街上起了风，把离他最近的窗户震得有些响。柳方蒙试图梳理出一条清晰的故事脉络。郑东阳了解各个地区建筑的筑造情况，尤其对一个教堂情有独钟。他还曾经参加旅行团跨过鲸海，穿越亚洲。而他去东边找的亲戚，很可能是他的父亲，更主要的，是那个父亲所在的岛，究竟在哪里呢？

"那个老师，在什么地方停留过吗？"

"……您对这条路线感兴趣吗？"

从柳方蒙的角度看过去，咨询员的脸是背光的，唯一一道昏黄的亮光集中在她的右耳耳畔，但很快，柳方蒙就被她身后一面墙的六个钟表吸引了。在它们身上，六个国家和地区的时间在流动，在交融。柳方蒙仿佛又一次站在十字路口，四列陌生人的队伍贴着他的衣角擦过去，合理绕过了他，他在无数条流动的时间里，而他却仿佛与它们毫无关系。柳方蒙用有限的地理知识勾勒着他心中的立体世界，除了四个季节，还有高原和山丘，峡谷与平地，河流与大洋。而钟表标明的六座城市所共有的相似建筑，厂房、地铁、道路、车辆……却仿佛都不存在了，它们被亘古存在的事物超越，它们的轮廓在群山的掩映下，被不同时区和海拔的平原踏过。古老的事物在奔跑，它们只在阴影中。可人呢，人好像又更小了，又或者人在此刻雷同于他们所创造的事物，改造的城市。"人群永远有缝隙"——他想着，并很快知道这是郑东阳的话。一瞬间，那些离他很近的肩膀，看似无序却内在规整严密的队伍，仿佛都只是一条条缝隙，锋利且没有创痛感地穿过他的躯体，清脆而干净。

冷气从忽然打开的门缝钻进来。他的右手一哆嗦，下意识从裤袋内摸出手机，黑着的屏幕在黄昏微弱光线的反衬下显出起伏不平的裂痕。如果此时屏幕亮起，这些曲线或许能穿过一组号码，一条更新提示，或者无数个来自不同 App 的消息提醒。如果打开的是通讯录，作为裂痕的曲线还会把不同的名字交杂在一起。他眼前浮现起徐虹描述的荒凉岛屿，从陆地到海洋的边界总是被水位的起伏不定搞得很不确切。她和郑东阳骑着单车环岛，一道仿若金光一样的东西，让一个人兴奋，又让另一个人困惑地在后面追赶……

"这是文章么？这是命运。"

他想起郑东阳在一节关于 20 世纪电影史的公开课上讲的话。他记得那句话之后，郑东阳突然停顿下来道："不是既定的命运，是他写下那一刻自己的命运。如果被验证了，那句话就是谶语，如果没有，那是他的命运已经选择另一条路了。"

柳方蒙不喜欢"命运"这个词,甚至郑东阳那一刻对这个词的使用,让他对郑东阳也不满起来。但他没有反驳,他下意识觉得郑东阳使用这个词是有隐晦的意思的。但当他听见郑东阳高声强调着"他记录的也是他的命运"时,他感觉到的是深深的不耐烦。

"如果是虚构电影呢。"柳方蒙坐在教室的最后一排打断他,"电影拍出无数人的命运,和自己无关的人的命运,那电影还能说是导演、是剧本创作者的命运吗?"

"看待别人的方式,本身就在映射这个观看者的命运。难道你认为法斯宾德和伯格曼会过同一种人生吗?"

"那换个方式……如果是戈达尔和特吕弗呢?他们的电影很风格化,但人物是导演摆放的,导演眼中的这些人,还是这些人本来的样子吗?"

"没有'本来的样子'。"郑东阳道,"只有你认为的样子。"

柳方蒙推开旅行社的门,记忆的重现让他整个人看起来很恍惚,但头脑却越发清醒。但清醒也是循序渐进的,直到他走到自己家楼下,才知道记忆的回放再次告一段落。

"只有我认为的样子。"他重复道。再次把手机放回口袋时,柳方蒙仿佛看见一个巨大的深灰色影子从他身后跳了下去——天暗了下来。

八

对郑东阳的调查告一段落，柳方蒙不再往徐虹家去。大家更加回避郑东阳，甚至不愿直呼他的名字。徐虹常常在睡梦中感觉到郑东阳起身，但她不会再像过去一样质问他，反而是继续闭着眼。郑东阳轻手轻脚在饮水机接水喝，水量控制得很好，徐虹几次觉得自己可以在这些细微的响声中沉沉睡去。这些响动仿佛也在宣示一个家庭仍在转动，她几次把头半埋进枕头里，不让郑东阳察觉到她克制的哭泣。徐虹摊开自己保持整晚的睡姿，双臂抱肩在床单上滚来滚去，把郑东阳睡出的那条轮廓碾平。直到楼梯上的脚步声渐渐变远，她终于再次平静下来。八点一刻，徐虹起身，在笔记本电脑上打开几年前常常浏览的博客。这段时日，博客主人更加疏于打理，除了主页每隔一段时间都会发生变化的头像。但这次不同了，简介那里更新了近况，当然也无非是——在哪里再次深造，在哪里教书，发表了什么文章。仍然是她刚跟郑东阳在一起时，郑东阳口中"庸俗知识分子"那一套。但徐虹此刻再看，只感觉到深深的嫉妒。几行陌生的简介文字似乎把一个人描述得足够完善和成熟。背后的东西，因为被遮蔽，不会有人知道，也保护了这个人。可她呢，她没有什么简历可说，她不能说自己做出了多少销售业绩，那毕竟仍仰仗已有的经济体制，不构成她自己的创造。她也不能说自己生养了郑佰佰,她只是想要一个孩子,至于要怎么养这个孩子,她没有真的想清楚。倒是郑东阳似乎对孩子的到来很漠然,却最先关心怎么养的问题。徐虹觉得他对教养下一代的热情与生俱来,让他显出日常少有的男子气概。并且,她口中的"下一代"不止郑佰佰。

"随便你怎么说吧。"郑东阳有次不耐烦道,"如果你这么觉得,我没什么好说的。如果我说我对一切值得教养的人都想好为人师一番,你是不是又觉得我更加冷酷。"

他的声音充满层次感,像极力克制又想要表现。或者说,他希望她站在他这一边,理解他。徐虹不太喜欢"理解"这个词,她更能接受"相信"。她不太理解郑东阳说的,但她曾经无条件相信他。他是不是也看到了这种盲目的相信毫无生命力,所以决心不再与她说话?徐虹再次躺下,感到全身乏力。郑东阳不在,她没有了哭泣的欲望,意识到这一点,她对自己非常厌恶。仿佛除了对知识的了解很有限,以及她认为的精神生活的贫瘠,她的情感仿佛也变得浅薄了。她想要转移注意力,而她转移的方式是再一次把注意力放在郑东阳身上,只不过这次她困惑的是郑东阳既然不愿意跟她交流,却还坚持跟她睡在一张床上?她想着,直到被窝变得冷飕飕的,积攒的热气成了凉汗。徐虹坐起来,盯着衣橱,用尚存的理智拼凑出今天应有的穿着——这成为她开始工作的动力。出门打车前,她点开了通讯录，在迟疑中，再次拨通了柳方蒙的号码。

"我下午要去×区谈一个事，离你们学校两公里左右，可以的话，我跟你说个事。"

徐虹的声音有些喘，柳方蒙想到苏翎跑过来找他的时候也是这样喘。他突然觉得郑东阳对苏翎的好印象，可能就跟他自己对苏翎的这些描述有关。

"你适合去写文章。"郑东阳常这样对他说，边说着，边用他高鼻梁上的大眼睛看他。

柳方蒙为自己突然的走神感到羞耻，但他确实不关心徐虹究竟想说什么，除非她告诉他，郑东阳不说话的原因来自于哪……但他仔细想了想，好像连这件事，他也不那么感兴趣了。他曾喜欢每天打开苏翎的朋友圈，看看她那个把他拉黑的朋友圈有没有换封面图，有没有换微信头像，如果有一次刷新时发现换了，他就觉得苏翎又对自己说了一句话。但现在，柳方蒙对这件事也没有兴趣了。他匆忙赶到小区门口，在倒春寒的风里风驰电掣地骑了一阵共享电动车，只三四分钟，就到了徐虹说的酒店大厅。如他猜测那般，徐虹没有去找客户谈什么事儿，她已经坐在那里的沙发上了。并且，从她呆呆的眼神看，她已经坐在那里有一段时间了。

"您太太，是不是离家出走很久了？"

柳方蒙脸一冷。

"我觉得您是关心的……我的意思是，你能感同身受，一个人，要离开你之前的状态。"

"郑老师要走？"

"可能比那还严重，他应该要离开这个城市。"徐虹说，"我以前想过类似的情景，可能也不是想过，是梦见过，我梦见他在窗户那儿徘徊，跟我说，哪哪又要拆了。我就说，那跟咱们什么关系啊？他就不再看我，也不再说话了。直到过了很久，他会说，我们这里也要拆掉的。"

"这跟他要走有关系？"

"拆掉，那不就是没家了？"

"我觉得您可能想多了⋯⋯"徐虹声音很轻，表情略显愁苦，柳方蒙觉得不忍直视，只好盯着桌子一角，"梦是相反的⋯⋯而且，您可以自己做选择的。人嘛，只要是自己先做的决定，事后起码会觉得舒服些。"柳方蒙眼前浮现的是瘦到三十五公斤的苏翎，双眼凹陷，鬓角长出一根白发。她才二十六岁。他再次想着，他不知道在另外一个地方，她是不是又健康起来，面色红润，双眼明亮，思维跳脱，又常常故作坚定。

"你相信吗？"徐虹道，"我觉得，每天早上醒来我就被抛弃了一遍。"

柳方蒙僵硬地坐着，徐虹这番言辞让他倍感不适，但他却没有理由表达不满。或者，他此刻承受的来自这个陌生女人的怨气，其实是苏翎传递的。是他一次次拒绝她的宣泄。他应该听她说，不断听她说，起码帮她平稳度过那一年。这样想着,他第一次意识到自己可能不是怀着帮助她成长的心情,他的不能承受,可能只是因为没有耐心。他不能接受妻子和自己生活得不幸福,但他更不想被这种不幸福所捆绑,他不希望她的不幸成为他的负担。他突然痛恨自己,于是,听徐虹的怨诉,成为让他舒服起来的唯一方式。

"郑东阳之前,跟我谈起单位的事,提到最多的名字,就是你。"她微微挪动了椅子,双手合拢按在左腿膝盖处,"他说在你身上看见他自己。那天你来,听我说郑东阳的情况,我有些高兴。从他不跟我交流,只要跟他有关系的人来找我,我都高兴,就好像,是他跟我说话了一样。但除了你,真没什么人来跟我打听他的情况。我就想,他不是一直跟他爸关系不错吗,可那人一次也没来过。他也有亲戚……还有以前他的同学、同事,可是他们也都没来。我很难过,一个女人的丈夫不跟她说话,这当然值得难过。可是他呢,好像真的没人关心他为什么变成了这样。"

"如果这一切都是郑老师仔细想过的……如果他早就打算好了这样做,有一个很长的准备期,我们又怎么能说现在这样对郑老师不是好的结果?"

"即使这样,没有人要问为什么吗?去刺激他说话的人,不该只有我一个,关心这件事的,也不该只有我一个。可是他们好像离开了郑东阳,也都没什么……"

"我不知道怎么说,我觉得您没错,郑东阳也没,你们的亲戚朋友，也没什么问题。"柳方蒙忍不住道，"交流不是每个人的必需品。"

"但他要走了。"徐虹想着今天郑东阳穿的深蓝色无领衬衫，背着几年前他们旅行前一起买的飞机图案的帆布包。郑东阳随身带笔记本电脑是所有人都知道的，但她突然紧张起来，那里面或许带着他出走的全部家当。

"不会是今天。"柳方蒙看着他，"假设郑老师真的觉得我跟他像，那就一定不是今天。"

"为什么？"

"不交流不是终点，走也不会是他的目的……"柳方蒙想继续说下去，但最终拐到最开始的话题，"你想说的那个人是谁？"

"我看见郑东阳前妻很久不更新的博客开始更新了。我觉得有点反常，一个突然说话，一个突然不说话……"徐虹低下头。

"他们当初为什么离婚？"

"因为孩子。"徐虹一字一顿，"一个男孩，出生时七斤二两，活泼健康，四岁时查出了白血病。"

柳方蒙再次想起那个白血病求助帖，以及郑东阳在那条评论中的语气——"孩子去世，剩余捐款共计×元，即日起陆续退还"。

"他们夫妇当时收到了很多捐款，但孩子没治好，钱也没花完，郑东阳前妻没退。那之后不久就离了。"

"这确实不是郑老师能接受的事。有这种事,他们很难再见面了。"

"他可能不会。但她或许会去见他呢?不然她为什么突然在这个时间更新,还说自己来了国内?"

"郑老师不还有别的朋友吗?不好意思,我不是说前妻是朋友……我记得,他提起过,自己有一个很久之前就联系过的女同学,宋博。"柳方蒙没有说这是郑东兰告诉他的。

"她骗了郑东阳三十万。"徐虹似乎并不关心柳方蒙怎么知道这些事情,"但郑东阳自己的说法是,那三十万是应该给的。"

她继续道:"她在西北种树,还养了群孩子,郑东阳不知道怎么看见了,也不知道他们中间又有其他什么接触……反正他捐了三十万,那本来是我们打算给佰佰的择校费。"

"宋女生。"柳方蒙组织着措辞,"宋女士不是在中亚……好像是乌兹别克斯坦吗?"

"她在塔什干做贸易。这是郑东阳突然提起要开车去塔什干之后,我想到的。那个女生,郑东阳评价很高。但可能因为评价太高,我总觉得她不像真实存在的。老实说,我总觉得是郑东阳杜撰的,但那个钱,我相信他是捐了。他干得出来这事儿。"

"如果宋女士真的存在呢?"

"哦，我不关心。除非郑东阳要去找她。"徐虹道，"真的会去找她吗？"

九

他们一前一后从酒店出来，走得很慢，但因为一路没有停歇，柳方蒙仍能不断听见身后地图导航的声音"在大渡河路左转……在南石路右转"。直到他们一同行走了三个街区，那个声音终于渐行渐远。他想问徐虹要往哪个方向去，但他很快察觉到是刚刚那股恻隐之心让他想要"关心"。马路上流动的车辆，行走的人群，比往日更觉嘈杂。但这嘈杂似乎有意无意在帮助他，让他不得不分散些注意力看看四周。正在维修的道路，被路障围住的快速公交和地铁口……推倒的老房子，被拆除的小餐馆。但当他把视线收回到马路上，看着越来越宽阔的街道，开得越来越快的轿车，他不能说这一切没有变得更好。也许是错觉，好像街道一宽，车就开得更快了。如果站得足够远，柳方蒙相信，城市比过去看起来更干净，但像现在这样，行走在发动机的噪音、轮胎和地面摩擦的声音之中，整座城市已经没有细节。他抬起头，远处交错排列着新的大厦旧的楼，正在改建的和想要拆掉的，它们是一块块不同层次的灰色色块。阳光打下来，柳方蒙脚下，是一整块铅灰色阴影。道路两侧，似乎都让位各个商场。书店、餐馆，很多和人的生活密切相关的事物,都被一股脑塞进去。柳方蒙知道他此刻听到的所有声音并不只来自马路,但马路成为这一切声音得以交织的重要平台。他继续走着,不知不觉已偏离原本要去的方向。但他决定这样走下去,直走到马路的尽头。他从来没这样尝试过,他不知道郑东阳是不是这样做过。

"你真的觉得这些空间是合理的吗?"

柳方蒙想起郑东阳说这话时两颊的大酒窝。

"难道不是吗?"

"还应该有另一层空间。完全为单独的一个个人而存在……"

"不存在这样的地方。"柳方蒙看着郑东阳,"你怎么会这么想呢?"

"……对于很多人而言,他们并不需要这么大的活动范围,但城市圈定了一个很大的范围,只要在这里生活和工作,人就要到处奔跑,从一个城市到另一个城市,从一个国家到另一些国家。"郑东阳看着下午五点棕黄色太阳清晰的轮廓,"如果我们把人的活动范围缩减到仅让人获取必要需求的那部分……人难道不会觉得更接近自由?"

他继续低声道:"一条街上,有餐馆,超市,菜市场,学校,居民楼……医院,还有殡仪馆和火葬场……"

"那它该有多长?"

"它可以很长!"郑东阳看着他,"那些城中村,很多不知道如何安放的街区和道路,它们的缝隙,从此可以连成一片……"

"连成一片,那其他的地方呢?这条路不会变成黄金地段,不会有更多人想涌进来吗?这不会带来更多问题?"

"哈哈。这样一条路,它在建立之初就框定了居住者的范围,他们是那些愿意为了生活更高效,放弃,或者说原本就对那些不必要的娱乐和外在消费感兴趣的人。"

"好吧。那这条路只能住科研人员了。起码也是很少数人。"柳方蒙道,"这是您的憧憬。"

"可能也是妄念。"郑东阳平静地说。

柳方蒙一路想着,一面模仿郑东阳的语调。仿佛一瞬间,他真的和他有些像了。但他还是觉得学生的事跟他无关。

"真的和自己没关系吗?"他想起郑东阳说这话时的样子,并为自己此刻想起感到羞耻——他曾经义正词严反对的东西,他已忍不住用它们来校正自己。他对郑东阳好奇,他对那不可知世界的另一面葆有好奇。仿佛光总要照进一个混沌的球体,但柳方蒙只关心它照耀的过程,那穿过球体的光线究竟有几条,每一条都通向哪里,柳方蒙并不那么关心。

"人只能关心他能关心的那部分事物。苏翎要走,是她关心不了你。"

"难道不是不想被我扰乱吗?"

"你没那么重要。"郑东阳道,"她的困惑中当然包括你,但困惑的主体依然来自她自己。你也会沿着你想要的那条路走下去,那条路上未必包括她。"

"关心她和关心自己本来不就是一体的吗?"

"当然是一体,但关心并不是一定要知道谁的动向……还有另一种关心。"

"我不是圣人。"

"但你可以选择不做坏人。"郑东阳道,"让她去……你们的问题只是所处的人生阶段并不那么相融,是你不能接受她不理解你的部分,她也不能接受她会有看不明白你的时候。"

"感情难道不是相互理解吗?"

"没有那样的感情。"

"我可以迁就她……但她没给我机会。"

"没有迁就。"郑东阳说,"你不能渴望得到的时候觉得关心是一体的,又在纠缠错误的时候觉得你们是独立的。对方的错误,也是你选择的一部分。"

柳方蒙为自己居然和别人提及情感问题感到耻辱。他又一次忆起自己当时脸微红、食指轻微挥动的毛头小伙模样。以及他在那一刻想到的仍然是自己,而不是苏翎会怎么做。

他拿着放大镜,仔细端详地图上苏翎标注过的城市和岛屿。根据笔迹新旧,他列出了苏翎可能前往的地区和国家。他还保留了苏翎父母的电话录音，列出他们提到的地名。那是一对特殊的老夫妇。一个从研究所退休后就常常去边地考察，常常大半年没有消息。一个在云贵高原养了一块果园，倒常常会来电话，但想主动联系，一般是联系不到的。柳方蒙和苏翎婚后，每周他们夫妻都会给双方老人打电话。这是柳方蒙的要求，苏翎虽然不满，但都遵从了。苏翎和柳方蒙的父母相处融洽，却对给自己亲生父母打电话，反应过激。

"我不知道他们在哪，电话又是哪个。"她坐在餐桌上，一条腿搭在椅背上，另一条腿不耐烦地晃动着。柳方蒙想起第一次见苏翎时，他们和另外几个游客都困在贺兰山下一家酒店外。服务员讲，除非他们愿意和陌生客人拼房，否则就只能另寻住处。柳方蒙已决定和其他几个旅客一起叫一辆黑车去市区，只有苏翎从背包里拿出帐篷和露营用品，在酒店门口自然地铺开。动作熟练得让柳方蒙好奇，好像这些东西都是她随身携带的一样。但这些恋爱过程中的高光点，在他们情感的后期逐渐演变成灾难。苏翎性情激烈，情绪起伏不定。她这样的性格加上独特的成长背景，使得她对人情世故缺乏理解的耐心。如果是不那么熟悉的人，她尚可以有教养的应对，反而是越亲密的人，她常常表现得暴躁。她不加掩饰的真诚逐渐变成一柄双刃剑。柳方蒙试图把一些朋友请到家里来，但苏翎不愿像真正的女主人那样让大家感到舒适，而苏翎自己的那些朋友似乎早已习惯各自沉浸在自己的情绪中,他们对苏翎,甚至对友情本身没有承担责任的欲望,只能关心自己。

苏翎因长期失眠变得愈发轻盈的身体,从餐桌滑到椅子上。她试图缓和一下气氛,睁着眼袋厚重的双眼解释道:"他们本来居无定所的,我们全家也都习惯了……我还是发邮件。"

柳方蒙察觉到她的努力,也没想到她会真的走,从她说出要走的那一天,客厅里她的大行李箱一直都是空的,直到他在小区楼下的深蓝色垃圾桶看到了它。柳方蒙意识到,那些曾经看似的改变,可能就是她离开的前奏。他想改变她。郑东阳则看起来似乎对所有人没有要求,除了密集地关心学生们和孩子的成长。但是参考他后来面对家人和朋友们的方式,柳方蒙又难以把那个郑东阳和之前的郑东阳连在一起。当时的郑东阳建议学校参加全省教育试点项目,培养十四岁以下的孤儿。他还把科目列出来,柳方蒙在教师群看到过,那是一份给少儿看的经典文学和名人传记书单。郑东阳说,教育孤儿不需要考虑父母这个选项,他可以更自在地把他们教好。但柳方蒙面对他的热情,心情复杂。

他翻开徐虹和郑东兰提供的郑东阳大学毕业照片和中学毕业照片。分别找出郑东阳前妻和宋博。他再次打开那个博客,发现曾经被锁的文章又设置为"公开",原本置顶的白血病求助帖取消了评论功能,文章内容也被更改成一篇学术论文,只有文章下部分未删的评论能看出往日痕迹。

博客最新的文章是三天前发布的一篇访学文章，剥离专业方面的硬性讨论，更多的是关于不同地区学院制度的描述，乏味异常。但有一点引起了柳方蒙的关注——几年前的一篇日志里，有张鹰哥海岛的照片。文中还提及自己旧日家乡的一位亲人。日志言辞恳切，尽管很少对那位亲人的具体描写，但对自己年少时和童年的几个微妙的细节描写，都提到了"他"，也就是那位亲人。文中写道"小时候喜欢在河边扔小石子，但他让我不要扔，因为石子都进了河，人就无路可走了"，还写道"全城都在庆祝新生活重新开始，而我骑着娃娃车在他和亲戚们的双腿之间穿梭""他让我不要告诉母亲，因为告诉了母亲，他就连站在门口的资格也没有了。我说妈妈一直欢迎你来，只是你不来，她就只能说狠话。但他只是笑笑，不再言语"。博客文章不多，这篇显得尤其不同。他翻阅笔记上记录的关键词和关键细节，有一处和日志中提到的"他"很相似。那是郑东兰提起她和郑东阳的父亲——"他站在家门口的院子。门是虚掩的，他一推就能进来。有时候他进来吃两个菜肉包，就走了"。再看日志的时间，在郑东阳上段婚姻存续期内。柳方蒙关了网页，仔细端详着大学毕业照上，她和郑东阳的表情，他们看起来都很害羞，女生显得矜持，男生显得活泼，如果不是那些博客上关于学术成绩的大段陈述，柳方蒙甚至突然觉得这个女生比徐虹和郑东阳更般配。但他很快觉得自己的想法很没有"道德"。柳方蒙翻开笔记本，在空白的一页上标注好今天的日期，写了四个大字"共享博客"，接着，又写下两个字词"他""亲人"。

柳方蒙想问徐虹，有没有跟郑东阳一起去看过他的父亲，但他忍住了。他觉得徐虹一定会多次浏览那个博客，或许也在揣测"他"和"亲人"二者之间的关系。他想着，接着再次刷新了一遍博客主页，突然发现主页多了篇新的文章，但依然是一篇访学日记，只是，中间有一段，文章作者写道"两个月前在国内地铁上看见电视上播'鹰哥海岛水位持续上涨，第四批移民的迁徙工作已经开始'，突然想起几年前和Z一起去那里的情景。记得岛上一到春夏之交就有特殊天象，在海滩附近的树海中散步，能透过林木的缝隙看到海的尽头有一条金线。当时我总觉得那是海滩发出来的光，但Z说那是天上的。我问Z，为什么只能透过密林才能看到'金线'，他说不会，只是我们恰好在林间看到了那条断断续续的金线，也因为金光不连贯，我们觉得它更加壮阔。我觉得Z说得很有道理，但我还是听说，沿着海滩边缘骑行看到的金光更粗壮更雄伟，但我没有机会看到了"。

这段话成为整篇文章中唯一可看的部分，柳方蒙也发现，博客里凡是涉及郑东阳的段落，就似乎写得更好些。柳方蒙现在唯一相信的，是不管那位前妻还是徐虹，她们都和郑东阳去过鹰哥海岛，只是都没提到岛上还有没有其他跟郑东阳相关的人。但如果她们都曾经在岛上见过郑父，如果郑东阳是去顺道看了父亲,徐虹却一次也没有提起,多少有点奇怪。柳方蒙拨弄着键盘,在又一次刷新博客后,他注意到这次博客简介添加了邮箱和 MSN 号。但 MSN 不是停用了吗?柳方蒙打开了电脑深处多年不曾点开的 MSN 图标,不料却突然成功启动了。只是先前的通讯录好友的头像一片灰暗,柳方蒙觉得自己好像进入了一个黑洞,可以随时退回到过去,也可以随时穿梭到未来,这完全取决于柳方蒙此刻的想法。但他来不及继续困惑,只是急切地输入了那个账号。很快,他就收到了好友添加成功的通知,那位前妻的 ID 是 Berlin1981,地区是芬兰。柳方蒙下意识觉得加的就是她,于是直接问道——

非常抱歉,我想请问你知不知道郑东阳的父亲在哪里?

你是?

我需要知道他在哪里。

在一阵沉默后,柳方蒙看见"正在输入"持续了几秒,直到 Berlin1981 突然发来一段语音。柳方蒙手抖了一下,点开后,听见她所在的环境很嘈杂,几种不同的听不懂的外语和轻重不同的脚步声交错穿梭,而她压低着声音道:"鹰哥海吧。"

十

财富大厦周围的第一批大楼已建好,关于财富大厦要拆掉的消息却在地铁和公交车广告屏滚动播放。徐虹说起几年前,城市拆除过一栋灰色大楼。只是灰色大楼是旧楼,住在上面的人,每一个都渴望拿到拆迁款。那是有些格局的老楼,虽然旧,仍有气派。徐虹和郑东阳第一次约会就在那里。一路上,郑东阳在前,她在后。他们之间保持着一般男女应有的距离,郑东阳右手一直牵着她,从一楼走到二十三楼,也就是顶层,他们的手心都汗涔涔的。徐虹没有松开,郑东阳也没有松开。灰色大楼坐落在城市改建之后新辟为繁华商贸区的原西郊宾馆所在地,在它周围,三十多栋新大楼同时动工,有的已经在装修,有的才建到四五层,还有的仍在打地基。从楼顶看下去,满世界都是浅绿色的装卸车。郑东阳说"真壮观",徐虹说她"只觉得紧张"。装卸车穿梭在工人之间,也变得开始像人。徐虹想起电视剧里演的希望小学学生们飞奔向崭新的教室,但豆腐渣工程的教学楼却突然坍塌。徐虹不知道这些楼宇急切地被拔出地表,是不是另一种不节制的后果。

"会有那么多人搬进来吗?"她朝一侧的郑东阳问道,"新闻上说要有五百万移民进来,会把西郊和东郊都填满。真的吗?"

"说不定那时候就没有西郊和东郊了。"郑东阳道,"都住满了人,那就都是市中心了,哪还有这些区别。"

"住满人就是市中心?"

"难道不是吗?人多到不得不有商业区、住宅区,不得不有新的学校、幼儿园、医院、超市、便利店……继续增多的人……新的地铁、立交桥、轻轨……它们同时建起来,像棱镜的几个面,瞬间立体,接着饱满,然后膨胀。"郑东阳凝重起来,却很快又振奋道,"但也真的壮观。"

真壮观呢。徐虹心里重复道,继续上下翻看着郑东阳的手机,还有他的运动手环——今天显示的运动量是5.73公里。浴室的水声哗啦啦响,离她很近很近,她可以冲进去,她有资格这么做。但那扇门内的水声却形成一道更厚实的壁垒,让她的欣喜又黯淡了下去。徐虹打开郑东阳的好友关注列表。她看见几小时前他给宋博的一组照片点了赞,那拍的是用捐款购买的各项教学设备。

徐虹想起郑东阳带她看那三十多栋大楼的建造现场时除了说"真壮观",还说了"不过,比鹰哥海差了点"。

"那地方怎么比这里更好了?那里房子建得更多吗?"

"没有。"郑东阳看向远处,"那里只有一条街住满了人,一条鼓胀的街……有医院、超市、服装店、小学……其他地方只是过行人的,偶尔有游客,会环岛骑行。岛的边缘,都是树林,但树林栽种得很有秩序,人在里面还是有路可行。"

"不如我们什么时候去那里?"

郑东阳没接话。但徐虹没想到,几年后,她和郑东阳去东部群岛时停留最久的地方,就是鹰哥海。鹰哥海没有岛名,但岛上曾经想建一座教堂叫"鹰哥海天主教堂"。久而久之,"鹰哥海"也就是岛的名字了。

她把睡着的佰佰抱到她的小床上,然后把郑东阳的被褥放回自己的房间。如果他真的不想跟她在一处,那他势必闷声不吭地再把东西搬走。如果他没有拒绝呢……她想着,突然更加紧张。

从另一间卧室走出来的郑佰佰,额头上的冲天辫已经松散,几缕软而微黄的发丝垂下来。她回想着刚刚结束的梦境,梦中她比现在更年幼,骑着父母老照片上才有的娃娃车,穿过爸爸和妈妈的双腿,还有一个个来了又走的陌生亲戚。她的奶奶,想象中的爷爷,只看过她一次的姥姥和姥爷(爸爸让她叫外公、外婆)。她的外公外婆,他们提着充满黄土气味的蛇皮口袋,里面装着硕大的黄土豆,还有通红的大个花生仁。他们在跟妈妈小声说着些什么……但妈妈拒绝了他们。接着他们开始掉头发,接着亲戚们也出现了,他们也开始掉头发,一缕缕掉在他们家的白瓷砖地板上,最开始是黑色的头发,接着变成白色的。很多很多白色的头发,组成一层新的地皮。她的娃娃车在这些白发中穿行,白发卡进她的小车里,小车开始蹬不动。

郑佰佰拉长的影子像一扇门,让徐虹眼前的光弱了一层。她看向女儿,而女儿小小身躯的后面,是打开的浴室门,蓝浴袍被吹开一角。浴霸在地上,水哗哗流淌,徐虹冲进去把它关上。她走到餐厅,走到客厅,随着她的脚步声,所有房间的灯都亮了,只是亮度不同,让人觉得置身浅蓝色的舞池中央。徐虹在所有郑东阳可能放东西的地方都走了一遍,最后,她走向厨房。微波炉的门开着,昨天盛剩菜的菜碟似乎曾被加热过,留有一丝余温。洗净的白瓷碗下,一张压出水状痕迹的纸条在朝地上滴水。

"可能是说准了。郑东阳下午走了。"

"去哪?"柳方蒙对着电话道。

"留了纸条,说去支教,学校安排的。"

"不可能。安排的话我们都会知道……"柳方蒙顿了顿,"可能是休假呢?"

"……他告诉了我地方,在鹰哥海……"

"那不是要沉了吗?人都移光了。"

"但他说在鹰哥海……或者,其实是那附近。或者,还是莲花港的一个岛。"徐虹道,"反正都是东边。但怎么会是东边?"

她继续道:"他要去东边,为什么那次说自己要去西边呢?"

"你不是说了吗?那是为了让你提议去东边。"

"我还是觉得哪里不对。"徐虹道,"他都不跟我讲话了,为什么还留那张字条。"

"不是不说话,是不交流。这是您说过的。"

"是的,是我说过的。"徐虹的身体倚靠着厨房的门滑落下来,直接坐到了地板上,"我现在觉得,你这句话,像郑东阳说的呢。"

"也许吧。但您现在要把知道的没告诉我的,都说出来。不然,我也不知道能做什么。"

十一

夜车驶过,黄色的车灯和便利店的绿光交错打在窗户上。决定买房前,郑东阳跟徐虹说这个小区虽然老了点,却是城市扩建后最早规划的新小区,比后来的小区设置得都合理。他们刚搬进来的时候,小区的中心位置还有一片绿林,有一年清明,他们带着刚满月的佰佰在那里放过风筝。徐虹说过,那是只白色的风筝,郑东阳自己做的,风筝纸上画了黑白插画,那幅画近看线条凌乱,远观的时候却能看出是一个瘦削男人的轮廓,他穿着上世纪八十年代新潮的皮夹克和牛仔裤,双手插进裤袋里,嘴唇抿成一条线的形状。郑东阳说自己本是临摹丢勒的《母亲》,不知道为什么画着画着倒有些像他记忆中的父亲了。徐虹第一次见郑父时,他还在乡下,现在那已经是市区的一部分。那儿常常断电,外地的打工者、个体商贩,还有生活拮据的艺术家都和本地人混住着。郑父居住的阁楼在一条偏僻破旧的曲折巷子内。郑东阳那天早早下了班,他们本打算去电影院看姜文的《太阳照常升起》,但票还没买好,郑东阳就拉着她去了另一个地方,他说自己父亲又闯祸了,他们必须两小时后赶到。徐虹当时还以为郑父患了老年痴呆,需要时时刻刻都有人照看。直到在郑父阁楼附近的超市门口，他们找到了他。郑父用楼顶的废弃浴缸做成飞行器，但只"飞"出去几十米，就摔在超市的屋顶，飞行器散了架，他和超市顶层的雨搭滚落下来。郑父当时已经快八十岁，但口齿清楚，脑筋转得很快，他让郑东阳把他带到社区医院，让徐虹去他家里找出他的设计图纸。那座阁楼上的人，都没有自己独立的房间。蚊帐、木板、麻布片，辟出许多个狭小空间，每一个小隔断间只放得下一张小弹簧床和一只立柜，立柜会被当成餐桌、写字桌。没有椅子，这里的人也不那么喜欢坐在床上，他们更喜欢席地而坐。郑父留下来的设计图纸放在立柜上，废弃的一沓设计图纸用来当泡杯面用的盖子。制作飞行器的器具散布在不同住客的床底，看见徐虹走进郑父的房间，郑父的邻居们纷纷问她飞行器怎么样了，他们一同凑钱买了这些东西，现在他们要看到成果。徐虹哑然失笑，说给郑东阳听的时候，他却哈哈大笑。

"他就是有这个本事。让周围的人相信他，相信他能行。"郑东阳道，"除了我妈。"

"阿姨也是相信过的吧。"徐虹说完就改口道，"应该现在也是相信的。"

"这也无所谓了。希望你以后能相信我。"

"嗯？你要做什么？"

郑东阳的摩托车突然加速，徐虹条件反射地抱紧他。

而郑东阳说:"相信我即使不走寻常路,也可以平安。并且,我也会这样相信你。"

徐虹想着,把冰箱门打开,在扑面而来的冷气中对着手机道:"我其实一直在关注郑东阳另一个微博。"

"嗯?"

"他经常给一个人点赞。那个账号很少发东西,不是我和郑东阳周围的朋友,也不是姓宋的……"徐虹说出她的名字,"宋博,虽然郑东阳在一条微博转发中@过她……"

徐虹继续道:"那上面转发的信息驳杂。最新的一条转发,是关于国外一个小镇,说那小镇只有一栋大楼,楼上有学校、超市、书店……所有居民都住在那一栋楼上。他就是在那条微博转发中,第一次@了他经常点赞的那个人。那个人微博内容很少,但能看出来住在海边,喜欢拍拍鸟啊,植物啊,自然风景啊……关于他自己,基本就是拍拍正在做的东西,有时候是画的画写的字看的书,有时候是绘制的地图,关于海岛不同历史时期的地图,还有一些是做的东西。我记得,有一个特好玩,是一个滑翔翼,微博上还说'想用这个飞到隔壁岛,结果栽海里了'……你肯定也猜到了吧,那个人就是郑东阳父亲了。"

"你觉得郑老师的出走跟他有关?"

"我觉得无关。除了资助学生和荒漠绿化的公益项目,郑东阳跟宋博以及他爸之间没有什么共同要做的事。"徐虹说,"发现那个账号的时候我很郁闷……他也不是不跟任何人交流,他还是有他想交流的人。只是,我不在那个名单中。"

"我也不在啊。"柳方蒙说完,徐虹笑起来,仿佛听出了他话中的安慰和失落交织的情绪。而柳方蒙知道自己的话缺乏立场,也尴尬地笑了。

"我还有一个疑问……您和郑老师有没有一起参加过一个'穿越东国境线之旅'的旅游项目?"

"那个旅游团还有这名字?"徐虹道,"郑东阳是不旅游的,除了跟我那次,就是他说要穿越鲸海的那一次了——就在我们一起去东面群岛之后的第二年。他买了全套潜水设备,说要去看沉落海底的古代建筑,说得神乎其神。"

"你说你们一起去东面群岛的那一次,其实去的是鹰哥海吧?"

"当时是。但现在不能说是'鹰哥海'。"徐虹呼出一口气,"鹰哥海不存在了啊。"

她补充道:"确切说,是这个地名不存在了。鹰哥海岛从好多年前就开始下沉,最近十多年下沉的速度变快。我听说最后一批移民开始搬了。岛屿地势最低的一块几年前被海水淹没,全岛一分为二,一个叫南岛,一个叫西岛。我和郑东阳去过其中一个,他说那里要建跨海大桥。只是后来桥没建成,建成了海边列车,火车从海边开过去,现在那已经是东国境线最旺盛的一条观光路线了吧。"

"但是,鹰哥海天主教堂还在吗?"

"在。只是在南岛还是西岛,我已经不知道了。也或者那个名字还在,但是教堂又在其他地方重建了呢。不是经常这样吗?把一个学校一个城市移栽到另一块陆地上,说是'文化的延续'。"

"郑老师的父亲,有没有可能就在那个教堂里?"

"我不知道。不过,你这么问,想必是已经确定了吧。"徐虹的情绪平复下来,内心想要追问郑东阳去向的心情也渐渐变淡。她把佰佰抱上床,给她讲了一个童话故事,那是郑东阳讲过的一个故事——

一个穿蓝裙子的小女孩喜欢养金鱼。每天她都会喂金鱼定量的食物,但是鱼缸里的金鱼变多了,她喂的鱼食也变多。小女孩原本以为每条金鱼都会分到足以吃饱的食物,却没想到有的金鱼撑死了,有的金鱼却变得瘦弱,甚至饿死了。小女孩很伤心,把仅剩的一条金鱼送人了。而送出去的那条金鱼,第二天却死了。

"为什么呢?"郑佰佰问。

"金鱼适应了弱肉强食的环境,突然有了很多鱼食,就不节制地吃起来。然后就撑坏啦。"郑东阳道。

"金鱼怎么才能重新适应呢?"

"这要问金鱼啦。适应吗……只有一条路可走,就是重建自己的秩序。不过这对你来说太难了。"

柳方蒙关掉电话,重新看向墙上的地图——这是前段时间他买的新地图。卖地图的店家说,最近地图变得复杂了。但柳方蒙铺开的时候只是觉得某些大洲轮廓内的线条多了些。一些国家的名字也改了。唯一不变的，是荒漠还是荒漠，海洋还是海洋。很多岛屿即使面积扩大，在地图上也还是显示不出。郑东阳心心念念的鹰哥海，在世界地图上，是根本找不到的。柳方蒙打开升级过的 GPS 地图系统，想看一眼鹰哥海的南岛和西岛，却发现地图还没有更新，仍然能看到剧烈下沉前的全岛 3D 实景。密林、金黄的帐篷、蓝色的冲浪器……红色屋顶的富人小区外是当地人的低矮平房，还有重修过的崭新天主教堂。上面还能看到写着铸造日期的黑色石碑——

2005 年 7 月 2 日，晴……郑多森先生设计

柳方蒙的手机在桌边震动了一下，苏翎沉寂已久的 Instagram 突然更新了。她晒出了一幅自己的新摄影人像——一个十五六岁的少年，半边脸在光中，半边脸在阴影中。签名改成了"如果没有光，又怎么看得见阴影"。如果是过去，柳方蒙必然觉得这实在矫情，但此刻，竟然有一阵莫名的心动。他想回复一句，但最后什么也没有发出。他重新点开微信，跟徐虹说，他想去找郑东阳。

过了很大一会儿，徐虹回道："祝你一路平安。"

十二

在地图导航App上搜索鹰哥海天主教堂，显示"查无此线路"。柳方蒙从莲花港机场坐大巴到散客接待中心，再靠着一路打听，辗转一趟共享单车，一趟城镇公交，看到了想象中的蔚蓝色海边列车。苏翎与他离婚前，曾发给他斯里兰卡海边火车的视频。车窗开着，海水的气息似能透过电子屏幕扑面而来。他想象着可能的清新腥气，仿佛某种曾被他刻意远离的世俗生活转身教育和影响了他。柳方蒙打开INS，想看一下苏翎又发了什么，却发现主页的摄影图已被清空。头像ID也换了，他相信她仍在电子设备的另一端，这依然让他感到一丝安全。

海边列车是站站停，柳方蒙从南岛站上车，一路能看到鹰哥海全貌，和3D地图中的完全不一样。这样一想，他恍然意识到，3D全景图中的鹰哥海岛上没有一个人。此刻，除了列车上黑黄皮肤的当地人，以及周边国家穿着各异的旅客，还有时时想要朝列车内扑过来的海水，似乎和其他东部海岛没有什么不同。这条线路比他想象中要长，柳方蒙觉得鹰哥海全岛的面积或许比他想象中要大得多，但此时他只能看到少量陆地。几个流动校舍前挂着红色横幅，还有小学生穿过石头铺就的小路。海水绵密地穿过校舍四周还有居民区内的排水渠。柳方蒙没有看到教堂的踪迹。岛内的少数民族说着一种和其他东部群岛居民不同的方言，他们听不懂普通话，不辨方向。只有一个矮小黑瘦的老人，右手五根手指有三根不能动弹，但大拇指往右侧灵活地转了一下。柳方蒙问："教堂在那里吗？"她不说话。柳方蒙不耐烦地跳下车，朝着海浪的方向猛跑了几步，在跌倒的一刻，一道金灿灿的光圈像准备好了一样，铺在列车顶层，直插过南岛和西岛的中心地带，一晃而过。朝天上望去，一片晕染的金红色光芒渐渐变成粉灰色，几个不同肤色的摄影师连拍了一串照片。而摄影师们身后的山坡上，是一片被砍伐过的树林。据说，它们会被移栽到莲花港市——那里已经在建鹰哥海海底博物馆，未来将陈列一大批从海底打捞的古代城池遗迹。在郑东阳那张 excel 表格上，他列出了不同历史时期在鹰哥海沉没的城池。最早的时候，鹰哥海是一座山，山顶有一座庙，是一个小和尚为了埋葬一位高僧所建。到了近代，不知是水位上涨还是山在下沉，山已经几乎变成平地，只留有几座山包。在近一个世纪的光景里，全岛的基础教育就依靠各地来的支教老师，他们在山包上建帐篷，一个帐篷就是一个复式班。这些年过来的支教老师，大部分都是莲花港市下去锻炼的基层大学生干部，最多来一年就走了。岛上物资短缺，运送蔬菜的大卡车两个月来一次，岛民一代代研习的海水储存法虽然能一定程度保鲜，但终究不能和西北部地区相比。

　　岛上唯一规模较大的建筑是西岛边上的旅馆。旅馆门前是一个给游客画像的矮小老头,还有零星几个焦急徘徊的人。柳方蒙把手机上郑东阳的照片给老头看,他先是摇摇头,接着又迟疑了一下,让他去旅馆里面问。旅馆比他想象中装修得干净。乳白色墙壁上挂着四只钟,来自三个不同时区。仿佛又回到那间旅行社,柳方蒙看见几个干部模样的人说着普通话一会儿上楼一会儿下楼,还有刚才那些摄影师在调整三脚架。没有游客,他在吧台后的墙壁上看见一排寻人启事,以及丢失的身份证——还有一块黑板上写着布告:

请将捡到的身份证明交到前台。

只是吧台内的小妹很快用抹布把这句话擦掉,换成了——

寻人请拿着照片和启事上二楼。

柳方蒙张张嘴想说自己没有打印寻人启事,小妹看了他一眼,娴熟地指向木制楼梯处。他走上去,那是一台旧式打印机,打出来的人脸都是灰色的马赛克。他按照模板提示填写了郑东阳的姓名、职业、年龄。看着那张寻人启事从机器中一点点出来,柳方蒙突然觉得那是另一个人。

走廊里坐着很多人,大部分是当地人。除了光着屁股跑来跑去的小孩，就是神色淡漠的老人。他们在等待被海水冲走的亲人的消息。有人看见柳方蒙的启事，告诉他不该来这里，来这里的外地人是要点高价饭吃的。还有人说见过这个人，但比他老得多，胡子拉碴，面色黝黑，衬得头发特别白。柳方蒙问比他老得多的这个人在哪呢？没有人回答他，只说可能是被住满外地人的轮渡接走了。岛上的卫生所和大部分医疗人员早在第一批移民迁徙时就转移了。这座旅店，同时也承担着医疗、日用品销售等功能。在柳方蒙等人坐在地上和台阶上等待的时候，楼下一句很大声的吼叫传来——是援助的衣物和食品运到了。柳方蒙交了钱，下楼把启事交给吧台姑娘。

鹰哥海大迁徙的消息放出去后，莲花港的旅行社开辟了名为"最后一块天堂"的旅行线路。最初，周边省份和邻国的游客来了很多。有次午后，海面平静，他们躺在海边的长椅上休息，但海水出其不意地卷了上来，被卷进海里的人，至今他们亲人的寻人启事还挂在旅店吧台内侧的抽屉里。那次之后，观光线路被勒令禁止，而那些寻人启事一个月换一次。吧台姑娘说，郑东阳的这张，她几个月前就见过一次，是一个老人贴的。

"什么样的老人。"

"脏兮兮的。脸被泥巴糊住了。头发上都是蓝色颜料，粘成一团。"

"他住在哪？"

"外地人都住在后面的轮渡上，那里比这边贵一点，但能吃到海鱼。"

"现在海鱼也很难吃到了吗？"

"这里谁会去捕鱼呢？现在都说鱼吃的是海水里的人肉。"

柳方蒙尴尬地笑笑。吧台姑娘指示他可以在她这里买饮料，但看到柳方蒙拿出背包里的水和干粮，她生气地把他赶了出去。

十三

天边是粉黄和浅蓝交融的温暖色调，他从旅馆后方往绿色轮渡的方向走去。白色的油漆在船身上刷出"鹰哥海号"四个字。船体刚被翻新过，只是新油漆喷得粗糙，离近看还是能看到很多之前掉漆的地方没有完全被照顾到。柳方蒙把另一张寻人启事贴在船上的布告栏，几个印度人模样的围过来，很快又散去。直到一个穿蓝色制服的人走过来，示意他坐在休息室等一下。柳方蒙意识到自己被当成死难游客家属了，尽管他的状态确实很像。休息室的镜子映照出他两天没刮的胡子、瘦长的脸和沉重的眼袋。很久之前郑东阳讽刺过他的眼袋："柳老师，你像二十五岁的人吗？嗯？四十五岁还差不多。"柳方蒙尴尬地笑起来，想想如果此刻眼前是讲桌，他和郑东阳轮番上台讲课，是不是他还没开口,学生就嘘声一片。他想起有次曾尝试讲学生感兴趣的东西。但好像他们并不如他想象中那么感兴趣。课讲到一半,郑东阳的身影从窗外走廊一闪而过,柳方蒙简直想夺门而出,问他这是为什么。他不像郑东阳那样,可以根据不同的学生制定一套独特的教学策略。他也不像他那样,真的清晰了解学生们的所思所想。但他觉得自己可以知道,他也曾多次家访,看学生的社交网络,听他们的对话,但那些驳杂的信息,没有一条可以直指内心。这样想着,柳方蒙感觉到一阵失落。这失落感加重了他渴望找到郑东阳的心情。

蓝色制服的男人把他领上二楼东侧。东侧离海最近,常有轮渡从这里接涨潮时被困的岛民,带到相对安全的南岸。他诧异柳方蒙没有先在莲花港找。

"我觉得他应该会在这儿。"

"但这个人,确实很奇怪的。上一次海水涨潮时,他被我们安置在离莲花港最近的一座岛,但又要回鹰哥海,还要待在西岸,说西岸有他的朋友。"蓝色制服道,"如果你真的在莲花港找,也不过是浪费时间,最后还是要到这里。"

轮渡上人很少,少数几个住着人的房间,也都是外派的基层干部。最大的一间房辟出来作为"移民办"。柳方蒙问岛民会被安置到哪里。蓝色制服说内地城市都有可能,部分还会被安置在上海、北京、深圳的郊区……最远的,可能会到最西边。

"那么远?"

"还好吧?之前南部有个地方建水电站,不是很多住户移民到了三千多公里外的上海郊区吗?"

"会不适应吧?"

"不会不适应的。"蓝色制服笑道,"在鹰哥海住了那么久,就没有安安稳稳在一处房子住超过半年。你根本不知道,什么时候海水就涨起来了。我记得就小时候,全家还住在一处,到后来,有的亲戚就想方设法去市里了,没办法的也去了隔壁岛。"

"为什么这一块地方下沉这么严重?"

"很多说法。有的说采矿,我们小时候,老辈人说海底有火山哈哈哈……不过,你照片上这人说,是海底淹没的古岛建筑太多了。"

"古岛?"

"就是古代的鹰哥海。听说,淹没了三四十次吧。最惨的一次,是说十一世纪有个东部群岛岛主,觉得鹰哥海朝向好,决定在这边建都,结果刚确立国号不到半年,全岛就开始下沉。"

"既然下沉了那么多次,那为什么现在还有这些陆地。我的意思是,难不成下沉过,又浮起来了?"柳方蒙道。

"您不知道吗?鹰哥海一直在移动啊。整个东部群岛都在移动啊。"他惊讶道,"很多陆地被水淹了,但因为板块漂移，一些新的陆地又补充进岛屿版图内。现在的南岛和西岛，其实最早不是鹰哥海的地界。而鹰哥海周围其他的岛，在古代的时候，水位连年下降，一些曾经被淹没的城镇又从海底浮起来。刚才说的那个岛主的七世孙，据说跑到鹰哥海又再次成立了一个新国家，经历了两代岛主。不过他那时候看到的鹰哥海，其实已经是偏移后的鹰哥海了。"

蓝色制服继续道："陆地又浮上来其实还是因为地势低。古代不像现在，打渔为生，死的渔夫多了，难免就被传为'死岛'。一直到1949年后，一批移民过来，这里人才稍微多点。"

"移民？"

"你给我看的照片，不就是一个移民吗？那个人很了不起，是个建筑师。好像一辈子也没造出一个合格的东西。"

"不是有鹰哥海天主教堂吗？"

"哈？那是个假的啊……东部群岛要开发旅游项目，要求每个岛都要有个景点，鹰哥海什么都没有，就查阅史料，发现这里过去有个教堂，但早就沉到海里面去了。当时的移民里有一个建筑系的老师，那个老师说要建成教堂，当时倒是投入了一些资金和人力，但最终只是打了一块地基……"

"我看到明明有照片啊。"

"那也是假的。照片啊，最容易造假了。我倒是觉得我们这儿,空气什么的都好,但真的没什么教堂,海边列车也是刚建起不久的……"

"那块碑?"

"那是那个教授自己立的。他在我们这边住了很多年,前些年回到内地找老婆孩子了,但前几年又来了。他浑身脏兮兮的,跟岛上没人管的一些孤寡老人很处得来,他会说我们的方言。"在蓝色制服的指引下,柳方蒙看见走廊尽头的红棕色地板上,摆着面包和水,一个破旧的帐篷撕开了一个小口,里面探出一颗脏兮兮的脑袋。双眼泛红,白发板结一块,只是衣领很干净。老人钻出来,浑身散发出海水的腥气,衣服上像铺了一层盐,也像有一层银白色的霜状物附着在上面,给他周身笼罩了一层莫名而神圣的光芒。

"你好,我是郑多森。"老人脱下太阳帽,"不过东阳不在这里。"

"我知道,来鹰哥海,我本来就是要找您的。"柳方蒙道。

十四

他们在黄昏时分坐上海边列车。郑多森说一般人都喜欢从南岛直接坐到西岛,从来不知道中间还有一个小站可以下车,而且小站的风景很不错。柳方蒙挠挠头,想说自己也不知道,但他突然觉得这是一句无效的话,于是道:"也可能他们知道,只是不想下去呢。"

"有可能哦。"郑多森道,"类似的话听东阳说多了,听见你说,有一点新鲜。"

他们跳下车,郑多森指着不远处几棵正待被砍掉的树:"那里之前有很多宝贝,现在都没了……在很多不经意的时候,海水就这样冲上来一下……"他比划道,"再下去……然后这儿,这儿,还有这儿……就会有一些稀奇古怪的东西,我记得二十年前吧,还有一块七百年前的石碑被冲了上来,还有宋代的钱币,元朝的蒙文石刻。"

"难道就是您刻字的那块?"

"哈哈。那块是一千年前的。"光芒把他的脸一分为二。新一列海边列车从他们面前开过去,海水时时没过他们的脚面。

"现在,只有我们会这样悠闲地走在这里吧。"柳方蒙道,"我看见岛上已经没什么人了。"

"这是最后的好日子了。"郑多森道,"我以前总会想,如果大陆桥工程坚持下来,是不是鹰哥海主岛陆地会和东部群岛连成一片……原理上这是不可能的。但我总觉得,有个东西把鹰哥海和其他陆地连起来,它是可以不沉的。"

"如果真的不沉,就一定比现在好吗?"

"当然不会呀。但那样,你就会在岛上看见郑东阳。"

"嗯?"

"你没有在前些年来鹰哥海……当时,这里头顶上的云会把天空分割成几块大小不一的菱形。男孩只穿短裤,瘦又干练,他们把海边的文物摞起来,做成各种各样的景观。"

柳方蒙看向他,上衣的盐在阳光下亮闪闪的,像某种薄雾一样的金粉。裤脚有剪掉的痕迹,口袋的一角伸出来,几只新鲜贝壳缝制的项链系在他的腰间。晃动一下,就撒下一些雪白色的屑屑。郑多森大笑一声,脸侧的大酒窝显出憨厚的模样,柳方蒙竟然觉得表情有些像苏翎。

"柳老师,你横穿过这里吗?"

没等他回答,郑多森继续道:"如果你穿过这里,你会觉得自己像夸父。"

"夸父追日吗?"柳方蒙笑道,"有点冷。"

"不是。你会有一种,不断想了解过去和现在的冲动。"他转过身,"这里,整个东部群岛,都在走向成为遗迹的路上。"他比划着,粗糙的手指在阳光的照射下,像一件深具艺术感的雕塑。它伸过来,柳方蒙想握住它。

"您怎么来鹰哥海的呢?"

"年轻的时候我跟好多同学被派过来,我们想得最多的就是怎么调走,起码调到省会。当时有个建筑所要我,但鹰哥海不放人。后来我不那么想走了……我觉得所有地方,都是同一个地方。我不会因为改变自己的居住地,整个人就升华了。那我不如在一个更简单更直接的地方,如果丰富，就是彻底的丰富……我总觉得可以用那些冲上来的宝贝重建一个鹰哥海，只是我能力不行……你看到了，我只能做做滑翔翼，画个画……以前能翻译一些岛上留下来的典籍，现在这个也不行了。"

"难道不还有很多事可以做吗？很多不得不有人做的事。为什么一定留在这里呢？"

"……随时都走在成为遗迹的路上，那就是随时可以接触到历史，接触到未来啊。"郑多森道，"很多已知朝代的，还有很多未知历史时期的城池，都被卷进了海里。你信不信？海底其实富丽堂皇，远胜我们陆地上看到的这些……"他看着两个伐木工人砍着那排树，其中一个伐木工人很年轻，常常停下来休息。郑多森走过去，给他比划了一下，很快，一棵树倒在他们不远处，再一棵树倒在他们脚下。

柳方蒙本想说莲花港公园巨大的大理石碑，还有不同国家的玻璃组成的五彩群像，以及那里24小时不停歇的地铁，但在"遗迹"面前，他突然觉得毫无兴致。他看向他们面前的海平面，几朵浪打过来，双脚凉凉的，他不知道如果此刻他像郑东阳一样潜入海底，会看到怎样的图景。

"很多年前我见过一块像树一样的化石，当时鹰哥海还没有一分为二。东阳考上了大学，来看我。我们在海滩打羽毛球，一只球被海水卷走了，东阳追着他也进了浅水区，我把他叫回来，但他不听。直到又一个浪打过来，他吓了一跳，赶快往回跑。只是谁也没想到浪会那么大……再后来，等我们都清醒过来，一块树的化石就躺在我们眼前了。"郑多森继续道,"周身是不同深浅变化的绿色，还有一些暗红色、黑色。当时海边冲上来的东西太多了,没人会把这个当回事。但我印象很深。我们现在看到的世界，都是一遍遍刷新过的。每一遍刷新,旧的东西就少一点。但海底或许是不同的,那里每一遍刷新,都只是加厚一层历史。新的建筑叠加在旧的建筑上,最古老的东西沉在最底部。而人呢,人只在这之间的缝隙中。"

"在不同的缝隙中，穿梭于不同的历史时期……"柳方蒙道,"一段历史，也可以是很多段历史,打捞文物,也是打捞人类自身的一部分属性。"

"你的觉悟很适合做考古。"郑多森道,"更重要的,是他们会改善自身的历史。"

"改善？"

"不然呢？能获得什么？贡献？不存在的,不会留下什么,也不会比沉没海底的那些人做得更好。现在的一切即使成为历史,也不会比那些历史更辉煌。我们自己的一点点能量对这个世界没有任何帮助……但改善自己,是我们为改善世界能做的一切。"

"像鹰哥海这样的岛,会渐渐沉没的岛,在东部还有多少？"

"很多啊。"郑多森道,"所有海岛都在沉没的可能之中……如果你有耐心,把这条线路检索一遍,或许能找到你想找的。"

十五

　　从鹰哥海去周边诸岛没有直达的船，柳方蒙只能先回到莲花港，再搭环岛巴士坐到中心岛，此时，以中心岛为核心伸向其他岛屿的跨海大桥和海上轻轨项目已经竣工。柳方蒙看见几支来自本国和周边国家肤色有异的小学生队伍将穿过近十个跨海大桥，一路抵达鹰哥海西岛南端紧挨着的显岛。整条线路穿越了整个东国境线。和鹰哥海不同，东部群岛的其他岛屿呈现出某种被规划好的整洁与现代气息。国际商业合作大会正在召开，十几面周边国家的旗帜在阳光下同时升起，柳方蒙突然觉得像回到多年前，在首都酒店门前，他作为实习记者采访过东北亚金融论坛上的大鳄，精英文学研讨会上的诗人，"另一面声音"美术巡展筹备会上年近八十的华裔版画家。他喜欢会议结束之后的样子——红色的地毯，白色的天花板，金色的椅子，仿佛都在某种言语的隆重感中降落下来。那时候他想成为一个足够好的记者，把一切他觉得值得记录下来的言辞都清晰地写下来。他觉得记者和史学家的工作是一样的，所以他不止关心自己生活的城市和国家发生了什么，他更想关心一切边缘的地区和民族发生着什么。但那时候，纸媒已经衰落，众多新兴媒体为了流量只能不断制造无关紧要的社会话题。柳方蒙一本正经地写作口吻被认为应该回到学校做研究，父母则要求他报考电视台。他真的报考过一次，面试中落榜，与家人几番争执后，他决定去银川散心，在那里碰见苏翎。他到现在还记得，他们在火车站买了地图，人口密集的省份和直辖市是红色的，人口稀少的地区显示黄色或白色。苏翎选了一块白色的城市，柳方蒙却选了一块黄色城市。他说人太多不好，人太少也不好，不如去一个移民比较多的。东部沿海地区经济发达，机会也多，外地人不少，就那里吧。他们去了一座双方都陌生的二线城市，自以为能暂时告别之前的生活，进入新的人生阶段。他应聘到×中做老师，苏翎做了艺术培训班的瑜伽教练，兼职给当地乐队做现场摄影师。柳方蒙本是怀着放弃理想生活的心情去了×中，但郑东阳的存在，却很快让他觉得应该正视这份工作。

商业大会开始了，钟声一层层从会场传到他耳边，接着，又似乎传遍了全岛。他站在中心岛正中心的东方广场，一群白鸽飞起来，另一群白鸽抢食着游客喂给它们的食物。小学生们和他擦肩而过，他们穿着白运动衫和白色跑鞋，戴着红帽子。运动衫背后写着"穿越东国境线马拉松比赛"。柳方蒙在他们的奔跑中感觉到久违的热情，心下颤动，不自觉也跟着他们跑起来。他只背了双肩背包来，这样在孩子们边上奔跑时，仿佛那些孩子都是他穿越时光找到的小伙伴。他起初跑得很快，接着步子就慢下来，再之后变成大跨步走。他穿过三座跨海大桥,从中心岛陆续到过两个没搞清名字的岛。路过环岛海滩的时候,柳方蒙看见有潜水员拖上来一大块方形砖石。有一些像骨头一样的东西也被拖上岸,一个当地女人说是动物化石。

"这个,和鹰哥海的一样吗?"

"哈?都差不多吧。"女人道,"反正,也都会变成鹰哥海。"

"这不会吧,跨海大桥已经把整个群岛都连在了一起,填海造陆工程也进行得不错……这里,也很漂亮。"他确实觉得它们漂亮(尽管他不愿意承认这种"漂亮"是合理的),仿佛整个国家迫不及待地要迎来全民城市化,连边境也不例外。他想,如果郑东阳看到这一切,会不会觉得非常兴奋,但女人很快打断了他。

"漂亮?鹰哥海也很漂亮啊。"

"那里落后许多。"

"那里以前是最进步的。"女人用了"进步"这个不像她会用的词,"群岛的首府以前就在那里。那里物产也丰富,就算是海底的东西,也比这边值钱。鹰哥海出土的文物,能赶上半个国家博物馆吧?那边的有钱人,也不要太多哦。但现在都走掉了。还有的,把海底文物倒卖出国了。"

"这块化石,是什么化石呢?"

"当然是蓝鸟,早就灭绝了。"

"鸟能这么大?"

"是很大哦。传说能把半个岛掀翻嘛。"

柳方蒙尴尬地笑着,只见海边的人确实随意地把长翅膀形状的化石丢在一棵树下,有一两个游客模样的人在拍照。他想起郑父说的"随时走在成为遗迹的路上",突然感到心情复杂。在郑父的讲述中,郑东阳并无意效仿他,甚至一直把自己的父亲作为反面教材,但他喜欢他旺盛的生命力,对他也没有像郑东兰对他那样有些不满。

"他觉得我该有一个更好的解决办法。"郑多森点上烟,"他觉得我做得残酷了。"

"但如果您去解释,那不才是更残酷吗?"柳方蒙道,"郑老师肯定也早已经知道了这点。"

"哈哈,所以他也'躲起来'了。"

但柳方蒙觉得郑东阳并不是要躲起来,否则不会说自己在东部群岛。他更像不愿意把位置透露给别人,仿佛它是一句暗语,只有足够理解他的人,才有资格知道。柳方蒙打开地图 App,和在鹰哥海时一样,所有他想搜索的地标,国境线界碑,几个邻国交叉点,鲸海入海口,还有几座东西南北四座跨海大桥的坐标,都显示"查无此线路"。服务站的导游说,这是因为系统还没有把这些位置输入进去,在地图上,它们依然像笼罩在一大片无名海域中。还有人说,这是因为整个群岛都在不同程度漂移。柳方蒙觉得,自己处在地图的另一面,在一块被遮蔽的位置。

"但入海口怎么也搜不到呢?"他追问着,没有人回答他。

天已经黑了。岛民和游客开始了篝火晚会。做记者的那些年,柳方蒙在山林,雪山,还有咸水湖边,都参加过少数民族的篝火晚会。但此时却很不同。潮湿凉爽的夏夜,这些人有距离地站成一排,不同的方言交织着,却没有一处让人觉得突兀。某一瞬间,柳方蒙渴望获得他们的理解,他开始大声说普通话,但没有人觉得这有什么突兀,他们看向他,和善地问他要不要吃水果。来来回回的人群营造出一片舒适祥和的气氛。仿佛来往的面庞中,很有可能会出现神似郑东阳的脸。围着篝火跳舞的年轻女子,头上的白纱触碰到他的胳膊,他想起苏翎瘦小的身体套在宽大的浴袍里,蹲坐在椅子上,仔细察看着地图上的各个角落。

"会不会有些地方是没有记录在上面的?"

"有未被命名,但已经知道确实存在的陆地和海洋。"

"还应该有其他地方。"苏翎道,"那里有城市,有工厂,有学校……一切都比较完善,但是,这样的城市,明明真实存在,地图上却没有。我们这些没有去过那里的人,很可能以为那是一片蛮荒之地吧。"

柳方蒙看着这些跳舞的人,吃烤海鱼烤生蚝的人。又一次,他觉得那个在婚姻生活中狭隘的人是他,这也仿佛在告诉他,之所以他的课没学生爱听,不是因为他讲得太深入,而是因为他自己对深入的理解也仅限于"知道"的层面，他未能洞察这"深入"背后复杂多变的知识关系。他脑子里串联起高中物理，初中生物，还有小学自然课和×中特有的美术写生课。他一度觉得自己都懂，毕竟他知道它们的置换关系。然而，那些原本以为可以串联讲述的课程知识，被他一讲，都扭成了一团。篝火渐渐暗淡下去，在夜色和火光的交汇中，他仿佛看见一只巨大的深蓝色羽翼渐渐张开——一排陌生女人伸直手臂，她们的影子重叠在一起，像一只翅膀过于庞大的深蓝色瘦鸟。她们的舞步欢脱起来，柳方蒙看到"瘦鸟"蓝色羽翼的边缘泛着黄色火光，但很快它又暗淡了下去。火势渐弱，男人女人用他听不懂的方言讲述着几个民间笑话。有人用望远镜看海的另一边，隔壁岛的男女也举行了篝火晚会。仿佛整个东部群岛像跟随着一颗母体在无限繁殖。不断发生着一样的下沉事故，依然有在海边发现文物的岛民。

柳方蒙想起，莲花港之所以叫莲花港，是全市及周边的东部群岛轮廓像莲花。"莲花"的"花瓣"尽管会漂移，下沉或两岛合并，但"莲花"不管怎么移动，它的形状不变。柳方蒙想着，很快意识到这是郑父的话。

"我对他没有期待。"郑多森在海边列车上说。

"谁？"

"郑东阳啊。他能在教课这一块做得很好，但很难再精讲。"

"郑老师一直在记教学笔记，我觉得可以出书的。"

"留不下来的。"郑多森摆摆手,"他适合讲,并不适合写。你倒是可以试试写下来如何,说不定比你讲得清楚。"

柳方蒙想起做记者的时候,把金融论坛的笔记记在文学论坛的背后,把美术展筹备会的笔记记在互联网大会的背后。他喜欢记完笔记的第二天再翻阅一遍,有一天,这不同笔记的文字仿佛不同程度交汇在一起,他看见很多之前没有注意过的信息。这些不同领域的信息突然呈现在一块精神地图上,他很难说清它们之间的关联,但他知道它们只能在这样一块地图上。它们盘根错节,看起来凌乱,但他只需再花一点耐心,就可以用红笔标记出这一团信息的重点。

"也或许,那才是我的'地图'。"他想着,便也说了出来。他注意到周围的人都在忙着自己的事,没有注意到他,于是放心地重复了一遍。

"那才是我的地图。"

十六

柳方蒙决定从几个没有列入跨海大桥项目的小岛入手。它们是大岛的附属岛,在过去两千年间不同程度沉没过。岛上的一些建筑,至今还能看出海水浸泡过的痕迹。柳方蒙在旅客服务站门前的招贴广告上看到过这些小岛的照片,一个又一个白色帐篷把全岛包成一只宝塔,岛内民族众多。

只有四十多人的显岛上就有三个民族，其中一个民族因为一直没确定族名，被划入另一个少数民族，还引起一些人的不满，最后只好暂定为"兰依族"。

"兰依族跟蓝鸟有关系吗？"

"蓝鸟是整个群岛的图腾。"女导游的双眼皮上有蒙古褶皱，两只耳垂上挂着沉甸甸的金属耳环，"族名最早只是村寨的名字，后来村寨被大量合并，就没有族名了。近些年，这些人又要保留族名。但很多民族人数太少，只是象征性纳入某个大族。不过像兰依族这样人数极少，但族民却极其倔强的民族，还是有一些的。他们都住在相对落后的岛上，中心岛之前想把几个小岛合并进来，作为度假村开发项目，遭到他们的抵制。群岛内经济发展不平衡，就是从那时候开始的。这些年，岛上的人更少了，年轻人都出来了，稍微能干活的也出来了，岛上，尤其是小岛上只有女人和小孩。老人呢，前些年还会被带到海里，但这些年也不会了。"

"带到海里？"

"这里曾经的习俗，过去一个家庭养不活这么多人，所有超过七十岁的老人，到了年龄都要被丢到海里。"

"这种习俗持续到什么时候？"

"五年前吧。当时我知道一例，是一个游客报的警。警察赶到的时候，老人已经丢到海里去了。"

柳方蒙听得有些心惊，但很快警觉地问道："那是哪个岛?"

"就是显岛和陨岛交叉口的一个寨子,一半属于显岛,一半属于陨岛。但一般大家都会自称是显岛人。"

"岛上有学校吗?"

"学校?"女导游笑道,"你没发现整个群岛都没学校吗?"

柳方蒙想起那些跑步穿过跨海大桥的白衣小学生。他们运动衫背后写着的"穿越东国境线之旅",还有彩色袖章上印着的国旗标志。

"东部群岛现在整个开发成旅游岛和贸易区了。岛上的人,除了少数当地人,都是移民,还有一些生意人。这里不需要什么学校,要上学,只能去莲花港了。"

"但我记得鹰哥海有啊。"

"有海边列车的那个?那上面的学校都没资质吧。不过那样的学校倒是有一些。一般一两个小岛起码有一个吧。刚才说的显岛上就有一个。老师流动性挺大的。没老师的时候,那些学生就在岛上跑来跑去,现在跨海大桥建好了,东部群岛连成一体,他们的活动范围也大了……你问这个干什么?"

"我有一个朋友……"柳方蒙迟疑着,拿出寻人启事,"那个游客,叫什么?长什么样?"

"……只知道是个女的。"

柳方蒙眼前的吊桥上突然跑过一队小学生,仿佛是前两日的小学生又来跑了一遍,也像是新的跑步队伍。他揉了揉眼,吊桥很快又不见了。倒是来接他的快艇来了,他交了钱,在上面打听吊桥和跑步小学生。开快艇的人说,他可能是看见海市蜃楼了。

"这里能看到中心岛的海市蜃楼?"

"也可能是莲花港的呢?"

柳方蒙愣了一下,仿佛跟着小学生跑步的自己也变成了海市蜃楼,随着幻象沉入了海底。

十七

和柳方蒙想象中不一样,陨岛上的男女下身都穿着短叶子裙,由当地一种特殊的短叶子制成,虽然一件短叶子裙只能穿两周,但它很有韧性。叶子的汁水把他们的下半身染成了绿色,还有人在岛上开着三轮车回收旧叶子裙,作为果树的肥料。几只蓝色小鸟和白色小鸟划出的白色烟痕把他头顶上的天空分割成四大块大小不一的多边形,他走过的几家白色帐篷前都立着一只绿色鹦鹉,鹦鹉脖颈上绑着细红绳,只要它动弹一下,帐篷内的主人就知道有人来了。陨岛人眼睛很大,嘴唇偏厚,女人露出的胳膊和双腿都亮晶晶的,像抹了油。接待他的地陪建议他去岛上最大的白色帐篷听一下他们的朗诵会。每年群岛都有一次朗诵会,为了纪念沉没海底的第一代群岛岛主及其后人。岛主是历史学家和诗人,他写的《金岸笔记》是群岛流传下来最详实的自然类书籍,记录了这里不同历史时期中沉没前后的故事。据说,《金岸笔记》一直被不同的人所保管,岛主和部分后人也只完成了最初七百年的纪录,后面的纪录都是无数保管者及其后人补充和编纂的。朗诵会是群岛上民间最大的节日,会有不同岛屿村寨派代表来到陨岛,除了朗诵《金岸笔记》中的民谣,还会有一些孩子写的诗句。

群岛的朗诵会是民间传统,据说古代每一次有岛屿沉没,都会在附近岛屿召开这样的朗诵会。古代的朗诵会在海边,到了近代才挪到帐篷内。古代岛民们相信朗诵的声音能够召唤神灵的声音,现在则和小型集市一样,朗诵会门口会有很多人拿着自己岛上的特产来卖。

本届朗诵会的召集人之一是一个高瘦青年。他给所有来听朗诵会的人发放油印小册子。柳方蒙看见,小学生写的诗句都在最后几页。其中一句是:如果没有光,又怎么看得见阴影。

作者名及简介写的是"舒拉(女,11岁,就读于显岛学校)"。再翻到小册子末尾,是刊登过这些学生诗作的报纸名称。柳方蒙看见的那首,正巧发在《南城文学报》。那是一家中部省份的文学报纸,在南部和东部都有卖。他在手机网页中搜索起来,最靠上的一条链接是《南城文学报》的电子报的阅读地址,打开后能看到清新整洁的版面,一些关于群岛的摄影图。在这首诗右侧,是一张女子埋没在阴影中的脸,五官虽然有些模糊,但他还是一眼就看出。照片下的小字写的是:"本期摄影师苏翎"。柳方蒙辨认着很久没有看到的这张脸,它变得更清瘦,两侧脸颊上的酒窝变得干瘪许多,或者正像苏翎曾说的"三十岁之后,酒窝就会变成皱纹"。他在一块白石头上坐下,石头滚烫,但也提醒了他——他们五年没见了,如此想着,他突然没有了去找苏翎的欲望。他希望她和过去一样,但她其实早已经在成为另一个人,他再次看向那句诗,仿佛她在借它暗暗说着"我过得很好,不要来找我"。柳方蒙把小册子放进包里,退出了朗诵会。在一种又失落又透明的心情中,他冲着面前几个帐篷前的绿色鹦鹉吹起了口哨。

海水能随时冲上来,陨岛仅有的校舍在一座山包上的三只帐篷里。帐篷口的三四个学生看见有人来,通报了帐篷里的老师。但是老师没有立即出来,倒是因为有了来客,学生们重新变得活泼,在帐篷周围肆无忌惮地玩闹。柳方蒙注意到他们手中拿着的课本都不相同,有小学语文,有初中几何,还有人拿着小学算数和高中物理课本。他坐在帐篷边上的白石头上,问一个年纪最小的女孩,听不听得懂。女孩害怕地逃下了山,一直冲到了浅水区。

"你打扰了我的课堂。"

郑东阳看着柳方蒙,没有继续说话的意思。他的脸晒黑了几个色号,一双眼睛嵌在上面,显得眼白特别白,眼球的棕黄色愈加明亮。柳方蒙有很多问题想问他，比如为什么突然要支教，为什么一定来东部群岛，家里打算怎么办？但话到嘴边，他问出来的却是："你怎么做到把小学生和初中生高中生一起上课的？"

郑东阳看了他一眼，提了提总往下掉的短叶子裙，哈哈大笑。另一个看不出是男孩还是女孩的短发小孩拉住柳方蒙的衣角，示意他可以到不远处的木屋吃饭。

"我们老师不喜欢跟人说话的。"小孩声音很轻，依然听不出是男是女。

"但你们老师对你们说话啊。"柳方蒙从山坡上滑下来，这里的沙子和泥土都滚烫松软，双脚埋在沙子里，感觉它们说不定有消毒的功效。木屋比他想象中要大很多，没有单间和双人间，只有十几人一间的通铺，但店里人少，所以房间空间还是很大。他点了啤酒和烤鱼，一碟海带，跟吧台内的中年女人攀谈起来。

"哦，郑老师哇。来这边有一段时间了。这些没人管的小孩，现在都在他班上上课。两个学生要考高中，还有一个想参加明年高考，还不知道在哪里考呢。"

"这里没有正规的学校吗？"柳方蒙迟疑道，"总要有学籍才能参加考试吧。"

"放在那些正规学校，我们还不放心呢。"女人道，"那边学生都分数高，我们孩子没什么优势，老师不重视你，不像郑老师，教出来的都很懂事嘛……学籍问题，有个宋老师会帮着解决,但那个老师跑掉了。"

"抛弃了郑老师嘛。"一个男人道。

"你别胡说。那是郑老师的朋友。你知道嘛。"女人道,"宋老师当时想把一个被丢到海里的老人救起来,但郑老师觉得干涉我们的生活……郑老师当然还是不说话嘛。郑老师是不是很不喜欢说话?我们倒是无所谓的。反正他说的话,我们听不懂。我们说的话,他倒是很能懂嘞。"

柳方蒙道:"郑老师刚才已经说了句话,我已经受宠若惊了。"

"宋老师刚来的时候,也这么说。但郑老师说她教不好学生,但我看着,其实教得还可以嘛。"

"她教什么?"

"画画嘛,还有俄语和英语。"女人加了一碟海带,"郑老师就是来让她教外语的,但她想开展素质教育。大概是这个词嘛。几个小朋友一组,几个小朋友一组,然后玩一玩,说是素质教育嘛。"

柳方蒙尴尬地笑了笑:"郑老师平时完全不跟你们说话?"

"说还是说的。"女人比划着,"就是这样,'你好''再见''餐费拿好'……我们这边,本来要迁走了,但因为这个学校,我们都不想走。"

"迁到哪?"

"不知道嘛。可能去市里,可能是其他岛。这边要建度假村,把鹰哥海做成遗址公园。"女人道,"上面要想方设法搞钱嘛。"

"郑老师会在这边半年?"

"是每年半年。"说话的是一个刚走进木屋的老人。银灰色的头发,四方的脸,乍一看和郑多森有一丝相像。

老人扶了扶透明框眼镜,"听说你也是大学生嘛?要不要跟郑老师一起教课?"

"我不可能的。"柳方蒙脸一白,"我都没想明白郑老师怎么让小学生和初中生高中生一起上课的,还有啊,他怎么把不同科目混在一起教的。"

"哈哈哈。"老人露出本地口音,"课本只是摆设嘛。只是提醒那些学生,虽然讲了很多门其他课程的知识点,但他们这节要重点了解的,还是手上拿着的这门课。"

"这太荒谬了吧。这方法只适合天才吧?"柳方蒙道。

"我一开始也觉得乱来嘛。直到听郑老师讲了一节。"老人坐下来,"我以为他要讲数学,结果讲到了物理和语文,还有诗词跟生物。我觉得每一句都听得很清晰,也明白是什么意思,但组合在一起我就不懂了。我问郑东阳,他也不回答。我就问学生,'真听懂了?'结果他们说'听懂了'。我问'听懂了什么',一个女孩子说,'听懂了讲的是金鱼掉到海里的故事。'我就笑,因为那故事明显只是那节课中的一个插曲啊。但郑东阳却说'这就是听懂了'。我追问他,他反而说我想得太复杂,人听自己想听的就可以了。把想听的那一层听懂了,之后的都是越来越懂的。"

"考试呢?这些学生总要参加考试,他们怎么和那些统考的学生竞争呢?"

"我也是这么问的。但后来我发现,这些孩子答题答得还算可以。虽然不能跟那些大学校里的学生比,但基本的,课本上这些东西,还算通。我现在就是担心要高考的那个学生。最近郑东阳给他开小灶,不知道怎么样了……"

"那个也不用担心了。"柳方蒙道,"郑老师能让这些人听到不同的东西,在一节课上掌握不同的东西,高考,总比那个简单多啦……郑东阳平时跟你说很多话?"

"他不说不行,只有我听得懂他的普通话。就算他天天让学生递纸条,岛上也没几个大人识字嘛。"老人说着,上楼打开了为柳方蒙准备好的另一间房。靠窗的桌子上摆着一盘新鲜的芒果。有人推开门,是一个岛民,他用土话跟老人交谈了几句,拿走了一颗芒果,回赠给他们一包牛肉干。还有小孩子,想穿过他们这间房,爬到隔壁房间去。柳方蒙想制止,但老人说:"沙子软,沙子摔不死人。"

"如果他们去了岛外呢?"

"总会适应的。"老人继续道,"郑老师教的是怎么学习,不是笼统的知识。这些孩子虽然没见过大世面,但方法掌握了,大部分环境就都能适应嘛。"

他一边听着,一边看向窗外头顶陶罐的棕色皮肤女人,婴儿不安分地骑在她的臂弯上,女人步子依然走得稳,头顶上的罐子也岿然不动。

"这个女人也听过郑老师课?"他指着外面。

老人道:"估计得是郑东阳学她,学她怎么一心十用。"两个冲浪的少年从白帐篷上钻出来,刚才各自牵着绿色鹦鹉在浅水区徘徊,现在已经在蔚蓝大海中了。他们的短叶子裙比其他人的更长,鹦鹉时而飞过他的脖颈,又停在他的头顶或肩膀处。

"喏,就是那两个孩子。"老人卷了支烟。

"要高考的?"

老人不说话,他没有穿短叶子裙,松松垮垮的裤腿耷拉在地板上,抽了口烟道:"有一天,我们这边也会沉的。"

"这几天我总是听到这句话。"柳方蒙看向外面,想象那些绿色鹦鹉同时起飞的情景,"我喜欢这里,很喜欢。但是……"

他迟疑道:"既然要沉掉,为什么郑东阳还来这边教课呢?这样避世的地方,真的利于了解这个世界吗?"

"那些别人都知道的世界,外面的世界,就一定丰富吗?"老人挑眉,"我们这里正在成为遗迹。"

"郑东阳会一直在这里吗?像你说的,每年半年?"

"他当然会去其他地方嘛。"老人道,"但现在是这里。他的愿望很大,很大……"

"是什么?"

"他想培养真正的好学生,真正的'好人'。"

"'好人'如何定义?"

"'好人'不是被定义。是好人定义时代。"

"这是郑东阳的话吧。"柳方蒙也点了支烟,"是'好人'培养的'好人'在定义时代。"

他眼前浮现出曾想象过的鹰哥海天主教堂。一幅巨大的壁画从入口处绵延至教堂尽头。没有桌椅,人们席地而坐。神像在门后,又或者神像并不存在,神只在人的心中。教堂的门是不上锁的,人们可以随意穿过它,又被教堂每天都有的钟声穿过。

他想起徐虹讲过的金鱼的故事,"重建秩序的金鱼",他重复着。随着新一轮回想,一些陌生而熟悉的信息正在被他筛选出来。那墙壁上几个不同钟表上不同时区的时间。现在他知道,除了那间旅行社,东部群岛上的钟表,都保留着根据不同历史时期的东部地区计时规则显示的时间。鹰哥海旅馆墙壁上的钟表是这样,眼前墙上的钟表也是如此。历史从未过去,他们都走在成为遗迹的路上。

在古代,这里昼长夜短,比现在更甚。风声响彻起来,暴雨即将落下,眼前的沙滩上杳无人烟。他想起年少时跟着体育训练队穿过城市的每一条小巷,那些地势低洼的小巷,雨后总是浮起一些奇怪的东西。他很害怕看它们,但有一次他看到许多橙黄色的落叶。它们从城西的千年古树上落下,慢慢随着雨水漂流到城东的巷子深处。他像训练队中的每一个人自然地踏过它们,但每一次踏过去,他都看见落叶不再顺着之前的流向漂去，而是被他的脚步改变方向，或者转弯奔向下水道，或者停靠在哪一个灰色水泥石阶边。他屏住呼吸跑步，左右手各握成一个拳头，大拇指包进去。没有人知道他在手心比划了什么，就像此刻，沙滩上的人也没有注意到他在松软的沙子上写了什么。直到郑东阳朝他这边走来，在夕照下，他的身形比往日更加颀长，一半身体在阴影中，一半却闪着灰蒙蒙的金光。他走过柳方蒙写下的那行字，在他脚印踩过的缝隙处，隐隐约约的那几个字，已经被水冲得认不出来了。

雍和宫

七月的一个夜晚,项奕从球场回来的路上听见清晰的笛声。如果在往日,她不会觉得很特别。但近两年,城区外地人越来越少,留下的多是说着本市方言和标准普通话的人。行乞者、大排档、小商贩、街边唱歌或弹奏乐器的,一并不见,菜市场都变得沉寂。她常常怀念幼时在街头看到的耍猴人,还有边唱曲儿边卖芝麻酱的男人——两只袖口很宽,总变戏法似掏出各种小物件,有时是口琴,有时是竹叶子。二八自行车立定,竹叶连着茎微微掰开一方小口,伸进嘴里猛一吹……孩子们趁着掌声窜出人群,周围的气息都变了。这样直到黄昏,项奕都沉浸在欢乐中。但现在不会再有了——她不会在人前说,只偶尔在睡前。闭上眼,想着有多少人参差入睡,接着脑中嘈杂,很多黑影在身体内外穿梭,时时想撞破中门。此刻,笛声入耳,像在驱散多日以来的精魅。按照最近的算法——五十岁以上才算步入中年,她还有十五年,听起来还有很长时间,但她已觉不像几年前那样精力旺盛。只是这样的算法让周围的气氛变得轻松,似乎某种群体性的焦虑得到缓解,她觉得球场跑步的人变得多了,仿佛为了让标准显得正确,每个人都在努力延长自己的青年期。但似乎没有人想过,这个"青年期"和他们期待回到的那个"青年期"究竟有什么不同。

　　GPS显示还有三百米就到新居,项奕四下张望,没有找到笛声的源头。街上一如既往平静,没有因为笛声来过就显出不同。她的影子慢慢从路边长至对面,影影绰绰地挂上快速公交站边上的老树。一辆多层巴士开过,树的影子从车身处垂落下来,巴士的影子又和树影交叠一处。她往前紧走几步,又退回请车先过,上楼时接到过元朝的电话,问她要不要参与自己最新的装置作品。

　　"什么装置?"她敷衍着,一边看着自己的影子在楼梯上蜿蜒爬行,楼梯间的灯光因声调时高时低而忽明忽暗,这样爬到五楼,她感觉音量一点点降下去,光亮也一层层剥落。

　　"……你知道,如果每个人的影子交织在一起……就好像,人站在探照灯下面,除了人双脚站着的地方,还有影子着陆的地方。影子在我们周围重新组合、生成,它穿过我们所生活的陆地,又形成一块'新大陆'……"过元朝的声音有些沙哑,手机那头有淅淅沥沥的雨声。项奕记起少年时他们一起在银城游荡的夏天,空酒瓶摆在无人的马路中央,他们还有另外几个记不清面庞的朋友一道打赌——谁能最快跑到路尽头,还可以不碰倒酒瓶,谁就决定第二天的行程。然而最后,他们谁也没能分清倒掉的五只酒瓶是谁碰倒的。项奕只记得,赛跑的最后阶段,她看见自己的影子时时想要越过身体,以至于她不知道自己那晚成为"冠军"是因为急于跑过别人,还是急于跑过自己。

"难道还会和本身所在的世界不一样?"

"看起来一样。"过元朝道,"但如果影子之间的边界更打开,或者更模糊,哪怕只有一点点,还能说是之前那个世界吗?"

他把初步计划的行程路线小程序发给她——在共享位置的旅行 App 界面,项奕看见代表过元朝的红色小人在地图上蹦蹦跳跳,小人的影子遮住小人的一半躯体,另一半埋没在代表雨的水滴中——代表过元朝所在的城市正在下雨。这款 App 能和友人共享全球位置,还能显示双方所在地区的天气,随时切换聊天语言。项奕用得不习惯,但她在上面发现一些在其他社交网络失去联络的熟人,过元朝就是在这里重新联络到她。他们早已和过去很不同,不断涌现的新型社交 App 代他们筛选掉了一些不再联络的朋友,然他们这些老友总能在不同 App 上重新遇见。虽然交往秩序已不同往日,但这种有距离的交流反而让项奕更适应。

她发了代表同意的 emoji 表情,红色小人马上把代表她的蓝色小人带到自己的路线图上。从她所在的 Z 城到过元朝所在的 W 城,中间穿过四个省份、两条内河。不过,自互联网规范化后,路线图虽然能共享全球位置,但只有国内区域，可以被友邻这样带着"走"。一旦越过象征国境线的那条曲折的金光，App 就会发出或喑哑或尖锐的低鸣。

项奕挨个打开每一个地点的 3D 全景视频，一时间，十几个城市或地区的实时视频同时闪烁，从东八区到东十区，光亮一路暗下去又渐次亮起来，人们的影子在路灯下徘徊、交织、辗转。影子遮住了他们躯体的部分行动，让他们在视频中本就显得渺小的身体更加模糊，渐渐成为一块块马赛克。

"你看见影子了吗？"

"一开始还清楚，现在看不见了。"

"因为人变小了，影子就不清楚了。但他们本来就是一体的。"

"……如果是一体的，影子怎么重新排列组合还重要吗？"

过元朝道："影子变化清晰，是人本身在行动，影子连成一片，是因为人群连成一片。影子消失，是人的行动开始不确切，不能被定义，是人群的边界模糊……影子把一切变化概括出来，让变化显得有迹可循，让规则更加清晰，它在帮助眼睛理解世界，建立新的秩序。"

项奕接着看向视频，十几块马赛克渐渐变成成百上千块马赛克。接着，它们又连成一整片马赛克。

"这怎么做到的？"

"'互联网规范化'后，城市介绍的图片都换成了事先采集好的视频。去年为了丰富用户体验又变成实时视频，只要有摄像头，都能看到同一时刻的高清城市街景。但实时视频只能看十五秒，超过了就渐渐变成马赛克。"

"听起来有点神奇。但和装置作品什么关系？"

"看起来是马赛克让影子和人不见，但实际上没有马赛克，它们也会消失啊。"过元朝道，"晃动的影子填充人群的缝隙，拓宽人群的边界，世界变得广阔，像排满人的原野，又实际上在变小，因为个体之间的差异正在被取消，从立体变得扁平……不会再有明与暗的世界，不管是表面的色调还是精神内部，都不会再那么两极分化，而是笼罩在一个灰度中。"

"这样一个世界，只要它不停运动，足够有密度，最终就形成一整块看似无从辨认无处击破的马赛克。"项奕道。

"对。不过，只要有一个人在人群中动作慢下来，或者更快，这一整块影子就会有很大变化。从一块掰不动的马赛克，变成一个稍透气的世界。"过元朝道，"只是这在现实世界，需要更复杂的过程去实现。"

"这么复杂的过程，最终也就是想抵达那个'稍显透气的世界'。"项奕笑道，"你这不是拍影子，是用影子画画吧。哈哈。"

"算是吧。一切装置艺术，本来也跟架上绘画没差别了。"过元朝道。

"那架上绘画是影子，还是装置艺术是影子？人和他的影子可以在视觉中形成置换,那置换的秩序是什么?"项奕道。

"这就复杂了。或许你跟我走一趟,会清楚些。"

"'走一趟'听起来像去派出所。"

"有一次我们不是差点去吗?"过元朝说完,他们都止住了笑。

行李收拾得很快。对路线图几次筛选,他们最终选择W城作为工作点。过元朝提起还有另几个旧友会一同参与,项奕没有反对,表示自己也是这么想的。

七年未见,他们对彼此的印象早已被社交网络上的讯息冲击得支离破碎。不管是艺术群展开幕式上,被挤在展厅角落的过元朝和他的作品,还是他给艺术杂志撰写评论稿时谨慎的分析段落,又或是项奕在其他朋友口中,多变又颠沛的个人生活,都不能让听者,让他们自己拼接出一个完整的对方。

唯一让项奕感到亲近的,是过元朝创办的艺术日历App。它涵盖全球范围内大部分重要美术馆,比较重要的展览讯息,以及艺术品买卖、线上画展、线下名师艺术课等多个拓展业务。虽始终未做到收支平衡,也因在艺术爱好者中小有影响,拿到了新一轮融资。在很长一段时间,项奕觉得过元朝最好的作品就是策划了这个App,不是他那些凌乱模糊的宏伟构想。但她觉得自己没资格说这些,一方面她相信过元朝并不会对自己的作品一无所知,他不断尝试新的方向,正是有所期待且创作力旺盛的表现。而她,在比较早的时候,看到自己,看到周围的人可能出现的创作瓶颈,决定放弃绘画,投身基础美术教育普及。

七年前,她入职一家把艺术课程纳入通识教育的公立小学,但一年过去,这些学生在课堂上接受的新见解,依然很快被固有的视觉认知打破。不过她不愿放弃,或也因没能力继续画画。她辗转不同城市的民间团体、公益培训组织,教授儿童、成年人,还有喜爱美术的退休工人,如何使用线条和色彩,如何在绘画中感受不同层次的美。她认为自己的选择足够清晰,认为自己并不寄望个人力量可以对一个时代的审美艺术有何改变,所以她应该有能力在一个低维空间获得她想要的成果。但她终于知道这是妄想。低维的秩序并不比高维的秩序更简单,那只是另外一种复杂,甚至需要更多耐心,更多对不同人格的理解与包容。

由此带来的沮丧感也波及她的日常生活。她常常往一到黄昏就人烟稀少的Z大学运动场跑,有时单纯长跑,有时会在网上和各种一面之缘的友人打羽毛球、篮球等。更多时候,她只是坐在运动场看台的顶端,想着年少时体育会考前,如何一遍遍在傍晚的操场练习排球自垫球动作。在反复对烂熟于心的动作重复回想的过程中,她获得了一丝微弱的平静。她一度认为自己的工作该是对一些人有实际帮助的,却不料只是给他们打开一扇不合时宜的窗。但她还是决定继续做教师,卸下对理想的虚荣想象后,她突然知道,她坚持教书,是自己需要这份职业继续和艺术相处。或者,如果她还想改变美术基础教育的教学规则,她首先要明白自己如何从这里面汲取新的营养。她还必须知道,自己作为传授者时应有的言行,而不是期待听者能够理解并给予准确反馈。只是看似想通了,她依然时时愤愤不平,更频繁往来于球场和家之间,直到收到过元朝的邮件。

> 项奕你好:
>
> 我从章岚那里知道你回到Z城。我在做一个全新的东西,需要你的帮助。到现在,我仍常想起山上我们一起写生的日子。
>
> 过元朝

邮件用了浅绿色的电子信纸,发到她已不太使用的企鹅邮箱。在此之前,他们曾在社交网络上就偶尔出现的公共话题私信交流过两三次,仿佛为显郑重,过元朝才突然发邮件。

山上写生的日子,对她来说并不算美好的回忆。褪去二十岁时的光泽度,她看到的是一个对直觉盲目信任的少女,被庞大理想中的微弱虚荣裹挟的年轻女性。以及一个(或者很多个)不修边幅,披着沾满颜料的上衣,行走在山间的男孩不节制的内心。她与那个"她",或者那些男孩与当时的她,从一开始就在不同的空间和维度,只是在那个时间点,她不假思索地接纳了他们,尽管她和他们之间产生过一些困扰甚至伤害,也被她的迟钝暂时掩盖了过去。直到她发现自己和曾经那个自己之间有了不可逾越的鸿沟,她和包括过元朝在内的一些男性,在现实交往中渐行渐远,甚至有的人,她不得不与之绝交,以歇斯底里的方式,要求他们退出自己的生活。

基于这种内心焰火尚未平息,她决定不回复邮件。在之后的两个月间,过元朝陆续发来他的装置作品计划。有的,是对某些特殊材料的使用构想;有的,是一些他在西南丘陵一带的考察照片及旅途中的笔记;有的,是在过去几年中,他画的一些作品草图……这些信息陆续递给她,像一场看似克制实则强势的倾诉,但因为其中又有极度诚恳的东西,项奕不再排斥,开始小心地袒露自己的一些看法,并不断表达对朋友信任的谢意。

在这中间,过元朝曾到Z城参加一个创意设计比赛的评选,他以艺术日历App创始人的身份,参与其中一个公益众筹项目的剪彩。项奕报名参与了那个活动,在观众席断续看了几个获奖设计师的对谈,觉得索然无味。从洗手间出来时,她撞见过元朝,他看起来比活动会场上精神一些,黑色运动装让他显出和面部不相称的年轻气息,他一边接着电话,一边摇头晃脑,似乎有很多东西因为没有被释放，显得有些阴沉。项奕认出了他，他愣了一下也打了招呼。接着他们擦肩而过，项奕则直接去了地下停车场。穿过一辆辆陌生汽车，她突然意识到自己没有车在这里。走到马路上，是一整天阳光最盛的时刻。项奕仰面看太阳的方向——它被深蓝色的高楼遮住，很多背影反射在背后的玻璃建筑上。一行又一行人从她身后过去，形成一堵坚硬又松散的人墙，在阳光的照射下，时暗时亮。

聊天软件上过元朝的头像亮起，他发出午餐地点的定位，并补充说："另外有个人也在。"项奕知道他说的大概是他们共同认识的某几个人中的一位。在山上写生的时候，项奕和他们一同宿在破旧的农家乐里，没有浴室，只能等大家都睡了，在浓郁的山间夜色中简单擦洗身体，泉水冰凉，冬日里能把骨头刺痛，可她却因此上瘾。她，还有另外几个女生，是男生们调侃的对象，其中一个叫宋思思的女孩和一些男生有了感情纠葛，很快下山。临行前，她把未完成的一幅画交给项奕，并说了很多自己的秘密，可项奕只是附和着，并没有真的放在心上。项奕似乎对团体里的各式情感故事并不感兴趣，有人半粗野地跟她开着不着调的玩笑，她感到尴尬，完全不知该作何反应。写生回来的傍晚，伙伴们都散去了，他突然从背后抱住她，她条件反射地把他推开，却没有感觉到生气，只是觉得麻烦。那之后，她躲在跟所有人有一定距离的山头写生，并常常表现得异常泼辣，由此带来的疲惫感让她也在不久后下山。

只是她不甘心就此回去,而是沿着周边县城画了一些人物肖像,也在路上看到了一所想要支教的乡镇小学。一年后她结束跟画廊的协议,带着不多的行李跑到那所学校,切断了和很多朋友的联络。年轻人的艺术团体,走和留都十分淡漠,有个穿亚麻布裙的姑娘执意跟她拥抱,项奕至今记得衣服布料微微扎痛她脖颈的感觉。

到 W 城时已是黄昏,一个少年踏着滑板吹着口哨从项奕身边呼啸而过。过元朝的装置项目入选正大影业集团资助的青年艺术家创作奖,评选委员会临时通知他要在作品中出现"正大光明"四个字。出乎项奕预料,他同意了。晚饭时他们在一个共同朋友李的工作室见面。过元朝刚下飞机不久,浑身还残留着各式交通工具的混合气味。李聊起最近的雾霾指数,并说起在城郊,有一支小型队伍正在试验如何制造大风天。

"据说他们会爬上电线杆那么高的建筑,然后这样,撑起来,还有人发射炮弹。"李比划着,倒像在说某件装置。

"起风了,霾不就到 A 市了。"项奕道。

"效果就是如此啊。这几年减排,私人买车要出示十三种证件。从 W 城到 A 市,再到你们 Z 城,这么一路下去,如果成功普及大风天,霾或许真就到国外了。"李看起来和几年前一样,没有任何变化,甚至连讲话时的表情也相似。过元朝说,每个人的友情岁月里最好有李这样的角色,他像一个恒定的能量体,出现在哪,隔了多久出现,都不会让人觉得尴尬。

只是如果李也变了呢?项奕觉得过元朝肯定也是知道的。他们喜欢李善意的活泼和偶尔激烈的客观。

"我在想,你的这些影子,它们怎么编排,怎么安放?如果给它们一个秩序,总有一些影子适应不了这些秩序……项奕作为表演者,很可能让其他影子只是沦为背景,那也背离了你丰富多元的初衷了。"

项奕听李说着,一边看向外面的路灯,"我想起,咱们上次聚,就在夏天吧。"

"不记得了,那会儿你刚租工作室。没心思画画,就到处出租给别人。不是还被有的人当成恋爱旅馆了?"过元朝冲着李道。

"哈哈哈。"两个男人一齐笑起来。工作室外的庭院有微微的火光,项奕看见邻居在门前放烟花。

"隔壁是浴室。"李摆摆手,"家庭浴室。一家人住在外间,里面是浴室。从它开始营业,我终于不用洗冷水浴了。"

"不会很吵吗?一家子,还有一些进进出出的。"项奕道。

"周围太空旷了,常去浴室的就那几个人,不过周围太空旷了,导致那点声音也很明显……这边多是一些素人画家,平时有其他职业,很多人两个月才来几天工作室……

浴室的声音，其他的声音，显得特明显。其他那些画画的，我偶尔也会在浴室遇见他们，一个个五大三粗的，却都很害羞。"李突然严肃道。

"害羞难道不是因为你？"项奕笑。

"你可不要说了……"

"我觉得，只要项奕能和那些影子有一个'交流'就可以，她在影子间穿梭，影子本身也是她的一部分，那更外围的世界，又是一层又一层的她，这就不会出现谁是谁的背景，谁比较重要的问题。"过元朝道。

"我是担心……"项奕道，"先不说技术，就算我的动作足够充分，其他道具也都很配合……我们怎么能让别人有耐心看这些影子的变化？这跟他们能有什么关系？"

"如果我们把影子如何出现，如何累积，如何叠压，然后如何舞动，步骤都表现清楚，哪怕看起来只是现实的变形……可变形的过程中，人通过影子们，看到的外部世界也在变化，这层变化本身，就是观看者对影子世界的反馈。"过元朝道。

"但我担心你刚才说的'现实的变形'。光变形没意义。"李道。

"边界会打开。"项奕道，"变形不是目的，它只是给了一个途径让事物自己融合。"

"如果融成一体，根本分不清层次呢。"李说，"我们要考虑实际操作性，观众不会管你其他的那些东西的。"

"看装置的目的是什么？一个人看一台节目，他很难全景式去看它，但我们的作品是全景式的，我们不是以一个人往下看的视角在做这个东西……我们每个人，都有一个自己的视角，它们呈现在作品中，是很丰富，很旺盛的……如果我们把所有可能的分歧都放下，而是让这个东西最原始的，最初打动我们的那个东西，一环一环打开……这个过程中它能变化多少次？它能变化多少次，就是它的水平，它的程度。"过元朝道，"一切创作都是对秩序的创作，所有装置艺术可以拼尽所能去做有效率的模仿，我们可以用一切外界的信息，素材可以未经打磨，重点是给它一个秩序……我相信信息之所以庞杂，不只是因为一次次融合，不是行动跟上脑力就可以，而是融合中有无数个小轮廓，许多个微观世界，我们要做的，是把微观世界，把这些像细胞一样的东西，让它们的力量最合理地释放出来。"

"我担心，我们第一天就谈得很深入，之后做起东西来更麻烦了。"李递给项奕烟，被她推开，于是他给自己点上。项奕看见两束微弱的光在略显昏暗的工作室里闪烁，扑面而来的香烟气息让她感到踏实。好像一层可以包裹住她的东西终于被启封，是熟悉的记忆吗，是逝去的时间朝她大口吐气吗？她确信都不是。那是什么？她想着，一边用食指在他们抖落在桌上的烟灰堆里划了几道。

李的工作室白天看起来比晚上显得大，十几个单间墙壁被打通的痕迹还在，玻璃门又让空间扩大了一倍。几个行军床铺倒立放在工作室深处的窗户下，夜里有一些微弱扭动的声音，到了白天，遥远的汽车鸣叫声又从W城新辟出的市内高速传来。在李和过元朝的描述中，W城的四个郊区，组成一座无形的"巨大立体装置"。而他们所在的艺术区，就是四座郊区的交汇处。在城市改建规划中，艺术区将在未来建成最大的博物馆和美术品商贸城，但现在打开窗户，只看到一片废墟一样的地基，还有写满"拆"字的厂房改成的各式工作室。

四个郊区的建造原则和城市改建原则一样，都被高度功能化。市政府去年颁布地方政令，不允许在艺术区开设工厂，也不允许在工厂区建造新学校。李的工作室原本是塑料厂，但因为开在艺术区，被强制清理，李以很少的钱租到其中一间厂房，改成工作室。今年开始，非连锁便利店和服装店统统被清退，运送蔬菜瓜果和各类用品的卡车两天来一次，看到这一切，项奕觉得自己不是待在城郊，而是在草原上。

过元朝和李已经开始搭建装置的"地基"，章岚扛着摄影机从隔壁市赶来拍大家工作的场景，仍是穿着和多年前相似的牛仔裤白衬衫。项奕的打扮和过去一样，不同色系的上衣和裤子混搭在一起，但胖了一些，也黑了一些，反而把周身的不和谐感冲淡了一些，除了随身携带的临时帐篷依然被叠放在箱子侧兜。

工作室内的立式风扇开得很大,还有两个风扇被搬到室外太阳底下,对着过元朝不停流汗的脊背。他的黑色休闲衣变成了白色,李昨天的白衣服变成了黑色。不过此时此刻,他们谁也不想关注这些小节了。

李半开玩笑地问起章岚对某位朋友新展的看法,她嘴里蹦出很多外语单词,还有各式各样的书面语。她大声说着"重建""灵魂构想"等,过元朝不得不一次次打断她。项奕对他们说的一无所知,好在她也并不真的感兴趣。

四个人在玻璃墙面的工作室内外钻来钻去,都没有手忙脚乱,却谁也不想做那个先行安排的人。此刻场面有些混乱,他们每个人脸上都荡漾着认真的不耐烦。

"我本来觉得只有项奕一个表演就够了,但好像,我们应该都上去,而不是把我们那部分也都让项奕发挥。"过元朝道。

"我们表演谁?"项奕道。

"各自眼中的自己。"过元朝道,"向西有一个小剧场,我在那里借了场地,他们可能还可以提供舞台。"

"搭的这个呢?"

"当然还是要的,我们要自己彩排一遍。剧场,只是其中一种呈现形式。"过元朝说完,从工作台上跳下来,又从车库开出吉普车。项奕认出还是从前她认识的那一辆。那时候她和过元朝,还有另外几个男女,一起开着吉普车压过了雨后银城马路上的无数深浅水潭。项奕独自坐在第三排后座，其他人拥挤地坐在中间。每开过一个站点，就有人从第二排坐到副驾驶上，或者从副驾驶上下来坐到后面，他们的身体在颠簸中微微触碰，手臂上的汗毛似有若无地交叠在一起。项奕的左手紧紧抓着车顶的把手，右手拳头则紧紧放在车座中间，始终留出一指空隙。她那时和现在一样留着长短不齐的直发，额前的一撮头发总是毛茸茸的。

此刻，大家坐在各自固定的位置，虽然路上依旧颠簸，彼此依然克制地保持着距离。李讲起北方老家街角的一对朝鲜夫妻，都是在中国出生和长大，却始终念念不忘要回朝鲜，每一次跟那边的亲人打电话，会穿着民族服装大哭。

"他们是第二代在中国的朝鲜人，那时候还没有南北朝鲜划分……他们对中国没有本质认同感，但他们又不会去韩国，觉得那是另一个国度。"李道，"人的认同感，很神奇。"

项奕看着窗外晃动的W城街景，几只来自郊区的白鸟停落在离他们的车不远的马路上。项奕问鸟叫什么名字，没有人回应。于是她大声问道："你们到底为什么想做这个装置呢？"

李下车返回市区查看展厅，过元朝开过第四个站点，接着一直开到内河所在地。河水被悉心治理后，呈现出昏黄的蓝色，在阳光照耀下又透出绿光。这些年为了控制四季的秩序，让它们按照往日规律运转，负责天气的科技队伍往天空发射了很多枚天气炮弹,导致每个季节结束的时候,就有一场连绵整夜的暴雨。蓝色液体随雨水落下,大部分都汇入内河,时间长了,水也逐渐变成蓝色。

"我常想。"过元朝道,"假如我们自己动手做一个系统,或许它能把我们传递到一个新的位置。"

"我这样期待过。"项奕道,"我期待一种快乐、一种兴奋可以重复出现。只要可以不断回到那个状态,就能一次又一次拥有获得快乐的能力。但不是这样的。那样的快乐,那样的兴奋不会再有。其后的快乐也始终在一个个灰色地带,它变成了不断需要辨认的东西。"

"这多好……从这时刻,我们认识到的好的东西,就真的是我们的了。即使很有限,也毕竟是省察过的东西,有不易消逝的生命力。"过元朝道。

"不会再有纯粹的好的东西了。"章岚的声音很像男士,以至于在记忆冲刷下,项奕多次觉得这句话是过元朝说的——"这个世界本来就是灰色的,但我们是哪种灰?"

车停在四郊的剧院门口,章岚率先下去和剧场经理接洽,接着过元朝也下去,项奕最晚下去,沿着剧场的红色围墙走,摘了很多狗尾巴草,缠绕在自己的指尖。

"说好了。我们可以把东西搬到剧场。"

"什么意思?不是可以用剧场的东西吗,剧场表演是单独的,我们的装置作为彩排和后续的独立展出……"项奕道。

"是啊。但我觉得,把装置和表演融在一起也不错,或者我们的装置是个通道,不如就叫它'通道'。演员——也就是我们自己,可以通过通道到观众席,或者到其他的角落,也可以钻过通道站在剧场的舞台上。装置还是会有三层,但并不是通过这三层的交叠呈现一个影子图景,而是我们直接,做一个影子所组成的'新大陆'秩序,一个传递秩序。"

"那剧场恐怕太小了。"项奕道。

"不,剧场是打开的。"

"什么?"

"四面墙壁,都是可以推开的。"过元朝道,"一推开,就是一整片空地。"

"那为什么我们不直接在空地上?"

"当然可以啊。我只是提供一个思路。"过元朝跳上车,项奕却突然气恼了。

在升至头顶的太阳下,她大声道:"你是不是根本没想真的做一件东西出来?"

"我们不正在做吗?"过元朝道。

第一次展览的场地确定在W城中心广场。项奕因为剧场之事,想起曾经和大家一起工作时那些未完成的作品,开始对装置项目的执行异常上心。章岚断断续续从不同角度拍摄大家工作的身影,李在创作装置作品的背景油画草图，在设想中，它将和灯光一起，共同呈现影子的舞动场景。项奕负责肢体，章岚负责配音。他们将在展厅的大屏幕上循环播放无声纪录片。甚至连公司打来的电话，过元朝也让章岚如实记录在拍摄纪录片中。连带隔壁浴室的水声，都通过后期的模拟配音"录"下来。按照设想，所有的声音都会被提取，作为整个装置表演中的外围声音，既交错掺杂在作品中，又能随时丰富作品，随时抽离。

"这将是一件始终未完成的作品，它是一个滚轴，是一个通道。"大家都兴致勃勃，项奕感觉到体内一块东西被激发出来，但她并没有因此觉得踏实，反而有些慌张。她的工作从早晨七点开始，先在工作室的玻璃镜上演练即将展现的动作，接着章岚会跟拍一遍，再之后项奕跟着摄影机里的回放再调整一遍动作，最后才是在装置作品上随机呈现。有时候她从装置的底座钻进去，有时候直接爬梯子从顶部往下穿，其中几次，"通道"的空间不够用，过元朝又加了一圈外围设计，整个装置变得越来越庞大。李则从一些技术角度，随时修改装置的构成，章岚则努力把大家日常生活的场景与随机演练时的状态剪辑在一起。在所有人都进入状态后，他们爆发了激烈争吵，一个是关于正式展览中的上场次序，一个是关于这究竟算装置作品还是算行为艺术。

"为什么不能是行为装置？"项奕道。

"这太投机了。"章岚说，"往年有这么玩的，还不是被诟病。"

"被诟病也没什么,有的人还表演过现场制作装置作品的行为艺术呢。"李道。

"那到底不一样。"过元朝道,"怎么定义还是次要的,反馈没办法期待,关键咱们自己要满意,那咱们愿意这是什么。"

"当然还是装置了。"项奕说完突然觉得这话不该自己先说,补充道,"把架上绘画和行为艺术结合在一起的装置……李的油画也很好,就是太重复了,那些颜色,变化的秩序,太相似了。"

"不要说得你很懂一样。"李展现出平日少见的激烈,"但你说得有道理。起码一般人看它,是觉得很相似的。"

项奕从"通道"的台阶上下来,走到隔壁浴室的围墙边缘,在墙壁深处一簇簇微小的喘息声中,她似乎感受到一种和北方清爽夏季不相符的潮热,像很多人在低语。

"我在想。"她道,"如果装置,如果我们,不是在这样的气候,这样的环境表演,而是有其他什么东西参与进来……就像最开始说的,它是一个打开的东西,未完成的东西,那它一定要有参与感,不是人的参与,而是气息的参与,可以是很复杂的参与,也可以很简单……我们可以把装置当成浴场,我们在浴室里面,怎么拿捏自己的肢体和声音,怎么给录像配音,怎么想象自己的影子,它们脱离我们掌控在舞动,怎么想象一片新大陆……"

她说着，仿佛独自穿行在 24 小时地铁上，眼前连续播放着地铁电影，那是一部有绿色原野作背景的电影，绿得很统一，密不透风……却进入不了这个世界的深刻。她和她的朋友们开着吉普车在原野的边缘穿梭，接着他们开到海的边缘，然后是一块一块岛屿，还有填海造陆工程中未顺利连接的破碎陆地。那些泥土松软，泛着红色，有时候被潮水打进海里，有时候只是被一块礁石截断。还有的，曾被冰山穿过，形成一块块漂浮在人造大洋中的冻土。这些细节在她的记忆中被多次淘洗，有些地方愈加清晰，有的地方却更加闪烁模糊。以前她可以凭借常识筛选出哪些是被记忆篡改的，但现在周围环境的改变正在一点点开进她曾经的想象空间，所有对于细节的想象正在变成现实。他们现在可以看到冻土漂浮在北方河流上的样子，也可以通过 GPS 全景图看到十六年前他们二十岁左右时，跑过的那条银城马路。

　　项奕站在"通道"的上方——尽管装置越做越庞大，她却没有觉得它变得广阔。那些多出来的空间，更像临时搭建的一条条小路。这样的小路，她自己也可以做，甚至还可以做得更自然。但她知道，如果这样的路越来越多，那她身处的装置内部，她站着的这个位置，这个空间，将变得越来越复杂，也越来越无效，就像小时候玩过的开交绳，她可能会把自己绕进去。即使场地足够，小路一点点往外扩，情况也依然是一样的。这让她再次慌张起来，接着是一阵紧张过后的疲惫与安静。

城市中心尖塔顶端的灯光从远处照耀着他们,他们背后的傍晚突然像一块微蓝色的马赛克背景。项奕感觉过元朝让她点开的那些视频再次在眼前穿梭,与此同时,她记忆深处的几段时间闸门也同时开启,她看到曾经的W城、Z城和银城,它们像几处地图App上的GPS全景视频,同时打开,而她找不到最初作为原点的那个形象,那或许是一个人,或许是另一个闪耀的东西,更甚至可能只是一块颜色。但二十五岁后,她很难再把生活与某个城市关联在一起,这些地标似乎也正在她的记忆中被不断抹去。她知道自己走过的一些山脉,在山脚下,在某些层峦叠嶂中,看见隐匿着的帐篷、白房子学校。她在没有网络的山顶画画,在速写纸的背面随手记录下写生队友的联系方式。这些年,国家正在努力建造新平原,安置多出来的人口,许多山正在被推平。但越往深处走,她就越发意识到山的丰富与广阔,尽管她很快知道,这不是因为它内部肌理多么复杂,而是因为它的坚固。像从人造海中拔地而起,像从穿过人造陆地的原始冰山中自然生长出来,还有那些分不清是天然的,还是后天养成的冻土中,也有它的影子。山,或者一切陡峭的东西,都在变成她所生活的陆地上的稀有事物。整片大陆都在被推平,她无处躲藏,最后只能回到城市中。

天色渐暗,项奕仍在"通道"顶端的边缘处徘徊,她试图把那些后来加进去的内部结构拆除，一些木料被她掏出丢到外圈。一时间，仿佛她变成了把山推平的人，她被缓解的紧张因此又回到了她体内。而不远处，其他三个人正在把一块块废弃的三合板投入篝火堆。

"我突然想起高二的时候，我和两个同学在画室看姜文的《太阳照常升起》……电影里女主角不断重复'黄鹤一去不复返，白云千载空悠悠'……她不穿鞋在村庄里狂跑，脚面却特别干净……结尾的时候，应该还是她吧，冲着远处不知道是刚刚升起还是即将落下的太阳喊'阿辽莎，别害怕'……"项奕继续道，"……前些年，李沧东拍了《燃烧》，我没看那片子。只看了原著小说，说有个男人，很喜欢烧仓房，但他自己到底有没有去烧，其实也没人知道。但是小说里的'我'，却认真察看着住处附近的仓房，寻找那些看起来无人理睬的仓房，然后标记……再之后他又碰见那个男人，男人说，仓房烧掉了……但是很奇怪啊，'我'标记的仓房其实还是在原地的。"

"我怎么记得，'我'标记的仓房是已经都被烧掉了啊。"章岚道，"反正结尾，那个喜欢烧仓房的男人消失了。"

"不是，是那个男人的女朋友消失了。"项奕道。

"……但有时候我又总想起小学的时候，站在楼顶……夜里大人都睡着的时候，突然点燃一张白纸……得是那种没被折过，没弄皱，也没有写过字的白纸，特别干净特别新。然后我看它点着,赶紧丢出去。在夜色里,它在半空中飞速旋转,光亮一点点暗下去,接着再也看不见……我就那样玩着,一晚上过去了,感觉非常舒服,好像心里有一块东西被抽出去了,整个人舒畅了……但好像心里另一块,重新变得空荡荡,而那种'空'的感觉似乎将越来越强烈,那空出来的地方在变大……"

"看《太阳照常升起》,看小说里别人烧仓房,我想到小时候烧白纸的场景。好像这些年,一切都没真变过……它只是一次次回到原点,回到某个中间阶段又一次生长,而我们一次次被重复的东西所吸引,那些不能真的被解释的,被消解的,或者是相似的刺激。尽管自己已经变化了很多次,尽管这个重复的东西,换了无数次样貌……架上油画、装置、表演、短视频……又或者其他什么复杂的形式,也可能甚至主题是全新的,也是深入的……但好像在某个地方,始终都没有成熟。有块东西总是趁人不备时钻出来,不断击碎所有看似真诚的努力。"

篝火堆没有加入新的木块,火势弱下去,慢慢变暗。过元朝把它们清理在工作室门外的树下。他用手指拨弄着那些黑灰色的灰烬,冷静过后的滚烫感缠绕在指尖,让他觉得上瘾。

"按照想象中的剧本,确实应该我们强一点,它弱一点。但谁知道,它和我们一样在变强。"过元朝转过头,"我说我自己。"

"通道"的工作渐渐进入收尾阶段。但收尾只是象征性的,团队里的所有人,都没有觉得这真的到了完成的那一刻。但他们还是为象征意义上的"收尾"感到兴奋。最迫近的困难是,如何安置"正大光明"四个字。按照项奕的想法,他们可以各自认领一个字,但过元朝不同意,认为这破坏了作品的整体性,建议四个字叠放在一起,在作品展示和表演过程中,随机呈现,但这又遭到李和章岚对于技术实现度的质疑,最后又变成了对本质问题的争论——比如作品的完成度究竟在什么意义上才算成立。一个新的零点,大家对此都疲惫了,躺在各自的行军床上睡去。醒来时已经是早晨十点,项奕在升起来的太阳底下开啤酒,接着其他人也开起来。过元朝思忖着如何让大家达成共识,章岚则觉得自己有些多余,但李表示这件作品只能他们四个完成。

"虽然我们彼此不那么信任了……"他道,"但这种事,它需要'友谊'作为支撑……虽然那次写生之后,咱们很久没见了,可能想法也非常不同了,但谁能紧跟谁的脚步,谁能一直都站在一起……即使都是部分程度失去的友谊,也总是过去的友谊更值得信赖。你们可能比我更知道——这是一个为我们准备的东西,它可以就此结束,也可以正在形成……"

过元朝看着他,接着又看向项奕和章岚,"这四个字,就让它作为一个词,或者只是几个字,呈现在《通道》的四个角是最好的。"

"这样最好实现……但影子怎么办?"章岚道。

"不如没有影子……"项奕说,"我们之前设想的影子表演部分,都是没文字出现的,没有其他流动信息作为背景出现的……但现在突然来四个字……我们要么让它作为一个独立单元,要么作为四个结构,但这都不是最好的方式,反而是破坏。不如就让影子缩小或者无限放大,缩小到不仔细看,影子是不存在的,是《通道》里面的光出来,有那么一些散点,它们聚拢又分散……又或者是无限大的一个影子,这个影子下面有一些附属的肢体动作,这个大影子张满整个作品画面,整个表演画面……这样巨大或是足够微小,字不会成为它的障碍或者干扰……"

"如果字跟影子完全平级关系呢?"过元朝道,"我们之前搜集声音讯息为作品'配音',又或者你说'无限巨大或微小',但这还是有问题,就是不管刻意避开,还是努力让它们之间的力量平衡,我们都仍在刻意强调某个东西。但不该是这样。这个作品,它是全面的呈现,如果我们始终按照前面这些逻辑,那其实背离了初衷。这样说有点不准确……我想说,一开始我们的元素只有影子,但后来作品要求有声音,要求有肢体,甚至要求有背景油画,要求有'通道',有打通观众和创作者的东西,要求场地……这四个字当然是硬塞进去的,但如果我们要求四个字出现得合理,那它就要具备声音、影像等等都有的能量,甚至它必须跟作品其他的部分有所牵绊……"

"这个意思有点棒……"项奕饮下半瓶啤酒,"那根本不需要分配什么了……我们还按照之前的排练进行……只是让字随时出现一下。就像音乐一样,像PPT一样,它们在各种时机都出现一下,然后我们筛选哪一瞬间是最合理的。"

"目前看来也只能这样。"李道,"也或者字也有影子呢?"

"字的影子和人的影子再次重构成一个世界……似乎也说不清,'字'是人的灵魂,还是人是字的灵……"章岚对着酒瓶大口吹气道。

"突然觉得这次你用的大词听起来不太俗气了。"过元朝用一种严肃却又调侃的口气道,"其实可以让字和声音,和其他什么的节奏一样,分散又聚拢,汇集又分离……"

"这太难实现啦!"李道,"再说,章岚怎么拍?镜头上肯定一片光怪陆离……"

"这四个字,主办方还是要清晰呈现吧?如果作为作品元素,我们怎么让它清晰,又怎么让它们和作品完整融合在一起?"

"这就又回到之前的问题了……统一不统一的。"李不耐烦道。

"不是。"过元朝道,"项奕的意思是,统一是前提。以及,这四个字,它如果要出现,就要跟作品整个关联上,不止是形式上。"

"如果不是四个字……而是这四个字是同一个东西呢?"章岚突然道。

"你提醒了我。"过元朝道,"但我们不可能重构任何一种独有的现实。"

"如果'独有'本来就是表象呢?"项奕指着不远处灰蒙蒙的天空上方,一束同样灰蒙蒙的蓝光从城市顶部探进城市深处,在他们几个人间穿梭。因为都是灰蒙蒙的,并没有引起他们的注意。此刻,在四个人的视野中,灰光在他身上攀爬,但灰光的源头却在远处微弱地闪烁,那曾是很耀眼的柠檬黄,因为射程远,到他们这里,变成和一个个地图 App 上跳跃小人一般暗淡的灰色。又或者,这灰光原本就是他们。项奕眯着眼朝前看,觉得像幼时校园里的升旗仪式,她站在后排,需要踮起脚才能看见大队委高高扬起的红旗一角怎么在晨光中显出一丝丝褶皱。现在她知道,当年并没看见褶皱,但她觉得自己看见了。

执摄像机的最后一天,章岚把大家叫到庭院中央。在过元朝的组织下,《通道》主体零件经过重新组合、搭建,显出比之前恢弘的样貌。李躲在工作室厚重的窗帘前继续修改背景油画,迟迟不肯现身。项奕盯着遗落在垃圾箱内,他们陆续丢弃的装置零件发呆。前一天晚上,她还对章岚说,它们让她想起蛋糕。

从前他们一行人一起过生日,生日蛋糕被长途跋涉从城市的另一头送过来,最有耐心的那个朋友总会最先站起来为大家分蛋糕,她和章岚,以及另外的几个人,或因迟钝或只是心安理得,看着端到眼前的蛋糕。他们边聊天边吃着,吃到最后总有三分之一在他们的目光中摇晃,没有谁再去吃它。起初会有人把剩下的蛋糕奶油抹到某个人脸上,接着又有第二个人这么做,最后,他们总会笑作一团,在彼此涂满奶油的脸颊前摇摆。如果谁在饭局的最后时刻还能保持清醒,就一定会看到被丢进黑色垃圾袋里的那团蛋糕。

"我总是想,收拾残局的那个人是谁呢。"项奕用了陈述句。她知道,自己对此并非完全一无所知。就像她和章岚,又或和其他几个朋友曾分道扬镳的那个晚上,她看着一个女孩在前面流泪,却不发一语。她当时就知道女孩遭遇了什么,也知道这伤害一部分和他们一行人的冷漠有关,可她什么也说不出来。这种本能的残酷让她一度想到此处都觉得羞愧,她不知道为什么当时迈不出脚去安慰。她多次思索自己在那些迟钝的瞬间究竟在想些什么,比如在山上写生的日子里,那些对她表达过好感的男生,他们起初有意无意触碰她手臂时,她并没有本能地弹开。她不明白自己为什么在那些时刻迟钝,又或者,如果那本是她心中所想,那为什么在后来,她又觉得被伤害?她总用某种政治话语为自己开脱,说"那是必经之路",但她内心深处依然自责，直至自责又演变成对一些人的恨意。这种恨意也曾延伸到她的事业上，她不喜欢学生们过度关注现代艺术，认为必须有古典艺术的学养，才有能力欣赏现代艺术——这也没什么问题，但她大可不必过于反对学生们的尝试。

此刻，这个白天，在这种奇异又迂回的反思心情中，项奕再次把目光扭向零件。其他几个人劳作的声响渐渐成为零件的配音，零件也并非被丢弃在那里，而是陈列在那里，像一场她事先并不知情的静物练习。仍有一个老师在幕后，她还是那个不太机灵的憨学生，走进画室才看到老师早已摆在灰色麻布上的静物，其他同学们似乎都很清楚应该在哪里坐下画，她却犹疑地在整个画室徘徊，直到画室陆续坐满人，哪里都容不下她的位置。

过元朝察觉到项奕的走神，但他不发一语，而是像一台指挥机器，把项奕拉到屋后柏树的阴影下。天是晴天，但因为太阳常常被云遮住，打下来的阴影并不那么明显，乍看下去，他们只是在某种热腾腾又喧嚣的傍晚，行走在一种似有若无的灰色之中，仿佛宋思思出走的前一天，在冰凉的泉水下，过元朝看见项奕和她话别，并站着敞开的房门间，那面略显粗糙的灯光阴影下——多年过去了，这一幕在他的记忆中已经越来越像一块马赛克。准确点说，他们所有的共同记忆，所有记忆中接近真实的细节，就是在这样一块块马赛克之间，才变得真正清晰起来。

"你还记得吗？宋思思当时画的那幅画……我还记得名

字,《屋前屋后都是妖怪》。"

"题目是我取的。她本来计划画十二幅。"项奕干巴巴地道,并没有继续说下去的愿望。不远处章岚和李朝他们张望,但她和过元朝脸上紧绷的表情,又让他们放弃了询问的打算。

"还记得那是哪一天吗?"过元朝突然问,并不再说后半句。

"三月吧,或者是七月。山上的气温总是很低,让人不知道是几月。"项奕平静中有些不耐烦,"泉水太凉了。"

"……你下山后不久,我也下了山。听说有几个人留在山上找她。还有一个女孩,第一天就下山的那个,知道她跟大家切断联系后又回来了……"过元朝没再说下去,不是这事影响了心情,而是他深深明白那之后他们所有人生活的乏味。他们唯一能做的,就是尽量不让宋思思成为点亮他们乏味生活的一盏灯。但他们常常未能忍住。几年前他们已经知道,自己曾有很多瞬间可以阻止那件事的发生。而过元朝提及这件事,也并不是真的回忆起了宋思思(虽然她从未远去,并一直担当着他和项奕等人之间某层微妙的连接),而是他知道,当他们无话可说时,只能本能地用共同记忆填充进游离的对话缝隙中。项奕沉默,是她也曾这样提起宋思思,她可以不满,可以生气,可以不回答,但她不能拒绝过元朝的追问,当这个名字再闪起来,她才真的感觉到某种光辉仍在,它曾以一个人的离去为终结,又以这个人的离去不断开始。

"我常常觉得我们活在矛盾中。"项奕不合时宜地笑了笑,"我是最后知道这件事的,但其实我知道的那天,我没什么感觉。我可以说她在我记忆中就是那个跟我拥抱、告别的,穿亚麻布裙的女孩子,又或者她是当时你们中的任何一个人。她是我很喜欢的朋友,可我当时没什么感觉。现在我也想说,我依然哭不出来,但我觉得难过——不是因为少了一个人的消息,而是我知道,从那一刻起,我和很多人,或者说很多人和我,拉开了距离。并且,我再也不会跟谁交会了。可我新的,和世界交会的点在哪里呢?李那幅油画画得很好,唯一的问题就是,他太想往这件装置中,塞一个他觉得我们大家都能看懂的东西了。"

"他觉得是这个所有人都能看懂的东西让大家落地——这也是他好的地方。"过元朝道。

"他当然好,是一个好人。"项奕低下头,"但我还是会安慰自己——告诉我自己,我不能像你们一样做一些纪念性动作,为我的'不难过'找开脱的借口。那天,她走之前的那天,她跟我说的是'再见'。'再见',我理解的是,第二天接着见。但第二天我没见到她。我下山了,原因虽然不是因为她,但这些年,很多人都从生活中淡去了,她好像还在原地,像一小团灰蒙蒙的椭圆色。哎,真的就一直没能再联系到她啊……"

"我不知道是不是我的幻觉。微信普及之前,我登录过我们贴画的论坛,看见她的主页发过一张图,但只一瞬间,我再刷新,就看不到了。我不知道是不是错觉。"

"没有看她主页的最后登录时间吗?"

"没有……"过元朝整理着措辞,"确切说我怕看了,反而不符合期待……如果那真的是幻觉。只是,真的会有人把自己埋起来,不跟所有人联络吗?"

"可我们不是所有人啊。"项奕道,"我们因为画画认识,因为艺术项目认识……如果当时没有共同爱好,我们早就互相从对方的生活中消失。至于她,你不能说她这是消失,她只是主动退出了我们这些人的生活。不过,我好像想到《通道》最终的呈现方式了。"

最先站在作品最高处,也是最中间位置的,是李的油画。他在作品展览的前一天,重新处理了这幅画。构图、色彩和肌理,都与之前完全不同。从近处观察,他们能看到布面上很多小细纹,很多修改痕迹。但从远处看,仿佛李用很短的时间,画了一幅新的画。

"到底是当年美院第一。"章岚调侃道,"这是你这十来年,唯一认真画的一幅画吧?感觉《通道》还得再复杂一个度才好。"

"不用。李的画,就是《通道》。"项奕道,"画本来就是背景,背景就是作品的影子。"

他们很快开始动作。先是项奕踩着谁的肩膀站在通道最顶端,接着是另外三个人错落有致地站上去。谁也没提那四个字的事情,按照计划,展览将有很强的随机性,也就是说,他们有百分之五十的希望比计划中呈现出的效果好,也有百分之五十的可能,这件作品失败掉。决定是过元朝下的,但也可以说是他们四个共同的决定。他们决定把行为艺术引入装置作品中——既然行为和精神本就息息相关,他们为什么不尊重生命本身的真实。

阳光涌向他们,灯光也打下来。他们从室内走向室外,室内和室外的光混在一起,他们周围可以说更亮了一点,但又因为灯光的刻意,反而使他们心理上觉得现在不是白天,而是某种虚假的白昼,像北欧地区那些靠近北极圈的国家所经常遇到的白昼一样,因为时间长,显出一种仿真的白日效果。初到的人必须凭借高度的自律,才能重新回到自己在其他地方的生活秩序。人和人的疏离,更容易显示出来,而亲密本身,又很容易成为伤害。此刻,项奕摇摇晃晃走在《通道》的两端,想象着另一个自己,正在摇摇摆摆走过来。那似乎是一个很宽的影子,又似乎是一种被制造出的幻觉——站在两种光的交叠处,显得碎片化,内在又保持了属于"人"的完整性。她看向其他三个人,他们动作笨拙,一些动作,以及装置的呈现流程,都显得不那么连贯,以至过元朝常常要做一些夸张的表情,示意他们尽快开始下一环节。

章岚的摄像机在远处注视着他们,像一束遥远的目光,又像一个，或一些遥远的人。项奕和过元朝的目光交汇，那些提前录好的密集配音在他们四周围响起，因为隔着一层空气，显出一丝微弱到可以忽略的回声感。项奕想起在山上写生的第一天，她乘坐索道，行进在绿莹莹的山间，那里白雾缭绕，有谁的歌声在飘荡。好像是一首流行歌曲，也好像是农妇唱的山歌。行至半山腰的时候，她背着双肩包从瞭望台跳下来，在一排白色栏杆外，画了三小幅素描。上面线条蓬勃、雄伟，但每一个建筑，每一棵树，都是山间没有的，可她就是觉得它们应该长成那个样子。只是那样的时刻很短暂，她很快感觉到生活被一层阴郁的气息所笼罩，那阴郁并不是她的生活真的发生了什么，而只是因为，她过往的那些快乐都过于清浅，经不起现实的考验，以至遇到一点问题，快乐感就很容易烟消云散。她很努力地想驱逐那些对自己产生不好影响的人和事，但它们最终还是占据了自己的生活。她也突然想起，宋思思那天除了"再见"，还说了什么。在项奕游离的目光中，她曾感觉到倾诉秘密的安全，又感觉到陈述故事的沉痛。她把繁复到笨拙的民族风耳环从耳朵上摘下来，告诉项奕，她是整个团队年纪最大的人，所以这件事最终是她不对。她也决定不再回房间，不全是因为那周围有很多虎视眈眈的眼神。她把狗尾巴草从指尖摘下来，玩笑般塞进项奕的掌心。

"其实我需要他们。"最后她说，"我常想，如果我们这些人，没有一个足够坚决的东西挡在那里，没有一个远远超出我们自身能量的能量体在那里照耀我们……我们的生活会不会崩坏……我觉得自己没什么问题,但我还是得说,'我不对'。不是因为真的'不对',是需要'不对'。否则,生活就更显得冷酷了。毕竟,谁能接受,一个没有人有错的生活,一个看起来没有人有问题的秩序中,却很多人都感觉到不舒服。"

泉水很凉。项奕自言自语道,接着又从她站着的位置一点点跳下来。她知道自己的行为已经又一次偏离了原先的设想,但没有人阻止她。在她专注自己动作的时刻,过元朝他们也在走神。在项奕的背面,在她弯曲的脊背后面,他们也从他们的"山上",他们的位置下来,从他们的"通道"走到去往"新大陆"的通道。"正大光明"四个字最终没有以字的形式呈现出来,而是暗含在每一个配音中,在他们的肢体动作中,更在《通道》的重新搭建中。他们四个人,在一种专注到游离的氛围中,对《通道》的各个部分进行了一次次洗牌。它变得越来越古典,又越来越简洁,以至于在大家各自的自言自语中,"现代"这个词出现频率最高。

"很现代。"他们说。但他们这么说,恰不是因为它真的现代,而是它无限趋于古典,回到某种世界未完全清晰,却充满激情的时刻。那是一种未开化状态,又是一种趋于无限的状态。在过元朝的手势下,一面似乎是油画,又似乎是散发着松节油气味的巨大三合板从他们四个人的头顶掠向更高的高处，并直接挂在《通道》的顶端。展示在他们面前的，是一个似乎宫殿又似乎某种地基的东西。项奕觉得某种东西正在攀升，从新《通道》的四个尖尖角一直到它内部的构造、肌理，并直接进入一种嘹亮的无序。项奕从中辨认着他们四个人的声音，直至完全不能听到任何一束声音。

象 人

有些人消失了,或者正因其消失,才以近乎无限的方式影响着我们。

——湖边静寺

一

上班第一年,庄霖就在为齐斯汉物色墓地。

林城有三块公墓,第一块在西郊,主要埋葬着一九四九前的战役中牺牲的士兵,其中一部分还是朝鲜籍。第二块位于城区内海拔最低的盐碱地,古代就有,似乎是秦,也可能是汉。上世纪初,这块荒山瘠地被林城当地富商郑氏用作宗族墓园,传言一些早已化为灰土的祖宗遗骸被掘坟扬灰,在当时引起很不好的影响,然逢乱世,不了了之。一九四九后政府收回,逐渐成为林城最大的公墓,称九螺港公墓。第三块是府山墓园,边上有河,墓园三公里外,还有梯田和果树,人气也是旺得很。

齐斯汉最喜欢的正是府山墓园,但这里半寸难求,更何况齐斯汉想要的是双穴墓,专留一个穴位空着,埋葬他失踪妻子的两束细发。按照新的丧葬管理和公墓管理制度,失踪人不管失踪多少年,也不管是否完成死亡申报,亲属都不能为其购买墓地。齐斯汉年纪越大,越为此感到不安,对着庄霖再三抱怨妻子身后居然连个墓也没有,庄霖则会像过去那样重复庄承俊并没有过世。只是这种话说多了,庄霖也困惑母亲究竟还在不在人世。

在她眼里,庄承俊尽管是个眼神飘忽不定的女人,却比周围许多人热衷按照时间表安排生活。她考中专时名列全县第三,进入县政府工作后,却毫无升迁愿望。每日完成公文书写任务,只热衷清扫单位大院。她人际关系简单,不参加同学会和同事聚会,也没有朋友,下班就回家。她不化妆,却尤为注重穿着。她把家里收拾得相当洁净,不允许庄霖和齐斯汉吃饭发出声音,书却到处乱放,常常同一本书买两三次。她训练庄霖阅读世界名著,熟练使用电磁炉、电饭煲、半自动洗衣机。庄霖总觉得,如果她再长大些,母亲可能还会教她如何换煤气。庄承俊总是表情淡淡的,或者说面无表情,除了训斥庄霖时,才显得激烈而有神采。

她常常在黄昏时拖着行李箱离开家,许是找不到可以去的地方,可以依赖的朋友,过不一会儿又会回来。也正因此,庄霖和齐斯汉似乎都习惯了庄承俊突然离开,也相信她很快便会回来。只是那次离家,她没带走任何东西,除了身上的衣服和钱包,她只是剪掉了家里每一张照片里自己的身影,连侧面都没有放过。从来不化妆的庄承俊还在洗手台前留下已经用了一半的口红,还有一束粗黑的、带着身体温度的黑发。庄霖感觉到一阵新鲜的空旷。除了那些夹在原有相框中的镂空照片在周围风的浮动下抖动着边角，电视机播放着的节目也显得声音大了许多——那是一组千禧婴儿的跟踪报道，据传要从二〇〇〇年跟踪拍摄一批婴儿直到他们十四岁。庄承俊日常爱看的几本书，其中一本还摊开着，书签就夹在她看到的那一页。冰箱里塞得也满满当当，足够父女二人一个月不买菜肉。高压锅里的排骨已经差不多炖好，电饭煲里的米饭也已经熟了，餐桌上的碗筷也摆得好好的。庄霖一面觉得这只是往日"演习"的升级，一面又觉得有一丝被抛弃的苦涩。可当时她并没有沉浸在这种巨大的失落中，而是大声朗读安徒生的《沼泽王的女儿》。

直到七点过，齐斯汉才回来。他先检查了家里的边边角角，一边觉得庄承俊很快会回来，一边陷入焦躁。他一直在钟表下坐到了夜里十二点，才恍惚感觉到庄承俊已离开的事实，把锅里凉透的米饭吃了个干净。

那一年庄霖年纪还小，习惯于被安排好的生活，并且依赖母亲。但庄承俊不见了，她也只过了两个月就接受了新的家庭格局，只是一到晚上，又觉得家里少了些什么。除了不再有人阻止自己拿手电筒看小说书，还有一些情绪压在心里。她觉得恍惚和茫然，起夜上洗手间时，她常常仰望窗外似有若无的月亮。这样的夜晚累积出的，是在白天渐渐乖巧的庄霖。这个庄霖甚少大声说话，课间也在写作业。

　　齐斯汉则在庄承俊离家后变得更加沉默，又或只是过往那些年积攒的沉默能量终于集体爆发——他整理旧书的技术空前提高，总能从大家不知道的抽屉夹层中找出过期报纸或打印纸，重新包上，再用一手好字流利地写上书名和××著。面对缺页的旧书也不露怯，想方设法弄到缺失的文字内容，再按照印刷体大小，誊写在厚度相似的干净草纸上，仔细粘在书册中，乍看过去，和之前无异。渐渐，图书馆的旧书都归到齐斯汉这里整理了，他对自己的工作也越来越高要求。有时，为找到一本旧书缺失的内容，他常要翻阅更多书，早早摸遍了图书馆里的书。即使学校引进了书籍查询机器，很多学生还是更喜欢找齐斯汉。

　　只是齐斯汉虽喜欢这份工作，却不爱阅读。那些缺失的内容，对他而言更像一次新的技术挑战，只是在熟练技艺的过程中，似有若无地沾染上一些不同于周围人的气息——庄霖觉得他正在慢慢变得像庄承俊。他变得极度安静，在外沉迷工作，在家沉迷阅读诗歌和观看特吕弗和侯麦的电影。庄霖甚至觉得家庭氛围比母亲在时还要和谐。直到大学毕业后，齐斯汉叫嚷着要买墓地。

　　墓地该怎么买，庄霖一头雾水。先不说已经不允许生者为自己购买墓地，便是子女为在世父母购买，也要层层审批，每个地区都有不同的指标。即使在指标内，也需要摇号。庄霖从上班第一年便时刻关注三所墓园哪一个能最先排上号,一度想在九螺港公墓排号。它离庄承俊曾承包的林地不太远。有人说,那原本就是郑家的地,那里埋着的,很可能是郑氏先祖。还有人说,郑家得罪了当时的朝廷,一路被追杀,那儿埋着的,也有当时官兵的尸骸。

前些年房价大跌,墓地价格逐年上涨。年轻人普遍没有生育愿望,社会老龄化比前些年更严重,许多人想尽办法提前预订墓地,确保自己和家人死后有所依托。庄霖原本并不信这一套东西,但庄承俊离家多年,齐斯汉一直没有再婚,甚至连"绯闻"也难觅,这让庄霖渐渐对齐斯汉有了一种奇特的歉疚感。

庄霖高考成绩不佳,勉强调剂到西南地区一所生源一直较少的二本院校的新闻专业。念书时便打定主意一定要回林城,"父亲在,不远游"。可林城难以找到专业对口工作,她只得又去某新一线城市待了几年。只是在她职业起步的时代,各地新闻媒体纷纷倒闭,取而代之的是真假参半的自媒体平台,运营个一到两年也往往要倒闭。她在一个新闻类微信公众号打了半年工后,那家平台也开始无可刊新闻只得制造各式假新闻勉强维持流量。庄霖不得不从一个新闻记者变成网络段子手,终于决定放弃做记者的愿望,投身门槛相对较低的服务业和娱乐业。只是这些行业内部的竞争更加血腥,庄霖本就入行晚,也不懂得处理各式关系和资源大户,只得做杂工,从小助理到宣发团队中的器材师,再到微信公众号的编辑人员。只可惜尽管辛苦,却因频繁换行业,积累的小小经验只能迅速被清零。偶尔,还会成为公司一些事故中的顶包者,领导只给一笔微薄遣散费,去朝阳区法院起诉也无人管。前些年房租抬高,租房只能整租,庄霖的收入无力承担房租,一度在温饱线边缘挣扎,最终只能又回到林城,和几个中学同学一起合伙做销售。

当时,齐斯汉刚从图书馆退休,一度被返聘,后来新书品种逐年变少,一些出版社开始不断出再版书,市面上的再版新书逐渐换掉旧书,书籍查询系统也不断升级,齐斯汉觉得自己的本事没什么用处,就找了个在旧书摊给人裱书的营生,再后来连旧书摊也没那么多旧书了,齐斯汉就自己支起书摊,给爱书人裱书。只是林城哪有这么多这样的人呢,网络付费阅读早已不是新鲜事,文化人想发表观点,也要通过一定渠道,普通人更要付费才能浏览文字信息。纸质书出版逐年下降,旧书更多沦为收藏品,不再是阅读品,网络阅读流量也在下降。齐斯汉觉得自己的职业越来越边缘,甚至觉得自己变成了无用的人。每当觉得无处可去,他就再次想起庄承俊多年前承包过的那片林地。

庄霖小时候,一到庄承俊失踪日,齐斯汉都会把她带去林地。久而久之,那天渐成全家的"团聚"日。纸质日历退出生活后,齐斯汉习惯了智能手机,因为不会设置日期提醒,慢慢又忘记了这一天。庄霖回到林城后,每年都要提醒齐斯汉,但近几年,她也不再提醒了。林权改革后,那块林地成了公益种植园,种植品种也被严格控制。但齐斯汉还是能认出,位于堤坝附近的那块地是庄承俊曾承包过的。

荒地种植过程中,曾挖出累累白骨,庄承俊吓得不轻,但没多久,她又支一个蓝色帐篷,住到挖出白骨的地方,说看着那些人心里静。有一回他去找她,她背着蓝色帐篷走在堤坝下,面无表情地看着他朝她跑来,没有后退也没有迎上前。那时候他已经觉得他们不是一个世界的人,可正因此,他仿佛更剧烈地被庄承俊吸引。

堤坝边缘的荒草已经很高了,齐斯汉俯身想拔除几支,手心老茧被刮掉一层,大把荒草依然在泥土里,只一簇长得最紧密的,从泥土中挣脱。他突然一阵紧张,想要把那束草重新埋进土里,但草歪歪斜斜,怎么都不肯好好在齐斯汉给它准备好的坑里待着。他焦虑起来,不自觉又摸出手机冲庄霖发一条语音:"墓地的事,问好了吗?"

在堤坝周围呼呼的风声中,齐斯汉听见她说:"电视台来电话,说有我妈的消息。"

二

庄承俊失踪后,寻人启事曾在林城电视台滚动播放,但始终没有线索,齐斯汉慢慢放弃了寻找。她失踪后的第六年,庄霖中考,语文作文考题是《我最亲爱的人》,这原本是一个不会出现跑题状况的命题作文，庄霖却用宇宙、月亮、窗户、夜晚等等她一个人静思时感受到的诸多元素，写成了一篇虽有母亲存在，却大量篇幅未涉及母亲的散文。成绩下来后语文没有及格，查分结果显示作文只有九分。庄霖把自己关在房间里不吃不喝三天，甚至一改日常听话模样开始对父亲歇斯底里，并拒绝齐斯汉缴了高价借读费拿到的市重点中学录取通知书，决心只去读县高中。从盛夏到初秋，父女俩都过得压抑，庄霖瞒着齐斯汉接受了一位男同学的QQ示爱，齐斯汉则产生再婚念头，还去婚姻介绍所提交了个人资料。知会庄霖时，她没有任何异议，双眼也依旧没什么光彩，只是站起身拨动了一下手指，朝半空中比划了一下道："再婚，那不得给我妈申报死亡？"

那年冬至，父女俩徘徊在法院附近，迟迟没有进去。回家的路上大雪纷飞，庄霖没有注意到周围已白，直到脚下咯吱咯吱的声音传来。她和齐斯汉一人撑着一把黑伞，一前一后走着，握着伞柄的手双双保持着同一姿势。到小区门口时，庄霖一不留神直接撞了上去，齐斯汉则打开小区门禁后突然撑开雨伞，白花花的雪块和手心汗结成的冰碴一条条往下掉，他盯着地面良久，直到庄霖开门的声音已经从楼上传来，才一步并作两步用，钻进房门学庄承俊给女儿煮了葱花荷包蛋。

庄霖记得那滋味。七八个生鸡蛋打进沸水里，葱花和盐调成的汤汁淋上去，偶尔也滴几滴香油，闻起来香，吃起来又总少了味道。长大后庄霖知道那缺乏的味道是用心不够，庄承俊只在不高兴时做快速餐食，齐斯汉也是。火候欠点，调料分配也欠点，有时油太多，有时盐太多。当齐斯汉把葱花荷包蛋端上桌，庄霖一边吸着汤一边想到母亲，两碗荷包蛋的味道和样子都不太一样，唯有火候不够和调料分配的问题十分一致。只是她没有说，而是快速吃完就去洗碗，且不用齐斯汉劝说便打开书本复习——她知道自己没有理由悲伤了。第一次这么做时她内心尚有一丝酸楚，接下来每一次这么做她都倍感踏实，直到这种与日俱增的踏实感渐渐归于平静，变得自然。

"是一个年轻记者说的……林城论坛上，有人回复了电视台的人前些年发的帖子……二〇〇〇年，有人看见我妈在火车站……在林城火车站上了一趟往成都的车。"

庄霖一口气说完，因为语速过快，中间总是吞字，一些细节和必要信息被省略了，但齐斯汉却觉得听得又清楚又通顺，仿佛那些缺失的信息自动被他补全了，且每一处都在应有的位置。

和庄承俊有关的那条帖子，是林城电视台八年前发布的一条寻人启事回顾帖，专门回顾了电视台播出的寻人启事中至今仍无线索的十几桩失踪事件，并再次向林城市民征集失踪人的线索。当年一度不少人回复。

"二〇〇〇年初，澳门回归不到一个月，林城火车站播放过一条寻人启事，里面讲述的女性特征，和庄承俊女士非常一致。"庄霖一边念着,一边在电话那头道,"是提供线索的郑先生,也就是回帖人。在他说的那个时间,他就在广播站,亲眼见过我妈。"

"为什么现在才说?"

"他在成都一个展览上看到我妈的照片,想起了那一天。也许,我们需要去趟成都。"

"我不去。"齐斯汉有些生气,但很快又顿了顿道,"还是先确认下信息是否属实,那个姓郑的,他有什么要求?是林城的吗?我们先跟他见见。"

挂掉电话的一刻,庄霖看见齐斯汉打开了位置共享,代表他位置的小箭头正往地铁站的方向移动,仿佛一瞬间,她再次回到外祖母生前居住的家.

外祖母坐在堂屋中央,对着墙壁上外祖父的照片述说着前尘往事,几个阿姨围着她,庄承俊插不进去,只得不发一语。那是庄家分遗产的重要日子,庄霖本该和齐斯汉一样不出现,却被庄承俊早早抱到成人世界的现场。她在各路亲戚的腿之间穿梭,茫然又紧张,而每一个表兄弟姐妹,她都觉得跟他们没话说。晚上七八点终于顶不住,庄霖大喝一声跑了出去。孰料外祖母家外面的人墙比屋内更厚实,几个姨父翘首望着窗户。庄霖穿过他们,像离开一群怪物一样疯狂往前跑,直到跑到马路中央,突然又被抱起。庄承俊手里捏着一张纸,眼里渗出泪,生气地对她道:"你往哪跑,不要跑,老人面前不要跑。"

庄霖一边想着,一边着急地往前走,一会儿又像对焦虑的自己不满那般故意放慢脚步。新季的雨水从天而降,她条件反射地拿出备用雨伞,撑开的那一刻她狂奔着来到地铁站,在一串串互相打架的雨伞尖头中,她看到属于齐斯汉的那把红伞朝自己顶过来。他们要乘坐下一班直达市中心的地铁,在那位郑先生提到的香山旅馆一楼见他。与此同时,庄霖刚下载的林城论坛 App 跳出一条新的站内消息提醒,是那位郑先生回复的——

"那一年在广播站,是我和令堂一起策划了那次寻人广播。"

庄霖伞上滴落下来的雨水糊住了手机屏幕,她下意识停下了回帖的手。地铁里的人尤其多,又或是雨具让人群显得密集,庄霖和齐斯汉一开始走错了路,只得逆行穿过一面面人墙。庄霖想起幼时的夏天,庄承俊也常常走错路,她把她扛在脖子上,她在母亲高大的身躯上看地面,觉得又惊险又刺激。而一旁的父亲比往常更显瘦小。那时的林城还是林县,没有地铁和高新开发区,黄昏的柏油马路上,许多人都在散步,迎面走来的人,很可能跟自己有着千丝万缕的联系。庄霖就这样看着自己的老师、同学、同学父母、亲戚、齐斯汉和庄承俊熟识的人,一一跟自己一家打招呼。最后她差点趴在庄承俊身上睡熟了,直到班上一个男生看见了他们。

"你怎么不骑你爸身上,那你爸不就跟你妈一样高了?"

说完,他窃笑着跑开。等庄霖反应过来,她的身体已被齐斯汉接过去,只是她没有被按在齐斯汉脖子上,也没有被他抱在怀里。齐斯汉轻轻把她放在地上,跟她说走路的时候要小心脚下的蛐蛐。庄霖一路捏着母亲的衣角,但又常常捏不住。庄承俊走得快,很快便把他们父女俩甩在了身后。齐斯汉一边拉着庄霖紧赶着步子,一边继续说着最近林城的形势。无非是哪个书记被免职了,哪个在省城混得不错的同学升成副局干部了。庄承俊不时应一声,其他时间则继续神游千里之外。

散步结束进家门,庄承俊连回复也省略了,她安静地准备着晚饭,又或清洗餐碟和打扫卫生——她总是不用拖把,而是拿抹布一点点蹭擦着地板,直到每个细节都干净明亮,才随意打开一个电视频道,在电视机制造的人声中伸展上身和双腿,找一个角落做三十分钟瑜伽,等到齐斯汉休息了,便打开自己的那些书。

庄霖曾看见,有一本《到灯塔去》,一直放在庄承俊的坐垫下。只是她的看书状态有些特殊,时而飞快翻过,时而盯着其中一页,仿佛只是借由书本,置放无休无止的神游之旅。有一次,为了测试庄承俊是不是真的在看书,庄霖甚至撕掉了《到灯塔去》的其中一页,但庄承俊并没有生气,甚至对着庄霖朗诵起那被撕掉一页里的几句话——

他说的是事实,永远是事实。他不会弄虚作假;

他从不歪曲事实；他也从来不会把一句刺耳的话说得婉转一点，去敷衍讨好任何人，更不用说他的孩子们，他们是他的亲骨肉，必须从小就认识到人生是艰辛的，事实是不会让步的，要走向那传说中的世界，在那儿，我们最光辉的希望也会熄灭，我们脆弱的孤舟淹没在茫茫黑暗之中……一个人所需要的最重要的品质，是勇气、真实、毅力。

庄承俊的声音很轻，只某些词句落得很重。她修习过播音主持专业的课程，常常在庄霖背诗词时纠正她重音应该落在哪里。但她的朗诵尽管准确，却因为过于标准，显得有些虚假。庄霖把书夺过来，发现庄承俊朗读的字眼根本不在前后两页上。

"你能背出来？"

"看的时候直接看一段，不要盯着一句话盯着一个个字，时间久了，你也能背出来。"庄承俊一边说着，一边笑起来，露出脸颊两侧正在渐渐长成皱纹的两条酒窝。

三

香山旅馆地处僻街，早已经没什么生意，只是店面一直坚挺。吧台上方的墙壁处贴着"咖啡自取"的告示，庄霖坐下时还感觉到四下左右几个虎视眈眈的眼神。

"现在还要靠免费咖啡招揽生意吗?"她道。

"这可不是招揽,是给房子做广告。"齐斯汉指着上面,"现在谁还住这样的旅馆,都是为了卖铺面。凡开过店铺,价格就更高。可谁不知道呢,林城早就没什么生意可做了。"

"不错,我就是奉命来看楼的。"

身后的声音中气很足,像个端正稳重的中年男人说的,但尾音又有些轻飘。庄霖闭上眼,暗自思忖道,八成三十五岁。扭头睁眼看时,男人已经伸出半截手道:"你好,我是郑然。"

从九螺港公墓的前身郑氏宗族墓园发生过挫骨扬灰事件后,林城便没有郑姓人了。虽然这些年外地人涌入,但郑姓依旧寥寥。庄霖回顾了一下少年时代,唯一的郑氏同学,还是在外省读大学时结交的。只是郑然的发音很像本地人,不禁又让庄霖困惑。

"我随我妈姓。"他看着庄霖,"她不是林城人,不过我是在林城跟我奶长大的,奶奶去世了,我就改姓了。庄小姐也是吧。林城随母姓的不太多。"

"这些年也不少了。我也是我妈走后才改的。"庄霖看了一眼齐斯汉,他已看向玻璃窗外。关于自己的名字,庄霖本是抗拒的。林城这样的小地方,随母姓是一件怪事,还会被老师误解为单亲重组家庭子女。只是齐斯汉坚持,庄霖至今还记得那天的派出所尤其炎热,她像一桩物件被齐斯汉拿在手里。那天阳光比今天还要刺眼,齐斯汉则盯着一半脸埋在阳光下的庄霖道:"多像啊。"

"难道我们不像吗?"她道,"我和你,难道不比和她更像吗?"只是说话间,她觉得自己比父亲更激动。

外面的阳光照进来,庄霖重新眯起眼:"不说别的了,我们就想知道寻人广播的事……您为什么现在突然找我们?又怎么确定是两千年?"

"老实说,我看到庄小姐发布的购墓信息没忍住在网上搜索了她。您明白的……很多人购墓只是投资,但现在不允许墓地投资了……至于寻人广播……那确实是我当年不懂事时干的一件傻事,也因为是傻事,我记到现在……直到现在,我也感激庄承俊女士跟我一起完成了那件傻事。"郑然说着,不自觉晃动了一下右胳膊上的银灰色金属链。庄霖看见,链条下一条不深不浅的瘢痕,时而露出来,时而又被遮住。她突然想起最后一次和庄承俊坐着吃饭,她要求自己必须吃下菠菜和韭菜,并拒绝加入庄霖喜欢的蘸料,认为这是一种懒惰——"对自己能够做到的那部分选择不做,就是懒惰。"她道。

"那你为什么老往外跑不好好待家里?待家里很难吗?"庄霖下意识反唇相讥。

当时,庄承俊结束一天的工作和家务后,常背着帐篷往林地走。她对齐斯汉说:"这是我能承担的全部责任。"

上世纪末的林城,很多人爱开摩托车,齐斯汉也买了一辆,有那么几天,常带着庄承俊母女兜风。有一次,他们压过一片浅浅的水塘,庄承俊笑起来,眼睛眯成两条长长的缝,在黄昏的风中突然把脖子上绑着的红色丝巾取下,双手撑开,脚踩摩托脚蹬站起来。而齐斯汉像受此感召,也噌的一下站起来,摩托车摔到了路旁,庄霖的左脸和左侧手臂均刮出一道长长的血迹。那之后不久,庄承俊便离开了这个家。

领取高中录取通知书那天,齐斯汉接庄霖放学,在傍晚大街上的夕阳下低声问她"要不要玩数影子",庄霖觉得错愕,齐斯汉却自然地数了起来。数到二百一十二个的时候,他们终于回到了家。齐斯汉说今天的影子不够长也不够多,有一天他和庄承俊一起回家,路过了五百多条影子。

回到林城后,庄霖要求齐斯汉把家里母亲的旧物丢掉或卖到二手交易市场,被他拒绝。他甚至留着八十年代末每一张刊载过庄承俊诗歌的《林县晚报》。他们通过那些诗认识,虽然齐斯汉对那些文字没什么感觉,只是用报纸装裱旧书的过程中,被上面庄承俊的照片吸引。庄承俊高挑的身材和独特的丹凤眼、立体的鼻梁、略有些方的脸庞,即使隔着黑白油墨,也依然显出极高辨识度。只是当庄霖要求齐斯汉把那些物件清理掉时,他竟一时忘记了庄承俊的长相,而是想起她写过的一句诗——"我从目的地往后抵达你"。

"……那时我参加学校的演讲比赛,没有进入决赛,心情很差，想做些什么显示自己。我在《故事会》上看到篇文章，说有一个人，听说一九九九年十二月三十一日是世界末日，相信了，还做了一连串疯狂举动……他问同学们借钱，筹到两千多元，还抢劫了一家高速公路边缘的小卖部，可是小卖部里除了货物只有四十五元零钱……最后他到了上海，去了外滩，准备等待世界末日的钟声……结果，什么都没发生。之后又发生了一连串的故事，最后男孩知道，真正的世界末日是二〇一二年，他决定向所有人通知这个消息。我相信了那个故事，觉得自己有义务告诉周围的人，十二年后，我们将迎来世界末日。

"……我想告诉所有人这个消息，但我不能在学校广播站说。一来说了肯定也没人信，还会被同学嘲笑，但如果我在人更多的地方，说不定就有人信——当时我就这么想。林城人最多的地方除了中心商场就是火车站，商场我去过，绕了三四层也没找到广播站在哪，我又不敢问保安，怕说了他们就把我交给警察，或者根本也不当回事任凭我继续假装在商场找妈妈。我觉得最适合的地方就是车站。我跟车站广播站的人说，我想找我妈妈，向他们描述了我妈的大概长相，反正就是一般三十几岁女性应该有的样子，我觉得满大街都是这样的妈妈。只要我撒泼，他们一定会妥协。果不其然，广播站开始播报了，说有一名三十五岁的女性离家出走，而她的孩子正在寻找她。

"然后我见到了一个女人。她先是在广播站周围徘徊，接着才走进去。当时我已经把那间办公室都搞乱了，办公室里除了我只有一个插着耳机听着曲儿玩俄罗斯方块的女青年……那女人先是看见了我，再看了眼整间办公室……她看见我并不是她的孩子，马上要走。我赶紧喊住她，撒泼，使劲拉住她。"郑然道，"我说我家里父母真的离开了我，埋在我不知道的地方，我的爷爷奶奶一直在寻找他们，我也决定长大后要寻找他们……现在，我有一个很大的计划，她有配合的必要。结果呢，她居然真的相信了，她真的按照我说的，去和广播站的人周旋，而我，则在那个间隙，向所有车站的人公布'十二年后将迎来世界末日'的消息。"

"你想说那女人是我妈？"

"不可能是别人。那样状态的女士，印象不会更深刻了。"郑然迎面看向庄霖，"而且她当时问我，告诉了大家这个消息又能怎样。我说，这样大家就可以做想做的事啊。她说，大家现在就在做想做的事啊。我又问，你想做什么。她说想去成都。对了，你们现在还需要买墓地吗？"

庄霖冷淡地看着他："你从进门开始就在编，说吧，你为什么找上门。"

"我说的是真的……不过，我不是来给老板看房子的，我是来看地的，这块地方要用来建新墓园了。"

"还有呢？"

郑然笑笑："庄老师跟我是在车站碰见的，但不是两千年,是二〇〇八年。她拖着一个粉红色的蛇皮口袋,袋子磨破了,里面的衣服露出来,我帮她把袋子打了个结,还用最后的钱给她打了车。最后我们一起租了一间老小区内的隔断房,我住她隔壁,她爱说梦话,经常被骂。"

"庄老师?"

"她那时给小学生教语文。是附近民工学校的小学生,学生入学前都不识字,需要补习。我后来知道,那不是个正经小学,算是非京籍打工者子女的'托儿所',只是孩子们比幼儿园孩子大了许多,就称之为'小学'了。学生户口都在外地,还有一部分黑户口。校址半年换个地方,庄老师也就半年换个地方住,搬到我隔壁之前,她已经换过三四个住址了,她不收钱,但我见过有人带生馄饨给她。"

"……她靠那个生活……"

"也不全是,她还卖黄牛票,在国家大剧院门口,我没见过,是房东说的。我和她的房东是同一个人。那个人说,她卖黄牛票,但比别的黄牛卖得便宜,被同行排挤。"

"成都是怎么回事?"

"确实是她跟我说的,想去成都。我们在水房聊的。至于为什么是成都,我没问……"

"没有摄影展?"

"有摄影展。我是说很可能已经有了摄影展。那时候她就经常拍照片。她还喜欢在院子里拿粉笔画中国地图,如果没有人打断她,她能画满整个院子。"

"你为什么找我们?"

"我是来还东西的。"郑然随手从双肩包中抽出一个透明文件夹,"庄老师让我转交给你们。那会儿,我们都觉得她不太正常,说的话不能当真,不过她指点过我。东西我一直留着,想着如果有机会来林城,就来找找你们。现在房价都在跌,我这次就是来给公司看地的,我们准备在林城找地,建新的墓园,这块地政府已经批了使用权,可香山旅馆房东不肯搬迁,我们要跟他交涉。"

庄霖把匣子接过来,外面的雨已经停了,阳光透过玻璃门打在他们身上,每个人都变成了阴阳脸。文件夹内,有一小本因为年代久远所以显得有些窄小的书册,还有两束和此刻阳光相似质地的泛黄发丝。书的名字,是《到灯塔去》。而发丝,像是孩童的,却又在阳光下泛出一丝枯黄感,并且有的发丝细有的发丝粗。庄霖心里咯噔一下,不禁想起十五岁时,她曾在从小就订阅的文摘杂志上交的那位笔友。笔友的电话印在刊载着席慕容诗歌的页面右下角,是一串有些古怪的电话号码,中间四位和庄霖的生日日期一模一样。地址则显示在贵州,一个遥远的地方。符合她内心渴望离开林城的冲动。她先给那条电话号码发了短信,再之后她们开始写信。女孩子的情谊,浓烈时可以非常浓烈,浅淡时就完全变成陌生人。高考后她不再给那位笔友写信,只齐斯汉一次突然告诉她,有一封打印信寄到了家中,说是她的笔友。庄霖在回信中倾诉了自己高考失利,决定去离家很远的城市念书,并从在洗手台前剪掉的一把头发中,挑出一束寄给了贵州笔友。那之后很久她都没有收到回信,只开学前收到一笔五千元的支付宝转账,转账信息写着稿费。可庄霖从未写过什么文章,何来稿费?她莫名觉得一定和那位笔友有关,只是电话拨过去,那居然已经是个空号。

她决心永远不告诉齐斯汉关于头发的事。

四

"八年前,我还在做房产中介。有一天庄老师给我一张传单,说我可以试试。我看见是招墓地销售的,很生气。庄老师捡起来还给我,说可以试试,说不定比做房产中介靠谱。我当时处于职业迷茫期,那家公司薪资比我当时的工资高一点,我就拉着两个哥们儿去公司看,发现不是骗子,领导也像明事理的,五险一金还能正常交,我决定试试。总觉得卖不出阳间的房,跑去卖阴间的房说不定有戏呵呵。谁知道没两年,房价下跌,墓地投资变成紧俏行当,我们也不必再往老人堆里扎。当时我们跟很多理财机构有合作,他们还推荐顾客来我们这里买墓地投资,有年轻点的,也有老人。当然那也是很早之前的事了,早就不许了……庄老师介绍我来现在的公司后,我也没见过她。我不知道她是不是跟着那所民工小学去其他区了,又或者根本已经离开北京去了成都，也可能去了其他地方吧。"郑然打开手机上的App，"不过，我一个搞收藏的客户前阵子发在朋友圈几张图，是成都一个摄影展的照片，我觉得照片风格跟庄老师当年拍的有些像，但我不确定。"

他们看过去，在热咖啡制造的雾气中，二人的镜片都糊了一半。庄霖先是左右滑动，继而上下滑动，一共四五张照片，父女俩端详了十几分钟。照片颇像庄霖大学时选修的中外艺术史上的一些图，构图有点接近立体主义，强烈的色彩对比又有些野兽派的意味，但如果说这是作者刻意为之，倒不如说是曝光过度，或因某种技术不够纯熟显出的奇异粗糙感，让照片有了不同于他们看到的世界的样子。除此之外，这些照片信息混乱，彼此之间没有内在关联，很难断定都是一个人拍的。里面一张最为写实的，拍的是一个旧书摊商贩和一个盗版CD商贩，二人互相抽着对方的烟，一个嘴角微微上扬，撩起袖子，露出胳膊上一半刺青，另一个抖了抖帽檐上的鸟粪，表情被阴影遮住，只能看出四分之一侧脸。两个人都还年轻，无法判断是三十几岁，还是十几二十几岁。他们像是一边抽烟一边谈论什么，又像其中一人为了抽烟而故意谈论什么。照片的右下方还有胶卷时代常见的日期标识，以及其中一人穿着某一年李宁运动鞋登上纽约时装周的限量款（也许是仿冒的）。同时，不知是年代缘故还是翻拍的原因，照片有些泛黄。

"当时看见照片我就想起庄老师,主要也就认识她一个爱拍照的。她过去就喜欢拍路边的人,还把小区保洁阿姨带到家里一起做瑜伽,有人劝她去瑜伽馆应聘,肯定比当语文老师赚钱多了。"郑然道,"可我问那个顾客'摄影师是谁',他告诉我的,是这个。"

詹臣军。庄霖一边端详着郑然递过来的名片,一边念出声,念着念着,竟也觉得就是"庄承俊"了。

"你们别看这名字像个男的,我问了,是个女摄影师。但除了她的经纪人,没人见过她。"

庄霖凝视着名片,因为表情过于严肃,很像在生气。她心里有些不想追查下去,但又总觉得什么东西在吸引着她,她突然对去成都有些期待。

"名片上没地址。"庄霖道。

"地址我不好问,只知道她的经纪人开了个馆子,就在成都的春熙路,店名叫'真粥道'。"

"你去吗?"庄霖斜眼看了看齐斯汉,"我买票,我们明天就走。"

"我就不去了。墓地的事,你找小郑了解了解。"

他侧身穿过了旅馆门前的磁吸门帘。外面的阳光似因被雨水洗过一遍,比堤坝上更刺眼。他觉得,仿佛从听到庄承俊的消息,再到香山旅馆内的交谈,都从流动的时间中被剪掉了。整齐划一的黑色招牌店铺,倒闭封店的沙县小吃,改良过的新疆减肥料理,因土壤粘性不够养不活的路边月季花正在被工人换成假花——齐斯汉觉得眼前的一切都很不真实。口袋里的手机震动起来,他看了一眼,又是一串陌生号码。在骚扰电话超过正常电话几十倍的情况下,人们很少再接打电话而是改用语音通话。前几年,林城作为第一座跟随一线城市脚步全城免费上网的普通城市,引起不少争议。虽说这年头网费已经十分便宜,但全城免费上网还是一个新的举措。有过分激动的网络评论员撰文称,"籍籍无名的小城市林城,却要跟随一线城市脚步,相关领导人这是要在中原腹地建个'二都'",一时间转发过百,害得几个市政府机关不得不发联合声明。只是这件事让林城许多国有连锁店铺纷纷关门——机关人员不敢去用餐怕说公款消费,普通百姓又觉得店铺商品及服务太贵。一批随时转移地方的流动摊点倒在林城火了起来。还有的流动摊点,早上六点在东边卖早点,九点转移到南边卖五金皮件,十二点在某羊肉馆子外卖一小时的炊饼,晚上十二点之后又出现在市中心闹市区的夜市中兜售泰国香水和越南精酿啤酒——想到这件事,齐斯汉觉得庄承俊一边教语文,一边卖黄牛票,又拍拍照片参加展览,得空还在小区水泥地上画地图,都是正常的。倒是他自己,退休前的唯一工作就是装裱旧书,导致现在和过去友人的联系往往就是——老齐,给我找找一九六一年的《毛选》。这么想着,齐斯汉笑起来,差点忘了等红绿灯。

　　网络上詹臣军的名字只出现在一些群展中,简介只有一句话,"视觉艺术家,生于上世纪六十年代中期,二〇〇八年开始视觉艺术创作,迄今公开展出摄影作品两百余张,获得过第九十届黄河艺术展银奖,入围第二十届拉古纳国际艺术奖终评,出版有摄影作品集《追随》,与版画家严昭明合著有艺术对话集《存在与在》"——乍看,该有的信息都有了,只是性别、籍贯,以及个人照片,不论哪条咨询内,都是空白。詹臣军刚刚参与过的展览开幕式上,策展人在社交网络晒出的艺术家照片中,也没有她的留影。庄霖滑动着搜索键,点开《追随》与《存在与在》的书影,发现作者简介栏同样没有詹的照片。公布出来的新书分享会照片中,也只能看到严昭明以及詹的经纪人,江湖称"斗地主"的一个常年戴帽子的中年男人,除了一篇同行给他写过的印象记,个人信息比詹还要模糊。传说他酷爱请客吃饭,并且是个声控,明里暗里交往过不少女配音员。斗的本职工作在艺术基金会,扶持过不少江湖艺术家,发掘了包括詹在内的七八个中青年艺术家,为他们申请世界各地的创作资助,但据说他从中抽成过多,还有人跟他打过官司。只是,当庄霖下载了《追随》的全彩付费电子版,滑动一张张摄影图片,突然觉得詹并不是自己要找的人。摄影书上的作品风格偏冷色调与写实,更像经过艺术处理的新闻图片,远没有郑然给他们看的那几张照片色彩饱和度高、人物背景生动。并且,那几张图根本没有出现在詹这本几年前出版的书中,如果那几张图是新作,不收录书中是正常的，但如果是新作，那些照片的技术问题又如何解释。

庄霖内心涌动着一种努力过后的徒劳感。这种感觉在过去那些年常常出现，但此番涌现却让她尤为难过。她想起高中时在操场深处的黑板上给初恋男友写下的告白在某一堂早读课被男友本人捅到老师那里的窘境，想起某位网恋对象因为不愿意把她介绍给自己的朋友让她在麦当劳等自己的那个凌晨三点的海岛……还有她曾经工作过的城市，市中心精装一居室的房租早已过万，她只得住到八环外的郊区，来回上下班要六个小时，遇到堵车，更是要凌晨四点就爬起来。郊外小区的人口成分和广大农村差不多，也多居住各式各样的老年人。每隔一段时间都有出殡的哀乐在附近响起，一响响半宿，没人敢举报。庄霖旁敲侧击希望搬到当时的男友家中，始终得不到明确回答。分手后才知道，男友家中一直居住着他的前妻和五岁的儿子。她依赖着本性中的迟钝来让自己暂忘这一切（就像她总是因为迟钝识人不明）。可一旦生活再次出现错位，出现新的故障，出现新的徒劳感，这些阴影就像水蛭一样吸附过来。她想把往日那些恋爱对象都叫出来，让他们说说，他们眼中的她到底是什么样，她想对比下，那和她自己眼中的她到底有什么区别，或者，他们各自眼中的她在不同时候都呈现出什么样的状态——也许这种偏差感是存在于每个人身上的，所以詹会突然拍出看起来技术不成熟但意识更为前卫的照片。庄霖绞尽脑汁想找出几个名词来解释下这一现象,却突然发现她对艺术史课的印象,只剩下一种模糊的感情,需要用到的时候,她找不出任何理论支撑。

回到林城的几年,她已经重新适应了这座县城般的城市。她在电子城销售部工作,几年内建立了自己的熟人关系网,在几个重要客户群体中不断洗脑式营销,把一两个专注华东华南地区的国产电子品牌引入林城,很快积累了一笔收入,贷款在齐斯汉附近买了新房。只是,生活中更少可以交往的男性。她在各种约会软件上认识的那些人,听说她生活在林城这样的小地方,也不敢出现在她的朋友聚会中,生怕牵扯不清。庄霖也尝试去异地挽回感情,但那最终只是延续了她和某些男人之间的性关系。甚至有人在她面前飞扬跋扈,直指她对他的爱并不如她展现出的那般浓烈。

"你只是像爱很多人那样爱我,你并不知道我是什么样的人,又需要什么,你只是跟着一股劲儿……不过,你除了自己又关心谁呢。"

男人说完,就把庄霖晾在他们第一次上床的旅馆。在某种因为被抛弃而产生的酸涩心情中,庄霖大哭一场,接着,又像什么都没有发生过那样,回到林城。

那些男人似乎也看准她这一点,避免与她建立长期的情感关系。他们让自己处在可以选择的位置,仿佛只要愿意,庄霖内心的脆弱随时给他们机会。毕竟,他们喜欢她在感情中展现出的盲目热情。这种热情与她工作中锻炼出的干练形成反差，让他们心动。最终，庄霖的每一段感情，往往只剩下原本看起来最不稳固的床笫之谊。她的婚事，从刚毕业时每半年固定被齐斯汉问询一次，变成不再被提起之事。母亲的消息，让她和齐斯汉的关系重新变得亲密，尽管这种亲密是有所保留的。

庄霖觉得家里重新变得空旷许多，甚至觉得那些母亲留下的旧物再次集体发出了回声，她在密集的旧物记忆组成的盒子房间内生活，时常从梦中惊醒。这几年，她已经不会为生活和感情而沮丧，可这则突如其来的消息，好像把她身体内部对各种事物的情感一下子挑拨出来。只是有生以来第一次，她没有对不够具体之事感觉到茫然，没有对前路展现困惑，甚至也无需再回避什么。尽管她面前的一切信息都有待考证，有待开垦，一如母亲多年前承包的荒地。

庄霖重新翻出郑然发来的几张照片，一遍遍滑动屏幕，看着看着，仿佛进入了照片中的情境。那个执摄影机的人，开始缓缓露出他们的头颅。庄霖在脑中描摹着可能的形象，可越描摹她就越觉得刚开始清晰的形象再次模糊，直到郑然的信息跳出来——

　　九螺港公墓有一块中型墓格要转卖，价格适中。

五

墓地转卖本是不允许的,但这些年买墓地要摇号,一些过早买了墓地作为投资的人看到转卖墓地的巨大空间,和陵园协商好退还,再由陵园出面再次销售,双方分成,也能赚一笔。只是这两年墓地价格涨得比前几年更甚,很多人担心这就跟房价疯涨时期一样,过不了两年就要贬值,一些在政策不紧张时期囤积墓地作为投资的,纷纷想方设法转卖手中的地。以至个别墓地,在抛售过程中意外贬值,只因为有一些地理位置接近、面积差不多,甚至风水也差不多的墓地也在抛售。郑然介绍的这块墓地便是如此。

"这不就跟房价狂跌时差不多吗?"庄霖拉开了车门。

"先乱的都是自己人。"

"我突然想,如果詹真是我妈……她怎么活过这些年的。"

"庄老师要想瞒,就还是有办法。她只是离家出走,不是外逃。"

"我准备明天去成都找斗先生了。"

"那你更要看看这块地。"郑然道,"如果他真的跟庄老师有联系,他不会见你。如果你有墓地要转,价格又很低,就算他不信,也肯定想看看。有钱人规矩多,还个个不一样,你得写个拜帖……比如为什么要见他,先要寄到他府上。如果没有回应,也不要直接打电话,去他会去的地方,比如那个餐馆。或者他可能出现的聚会上,总之,你不能直接去找他。"

"为什么帮我?"庄霖道,"你不是来找我看墓地的?"

郑然不置可否:"好的墓地资源都被老客户抢走了,轮到你的,肯定不怎么样,但这块地便宜。你真有块地,就算斗先生查你,也查不出你的错。"

车开了很久,路过许多墓前插着绿树的墓地,才看到一排立着无字碑的墓。

"这是战争年代的无名尸,以前碑上也是有字的,'反校园暴力战牺牲烈士''第二次东部地区男女平权战牺牲韩国烈士'什么的。但有一回,不知道是朝鲜还是台湾来的一个妇女过来寻亲,说自己的先祖埋在这里,要掘墓查验。当然是不行的,可也闹出不少风波。这些战役本就相互交叉,也有一些人确实来自邻国,甚至连到底是敌军还是我军,某些时候都拎不清。最后只得换成了无字碑。还别说,现在很多学校扫墓,专门来无字碑前进行爱国主义教育。"郑然道,"前几年河北地震那会儿,墓园也裂了口子,这片无字碑也遭了殃,可谁知道呢,裂开的口子里,这些墓地里其实都空空如也呀。"

"里面没有尸骨?"

"就算有,过了这么久肯定也没什么成形的了,可总会有痕迹。但里面什么也没有,就好像这里面什么都没有埋过。"郑然道,"后来这几块地就想办法卖掉了,也只能悄悄地卖,谁都不知道为什么里面是空的……但真的价格比较低了,十一万一个。"

"那确实低。"

"这段时间我们清查发现,没名字的墓,很多里面都没埋人。"郑然看着远处,"我怀疑,从一开始,这些墓就是给外人看的。"

"什么意思?"

"不用来埋人却不得不造个墓,古代有,近代也有,林城前些年也有。"

"郑家人?"

"哈哈谁知道呢。你可以想想,怎么跟斗先生形容这块地。"

庄霖看过去,它在一排无字墓的尽头,但因为位置有所偏移,也可以归为后面一排的墓。座底厚实,朝东打开,敞开的墓格内部,淡蓝色的水泥在阳光下露出波光粼粼的样子。庄霖虽不懂怎么看墓地格局,但心里觉得这块地敞亮。

"最大的好处是,本来就是公墓,从没被交易过,'前史'清白,没有那么多复杂手续,使用年限长,包括骨灰存放的使用费也是比较低的。当然了,双穴墓是不可能的。"郑然道,"虽然这样说不太好……如果齐先生不想要,你也可以考虑考虑。"

庄霖拍了几张墓地照片，连带去成都的票也一并截图下来发给了齐斯汉，但他没有回。订餐App上，能预订的真粥道餐位已经到了三天以后。和庄霖想象中不一样，斗先生只是老板，并不负责具体经营，具体经营的是一位姓石的中年女性，她有时还会亲自做菜给VIP客户吃，在食客晒出的用餐照片中，偶尔还能看到她的身影，往往只露出四分之一侧脸。在网络上，石女士的信息也比斗先生多，她还有一个别称叫"湾湾"，尽管相关搜索词条中，很多人都搜索过湾湾，却没有任何一条直接关于"湾湾"的实际信息。石女士也涉足收藏行业，只是过于玩味当代艺术，藏品质量跟斗先生比也略逊一筹。不过，能见到石女士的机会比斗先生多，庄霖一下飞机，就前往石女士在某五星级酒店的堆糖蛋糕体验课堂。

预约名字是齐斯汉，这是她有意为之。场馆内先出现的是一个蛋糕师傅，告诉大家石女士需要晚到三十分钟。酒店是被隔音玻璃窗围起来的一块大方盒子，庄霖沿着墙根走了一圈，突然感觉到短暂的耳鸣，直到服务生喊她，才知道石女士已经来了。她看起来比照片更瘦，细细的脖子上挂着一条爱马仕全钻项链，松松垮垮，让她显出几分沧桑。提问环节，庄霖故意说出詹臣军的名字，提出自己想用堆糖蛋糕的方式做艺术的思路，引发现场一阵窃笑。想必是出于修养和现场氛围，石女士赞赏了庄霖的想法，并希望结束后她可以留下来。庄霖心里觉得不可能这么顺利。课程结束后,石女士的助手塞给她一张名片,她看到姓名一栏写着"湾湾",名字旁还有一个括号,写着"石丽、斗十一",地址则是真粥道的。

晚六点的成都,天还亮着,但路已经堵起来。二十年前新建的快速公交和地铁,如今早已陈旧,不少道路都被封住维修。庄霖看着它们,想象着母亲走在这些路上的样子。可脑子里的她,还是年轻时的状态。她觉得母亲的长相是不显老的,可又总觉得一些东西正在变化。仿佛从未存在的那截时间正以新的方式填充进庄霖的生命。给斗先生的邮件发出时,庄霖为自己捏了把汗,但想到郑然曾信口雌黄对自己说起母亲的往事,她又坦然起来。

下了车,石丽和助手在前面带路,时而侧身跟庄霖交流一句。庄霖继续按照给斗先生邮件中写的那样讲述着自己和詹的交集。

"她当然不记得我了。但有一张照片我记得很清,就挂在我爸家里。我爸说是很多年前一个朋友拍的……后来我一个卖墓地的朋友说起,我才知道那个'朋友'就是詹老师。照片背景和我小时候的林城很像,后来我一度怀疑,那背景并不是摄像,是用细密画笔处理过的,是詹老师按照脑子里林城的印象画出来的。"

"那个背景确实是画出来的。但背景前面的人也是画出来的。你能看出来吗?"石丽笑笑,"我是说,詹先生,哦,我们平时都叫她先生,詹先生的照片,一大半都是画出来,再根据画出来的样子翻拍的。这世界上真有那么多可以拍的细节吗?有的只是无尽的想象力。"

掀开真粥道的门帘,这里的人并没有那么多,和订餐App上的"盛况"很不一样。服务员懒洋洋的。只是当石丽一出现,服务员们很快精神抖擞起来。

石丽摆摆手:"把斗十一叫出来。"

出现在眼前的是一个光头中年男人,小眼睛,鼻梁很高,身体有些发福。斗十一把外褂脱下,庄霖也把大衣取下挂在衣钩上。下面的人看见三人落座,很有眼色地扭头就走。斗十一把其中一人喊下,那人很快给他们倒了茶水,又拿了份文件给斗十一,他匆匆翻过,很快又合上,放在庄霖面前。

"你已经查过了。"庄霖有些尴尬。

"打听詹臣军的,我都会查一查,算是习惯吧。就这几年没什么人问,毕竟'詹臣军'作品越来越少了。"

"我……"庄霖突然有些结巴,"是郑然,我一个朋友,他跟我说到您的。也是他把詹臣军的作品给我看……我从他那里听了一些事,自己也觉得好奇……我只是想知道詹臣军是谁……因为我觉得她很像我……很像我妈妈。"

"不光你想知道,我们也想知道。"石丽道,"这么多年……虽然确实有那么一个女人出现过,可我觉得真的詹臣军,也许我们都不认识。"

"你母亲三十年前离家出走。"斗十一道,"加上你现在的年龄，按照她二十岁生你，也是一个快六十岁的人了。这确实和'詹臣军'的资料很接近。"

"你们和詹臣军是怎么联络的呢?"

"差不多二十年前吧，有人往我住的地方投递过作品。当时给我寄作品的太多了。圈内像我这样的人，差不多都接收过这样的东西……过度曝光的照片，泼墨式的油画，或也不知道是什么材料做成的各种各样的东西。'詹臣军'这个名字当时就混在那批作品里，这个人一开始也尝试过很多创作方式，我收到过一幅用印章完成的肖像，一个小的金属装置，更多的是照片。后来是二〇〇八年，我筹划一个青年作品奖，年龄限制在四十岁以下，这个詹臣军刚好卡在线上，我们打算给她一个'青年选择奖'，因为她的作品，在美术学院学生票选榜上位置很高，质量也确实还可以。但是很奇怪，一说要领奖，这个人就消失了。再后来我手下根据她寄过来的收件地址去找过，是一座废楼。我一直以为是圈内的谁在耍我，但也找不出这个人。再后来我和石丽开了真粥道，这个詹臣军就差人来找过我，一开始是个男人，说是詹的朋友，再后来有一个女人，也说是詹的朋友，最后来过一个年轻的小哥，说是前面那个女人的学生，可能就是你说的郑然，他把詹臣军的胶卷转交给我。那批照片把我震撼了，我决定一定要找到她。"

"我现在想想，还不如找不到……"石丽斜眼看了看他。

"后来我就找人在那座废弃楼附近租了房子,每隔一段时间去看看。我心里觉得詹臣军不会骗我。我走遍了大楼里的每一个房间,在一个混着松节油和屎尿味的房间里看见了一个中年女人。老实说,长得有点吓人。"斗十一皱皱眉,"她脸是方的,鼻子好像是被人打了,眼睛周围也是青紫色的,还全身水肿。我和一起去的同事把她送进医院,住了一段时间她才恢复过来。她跟我说她连续七天没合过眼,她姓齐,叫齐霖。詹臣军是她男朋友的名字。"

"这个齐霖,当时连身份证都没有,不过我们也没问。"石丽道,"我们把她安置在餐馆附近,给她租了房子,她也承诺每年交给我们一千张作品,不管是摄影还是其他的什么。可没承想,她拿了一笔订金就跑了。"

"那之后我还是陆续收到她的作品,有照片,也有别的,地址就换来换去了,但每一次都留下银行账号。只要收到东西,我们就会往那个账号里打钱。再之后我要策划摄影家群展,希望她能出现一下。她也确实出现了,只是这次,变化非常大。"斗十一道,"她穿得很时髦,但也不是那种真的时髦,大概就算把几个流行的款式凑在自己身上搭一下……她跟我们说自己要结婚了,以后应该不会拍照了。当时跟她一起来的还有一个男人,就是之前代她来见我的那个男人,也是她曾经口中的'男朋友',人倒没怎么,就是表情有点凶。"

"再后来就很奇怪了。"石丽道,"我们再也没收到照片，只是还是按照最初的口头约定，给她打生活费。倒是那个男人来过一次，说齐霖在我们这里。这怎么可能呢。但也巧了，第二天齐霖真的来了，她说自己有一个很大的创作计划，希望我们两个也能参与。只是这回我们都没怎么信，果然第二天，我和老斗刚睡醒，她就已经不见了。"

斗十一和石丽言语拼接得十分自然，庄霖虽然觉得每一句都不像真的，却也不能说整件事一定是假的。只是庄霖困惑——郑然一开始就参与到了庄承俊的计划中，那郑然告诉她的，又有多少是真，多少是假。她想去问问郑然，可又觉得找不到不信任他而去信任斗与石的理由。直到一条新的展览信息从"湾湾"的公众号发到她的手机上——

著名摄影家詹臣军"红黄蓝三色时代摄影创作展"本月七日于成都蓝顶美术馆举行。

依旧是那个简介，依旧没有照片。庄霖越看越紧张，她冲到真粥道，但并没有找到斗十一和石丽，除了餐馆变得非常热闹，用餐的人很多，店门外还排着很多人。她点了很多吃的，大部分都只尝了一口，一直坐到新的夜晚降临，一个疑似斗十一助手的人把她叫住，示意她一起去看看詹臣军曾经的一些作品。

"也许能提供一些思路。"他道。

庄霖全程没有说话，直到车真的停在一座废弃大楼前。等在那里的是斗十一和石丽的助手。

"展览是怎么回事？"庄霖质问道，但很快口气又缓和下来,"不是没有新作品了吗?"

"确实没有我们说的那个詹臣军的作品了。"斗十一道,"但我们没说'詹臣军'这个名字没有作品。"

"枪手?"

"我不做这种事。但'詹臣军'现在是一个共用的名字。很多人,如果他愿意,都可以先用'詹臣军'这个名字试试。我们也不强求,他随时可以用回自己的名字。'詹臣军'依旧不会出现,但这个名字的胶卷会一直存在。"斗十一站在大楼的阴影下,"我有时候希望这个人再次出现,但有时候又不希望……这些年吧,很多作品已经不是她的了,而且这些不是她的作品的作品,正在渐渐变得比她之前的作品还要重要……谁还关心她之前的那些作品呢。不过也许从一开始,她自己的那些照片就不是她一个人拍的。"

庄霖有些恍惚。她和斗十一沿着废弃大楼走了一圈,接着又来到斗十一口中发现"齐霖"的那个房间。房间断水断电,散落着一些印着日期的十几二十年前的照片。庄霖拿着手电筒一张张翻过去,直到一张照片中,出现了齐斯汉的身影,拍摄时间则显示为二〇〇二年。那是庄承俊离家出走的第二年,庄霖刚刚小学毕业。她记得,领取初中录取通知书那天之后,齐斯汉把她送到了一位女同事的家。那些年,齐斯汉和岳父母以及自己父母之间的关系很僵,连带双方的亲戚也不再走动,庄霖的童年记忆中,除了自己家的情况,更多就是那个齐斯汉女同事家的情况。和齐斯汉一样,她也酷爱旧书,只是比齐斯汉更爱读书一些。她喜欢读侦探小说,常常翻出一本老旧的手抄侦探小说给庄霖看,告诉她,这是她男朋友抄的。

"抄书的时候,很多信息会被抄写的人过滤掉,一些细节甚至也会发生改变。有时候,越仔细抄吧,越容易抄错一些细节。但也因为抄的时候特别认真,最后虽然抄错了,但自己还觉得抄的是对的。"那名女同事一边说着,一边翻阅了那本手抄侦探小说。庄霖当时看见了,在书的某一页,有一张齐斯汉的照片——他站在一栋拆掉了一层的楼前,双手抱臂,嘴角模仿着周润发咬着不知道是棒棒糖还是牙签的一个东西。这个影像从她眼前一闪而过,却被当时的她迅速忘掉。现在想起来,庄霖突然一阵慌。如果齐斯汉找到过庄承俊,又没有把她带回来,在那个过程中他们又发生过什么,可齐斯汉这张照片,看起来并不焦虑,甚至还有一些得意。

"齐霖交往过的那个男人还能找到吗?"

"当然。那个人就是严昭明啊。"斗十一道,"后来我们才知道,他才不叫什么'詹臣军',甚至连他都不知道齐霖用这个名字拍照……那个人,现在已经恨死齐霖了。齐在他们领证前逃走了,她好像不知道从哪拿到了假的身份证,还用那张证登记去了北京——难以想象,那是二〇一二年的北京。严说,那不是她第一次出走。那之后的事情我不知道了,也许你可以去找严,不过我怕他见了你,跟我现在一样失望。因为你好像对齐霖一无所知,哦,对你母亲一无所知。"

"我突然不确定这是不是我母亲了。"

"有什么是真的能确定的呢。"斗十一笑了笑,"你能确定是你要找她就行。"

六

手边的《存在与在》已经被庄霖翻得四角毛毛的。严昭明似乎读过一些科普书籍,也对自己的作品有着蓬勃的信心。詹臣军始终在讲摄影的事情,并谈到,为了拍摄一组照片,她把某座城市的地图背熟,还画了一张地图卷成轴背在身上。她把需要描绘的城市印在脑子里,再进行拆分,却又发现,她的拆分,常常又触及"城市应当如何建立"的问题。因为她对一座城市的印象,和这座城市本身的面貌,是有区别的。她不能无视这种区别,且必须将区别也包裹进去,如此才能达到真正的真实。

乍看之下,这是完全不应产生对话的两个人。正文前面是一千五百字的编者序言,讲述了詹臣军和严昭明的交集。他们曾是很好的搭档。严是长途运输车司机,詹是一名小学教师。他们在一次短途旅行中结识,度过了干柴烈火的七个日夜,又差点成为夫妻。这次对话虽然展现的是他们的分歧，却也能看出一部分他们互相的影响，只是就庄霖看到的，这影响已经微乎其微。她突然觉得，没必要见严昭明了——那必然也是一次失败的见面，她将看到事物的反面，而那是她不愿看到的。更重要的，她担心自己的成都之行很快要终结，尽管关于母亲的种种消息让她忐忑非常，她还是希望把一切查清楚。她打算把近期的消息告诉郑然和齐斯汉，只是她还没有说，郑然就发来了九螺港公墓的挖掘小视频。

三四台挖掘机，掀起所有无名墓，一阵浓烟中，整个墓场竟显出空茫感。

"刚收到指令，无名墓都要填平。"视屏背景音内，是郑然的声音，"不过墓里差不多都是空的，不知道他们要填什么。"

"看来墓买不了了。"庄霖敲出一行字，又配上一个"调皮"的表情。

"这一次，我是彻底和祖上失联了。"郑然回复完，发了一个抓后脑勺的表情符号。庄霖觉得困惑，播出语音通话，接着又拨打郑然的电话，他都没有接。而齐斯汉的朋友圈，赫然亮出了新的结婚证。

庄霖突然气不打一处来，在酒店沙发上坐了三十分钟左右，才觉得心情稍微缓和。她想去质问齐斯汉，可毕竟自己也有所隐藏，竟觉得无从问起。她滑动着手机相册，看着齐斯汉新的照片，里面那位新婚妻子露出了正脸——

不是她记忆中那名女同事。她又打开搜索引擎,在搜索记录中,看到齐斯汉登录过的网址,是一家在线缅怀亲人的网站。近些年,墓地的高昂价格让很多人望而却步,加上提倡环保,很多人都选择不买墓地,也不立碑。类似这样的在线缅怀网站出来了很多。庄霖一页页滑过去,差不多庄承俊创作的为数不多的诗歌都在上面了,还有一些照片也在上面,只是仅更新到二〇〇二年。私人生活相册中只有她幼时一家三口的合影,其中一张被打了马赛克的,和庄霖看见过的站在废弃大楼前的齐斯汉那张很接近,只是上面的人显然是一个形似母亲的人。说是形似,是因为她已经和庄霖记忆中的很不同了。这些时日跟自己谈论过母亲的人——郑然、斗十一、石丽……还有一些因为不那么重要没有被庄霖记录下来的人……他们跟她说的都是疑似母亲的人,可真的看到疑似母亲的影像,她竟毫不迟疑就确认了那就是母亲。

她站在三台挖掘机前,细长脖子处扎着一条红色丝巾,穿着水波纹蓝色大衣。眼袋有些明显,酒窝彻底长成了皱纹,烫着大波浪,额前的头发白了一簇,一条腿在前一条腿在后,鞋子是黑色厚底马丁靴。照片的配文写着"爱妻于二〇〇二年秋成都"——庄霖突然感觉一阵温热,再多一些类似的信息她就可以流下眼泪,可她阻止了自己。

缅怀主页上,齐斯汉给庄承俊记录的死亡时间,也是二〇〇二年。庄霖当然不相信庄承俊已亡故,但这个时间点确实引起她的好奇。如果齐斯汉真的在那一年见过庄承俊，那他们又为何再次分手，齐斯汉又为何建立这样一个主页记录所谓"庄承俊的生平"。除非建立缅怀主页的根本就不是他，而是庄承俊自己。庄霖感到脊背发凉。

外面刚下过雨，大街上路障比前几天还要多，司机说全城修路，下水道也出现了状况。庄霖想起幼时林城大街上没有修红绿灯，也常常陷入混乱不堪的拥堵。她和父母被堵在人群中的某个漩涡，如果中间谁被挤出去，另外两个也无一能幸免。就在齐斯汉和庄霖自己都焦躁至极之时，庄承俊一把抱起庄霖，示意齐斯汉抱着她的后背。前些年地震新闻迭出，某张被广为流传的照片中，就有一个母亲，死时也保持着举起孩子的姿势，在电视上摄像机朦胧的镜头中，那位母亲就像一座灰色雕塑，庄霖突然觉得这个场景万分熟悉。尽管司机骂骂咧咧地开着车缓慢前行，她却陷入回忆中再次感到心潮澎湃，她觉得母亲不会不想见自己。

走进展馆，庄霖一度没有看到作品在哪里。仔细观察下，才发现作品沿着墙根，一点点朝天花板连接处和地板连接处攀爬。原本应该挂作品的墙壁却空空如也。从前台领取的展览手册中，记录着为期三十天的展览中每一天作品的摆放方式。庄霖匆匆翻过，直到手册最后一页的工作人员栏，居然印有郑然的名字。庄霖有些懵，却又觉得也算自然。如果郑然真的是母亲的学生，是詹臣军的学生，是齐霖的学生,那他完全有理由出现。在这种复杂心绪的指引下,庄霖逛遍了场馆内所有作品,试图找出真正的詹臣军存在的痕迹。她想起记忆中的母亲,却发现这个形象被这些天的信息包围,渐渐被冲淡了,而当她试图把印象重新聚拢,首先出现的却是穿着那件水波纹大衣的母亲。

  庄霖走进黑漆漆的休息室,面前是一段循环播放的詹臣军声音采访。采访似乎是十几年前录的,听起来不是非常清晰,庄霖尝试辨认录音中的声音,却发现跟记忆中母亲的声音差别很大。或者,这声音经过重新剪辑,早就难以辨认。更大的可能则是,她听任何不是母亲的声音都觉得像母亲,而真的母亲的声音就在耳前,她却迟疑了。庄霖走出休息室,站在展馆一层的中央。进来看展的人已经多了一些,可她却觉得他们并不存在,又或只是像一个个小点站立在她的周围,就像童年时的夜晚,她手握烟花,在一小点一小点掉落的光亮中,觉得周围从无人变得热闹。空旷的家中,因为这种假想的热闹变得再次人挨人。就像逢年过节,时常有人来家里问母亲的情况。她喜欢那些亲戚或悲伤或平静的问候语,她也不介意发生什么,只是希望有人声把家里塞满。这样的生活带来的,是她没有太多心思去想起更多细节。那些过滤掉的信息,在被她自觉过滤的那一刻,就从她的生活中逐渐隐藏了。她自己也因为这种隐藏,觉得它们不存在了。可这些信息近些时日渐渐浮现,尽管她并没能重新拼出一个全新的母亲。又或者,这些她求证的人,本身也并不比记忆中的她自己更了解母亲。庄霖想着,拨通了齐斯汉的电话,却听到一声久远的"对方不在服务区"。

七

齐斯汉是早晨六点起床的。起初是门外的洒水车播放的毛阿敏《思念》把他吵醒,接着是一声很久没有出现过的叫卖声把他的起床气也喊散了。前几年开始,林城相对好做的生意只剩下餐饮业。新一任市政府为了整顿市容,把许多菜市场挪到郊区,买菜要走很远的路,很多人都不愿意亲自买菜。送菜上门的话,菜价太贵,很多人选择在外面吃。政府就修了一些连锁餐饮店,统一售价,只在饭点开业,且为了保证生意,不允许沿街叫卖。齐斯汉每天推开门都能看到一叠传单,上面往往是一些新开的餐馆信息,又或某个流动早餐摊点的行动路线图。久而久之,齐斯汉也习惯了这种宣传模式,如果没有时间去郊区买菜,也会根据一些样子不错的传单,寻出一条适合他的美食之路。可是那天的叫卖声很不同,更像无意间发出的,好像它的主人在走神中惯性喊了一嗓子。齐斯汉推开门,没有看见有人在卖早点,怀疑自己是梦中听到的。但很快,他感觉有人朝窗户丢了小石子,他再往外看,只看到一个模糊的孩子背影。齐斯汉清醒了过来,在窗前坐了很久,直到面前墙壁上去年的日历突然坠落,才反应过来,也许庄承俊的失踪日将到了。

　　他决定走路去车站。退休后,他很少再这么早起出门走,此刻,只觉得大街上人烟稀少,再看看手机,已经七点过了。因为早餐吃得不多,他觉得浑身充满力量,仿佛回到年轻时。火车站的人比大街上更少,十分钟不到就轮到了齐斯汉。这些年大家都习惯网上买票,真的去车站买票的人却越来越少,加上这是淡季,去外地,尤其是相对偏远的西南地区,票十分好买。齐斯汉没有选动车,而是选择了行程较远的火车卧铺。他虽然不喜欢旅游,也不喜欢其他文娱活动,却很喜欢看车窗外的风景。这样久久地坐着,齐斯汉觉得自己想起了很多事。火车行进一段,就上了山,钻过长长隧道时,常常没有信号。庄霖这几日很少来电话,他也没有问。和一起打牌的女牌友领证结婚后,对方却反而不太愿意见他了,只周六日来和齐斯汉住在一起。不过这种有距离的相处,却又让他觉得安心——他突然意识到,自己已经不太适应家庭生活了。

　　随着火车一次次进入隧道,齐斯汉也一次次感到耳鸣。他突然有些享受这种短暂的宁静。仿佛一次次进入隧道,也是一次次进入某种预先不知道的山坡,他在这种感觉中,突然对自己以往接续得过于流利的生活产生质疑,尽管这种质疑不会影响他今后的生活,他更不会改变,可这种察觉,依然让他的内心仿佛裂了一条缝。庄承俊在时,他也有过这种感觉,可那时候一旦他靠近庄承俊就仿佛远离了自己,可现在,他不能说这种靠近和远离是相斥的,又或者这才是正常的,它们始终都在他的生活中。

手机屏幕时而亮起,时而响动。是庄霖发来消息,但一直到下车,齐斯汉才朝庄霖发出自己的位置。

他们约在火车站旁边的馆子。父女二人坐定,分别要了一碗牛肉面。齐斯汉用筷子把面卷起,咬一口面,吸溜一口汤汁。庄霖则从头至尾只喝了三口汤,面条更是一根根全部夹起,不从中间咬断。待到一碗面吃干净,他们才反应过来自己的吃法曾经是对方的,只好面对面笑起来。

"我去见过我妈以前的朋友了。"庄霖道,"不过谁知道呢,那可能也不是我妈。"

"我的网站记录上有你的登录IP,你已经看过网站了。"齐斯汉夹起糖蒜道。

"那是你建的?我还以为是我妈自己建的……"

"是你妈自己建的。不过,是我维护的。"齐斯汉道,"她第一回出去的时候跟我说,就当她死了。我当时很着急,差不多把全县翻遍了。第二回她走,我就没那么着急了,我寻思她还会回来,然后再平静一段时间,起码过几年再走吧。可谁知道她没几个月又走了,就是你知道的那次了。"

"她为什么一定要走?"庄霖道,"如果那些人说的是真的,她在外面的生活也不好过,总不至于我们不如别人理解她。"

"她知道啊,可她一直以来是想老实点生活的。她如果不这么想,就不会一次次回来,又一次次走了。她是想平静下来,想着把自己想要的东西折腾干净了,就能消停了,然后回来跟我一道生活。可现在你看……我放弃了,这也没什么不好的。这么久了,她恐怕已经想清楚了自己要的生活。"齐斯汉说得很快,仿佛只有这样才能心安理得。只是很快,他又为自己这样的想法感到害臊。他知道庄承俊对他来说没有那么重要了,可不管是他口中的"放弃",还是心中裂开的那条缝,又未必是庄承俊对他依然重要的标志,是他不愿意不提起她,他知道他也为她给自己带来的那一点影响感到得意,尽管这影响中有多少是模仿,有多少是真实,他并不明晰。

庄霖张张嘴,想谈起齐斯汉新婚的那位女性,却最终没有说出口,只是向服务员要了两瓶啤酒,并对他谈起这几天的见闻。

"我其实好奇呢。这几个人,说得都前言不搭后语,真真假假难认……不过这也正常的,谁能说得没问题……真没问题,那才成了问题……"庄霖道,"可是你说的有问题吗?"

齐斯汉只低着头,"你觉得呢?"

他们很快喝光了面前的啤酒,两个人一道从餐馆出来,再走到马路上。成都的天阴阴的,仿佛迎面走来的人,身上都带着一股潮气。庄霖觉得他们无处可去,只得往和那个疑似母亲的人相关的地方去。

和上次所见不一样,这次展馆内的照片位置已经挪了一遍。齐斯汉看得索然无味,再次提起那栋大楼。

"〇二年我去找过她,那次是找到了。"他道,"估计跟你听到的差不多吧,她那时候有很多计划,要拍照片,要当老师,还想去救济灾民。真的太神经病了。我们大吵一架,我回了林城,之后我想找她,就难上加难了……不过,这都什么破照片啊……"

"据说这个詹臣军就是我妈,她好像还有了假身份叫'齐霖'。"

齐斯汉似乎没有听到庄霖后面的一句话,而是沿着照片一路看一路评道:"这不可能是你妈拍的。虽然你妈吧,也喜欢东一榔头西一棒槌。哪哪都坚持不了太久,可这些照片,都太热闹了,感觉比你妈还不专心,非要把外面大街上的所有东西都搬进来。不过呀,也难说过个几十年,等这些照片破了,说不定还能显出几分好来。"

"怎么讲?"

"就跟补旧书一样,那些旧书,有几本是真的好书?不过因为旧了,就显得好了一点,因为大部分人说的话,本来就只有几句有用。要是每句话都有用,听话的人还不得累死。"齐斯汉道,"出去吧,去他们跟你说的那个你妈住过的地方瞅瞅。"

"要拆掉的那栋楼?"

"随便什么吧。"

他们先去了真粥道齐霖曾住过的那间屋。现在已经被改成了杂物间。服务员都认识了庄霖,引她进去,说已经收拾出了几本齐霖用过的笔记本,一本病历。病历的登记名字,已经被颜料糊住了,齐斯汉不知道是不是故意的,想抠开颜料,却直接把那层纸都抠破了。好在其他信息,能看出这份病历确实跟庄承俊各项信息很吻合。病历显示,庄承俊在成都经历过两次小手术,一次皮外伤,一次急性胃炎。庄霖判断,皮外伤中,有一次也许就是斗十一提到的那次,可庄霖其实不愿意相信斗十一告诉她的那些。更何况,这些资料本身都是斗十一提供的,这么完全的资料,仿佛就是为了准备给谁看。也许这也是庄承俊安排好的,庄霖想着,为自己的猜测吓了一跳。笔记本上面多是齐霖间隙中的画作,也有个别语义不明的词语充塞其中。只一张夹在其中的纸片引起她的注意。上面抄着一首诗——

....
　　我冷眼向过去稍稍四顾,
　　只见它曲折灌溉的悲喜
　　都消失在一片亘古的荒漠。
　　这才知道我全部的努力

不过完成了普通生活。

——穆旦《冥想》

庄霖脑中浮现起庄承俊背诵《到灯塔去》段落的样子,可她不管怎么努力,也回忆不起那段话本身,而只是想起最后几个词,几束尾音——"勇气、真实、毅力"。

"你说,我妈现在怎么生活?"

"赚钱吧。折腾了半辈子,她不会不知道起码要有存款的道理吧,这么吃了上顿没下顿,我不信她习惯得了。那可是一个要定期做瑜伽的人啊……"齐斯汉说完,又突然警惕道,"还有谁知道你妈的事?"

"严昭明。"庄霖道,"你觉得还要见见吗?据说是这个齐霖的前男友,不过,他如果真和齐霖,也就是之前那个詹臣军有联系,那这次展览,他要么坚决不会出现,要么就一定会出现。不管出现还是不出现,只要他们认识他却刻意不出现或者一定出现,他就已经脱不了干系了。"

八

严是个自傲的人,平时不愿意参加圈内聚会,好在他没什么名气,要到他本人的联系方式并不难。庄霖谎称自己是他的粉丝,希望能采访他,他很快就回复了,并约在家门前的棋牌室。棋牌室里热闹非常,在这里说多么私密的话,别人也都视而不见。

和斗十一的叙述不同,真实的严昭明看起来非常斯文,但是语速特别快,他似乎根本不在意庄霖是否听懂了自己的话,只是不停说自己正在进行的作品,直到齐斯汉打断他,并说自己是齐霖的前夫,他才仔细端详起齐斯汉。

"哦。她倒有过一个丈夫。"严昭明道,"是临时丈夫。大概十几年前,他们还打了一架。齐霖骨折了,我把她接到我那里去。"

"你们当时不是恋人关系吗?"庄霖问道,"斗十一说的。"

"我们怎么会是呢?"严昭明点了支烟,"这是策划出来的。我跟斗十一说好,把我和齐霖,塑造成'詹臣军'。"

"詹臣军?"

"你不知道吗?这是个符号,我负责让'詹臣军'出错,齐霖负责让他牛逼。"

"最近的这些作品……"

"那都是傻逼弄的。"严昭明道,"齐霖早就找不到人了,人间蒸发……但'詹臣军'刚有点小名气,不能让它沉没了……不过齐霖确实帮过我,说起来我也帮过她,只是我不敢认……她刚开始来成都,什么也没有,我也差不多是。我去餐馆打工,她在附近小学打工。我当时喜欢去她工作的学校遛达,有一回就看见她用树枝在教学生识字。是用树枝在地上画图,然后教学生识字。我当时还觉得这老师真不错。结果她看见我在看她,就让我拿树枝画。可是我画着画着,就越画越不清楚了,因为齐霖要阐释的词语,太复杂了。"

"那天晚上之后,她经常喊我过去。不过变成了她在画,我在讲。再后来我们就经常搭伙做点事情,当时日子挺无聊的,因为这些事,还觉得生活多了点滋味……只是好景不长。齐霖不想做个艺术家,不光因为赚不到钱……她其实对钱没太大兴趣,虽然她看起来挺小资的。她对一切都表现出兴趣,意思也就是说都没兴趣——我很明白她这一点。我全程沉默,让她自己选择。最后她选择去做生意。不过,她早就没什么感觉继续搞艺术了,她完了,只会跟我说些没来由的大道理,像个老修女……"

"哪一年做生意了?"齐斯汉打断道,"什么生意?"

"就几年前啊。她从我家里逃出去……据说去了深圳,也可能是东莞……据说她搞活动策划,跟政府的人一道做宣传,搞什么文科普及教育……谁知道呢。我也习惯了。我早就没见过她了。对了,你们要去深圳吗?我倒可以介绍个朋友,不过,我估摸情况跟你们在成都看见的一样。齐霖要是消失,就从整个生活圈消失,你们就算找她认识的人,他们也肯定不知道。"

"一个人怎么可能说消失就消失呢。"庄霖道,"没有朋友去找她吗?"

"她有什么朋友?她那样的能有什么朋友。"严昭明把烟屁股踩在脚下道,"只是你们就算去深圳跑一趟,又什么也不知道,到底是吃亏了。"

"我不怕吃亏。"庄霖道,"但您说了实话吗?"

"啊哈?"

"难道打齐霖的不是你?"

"我不打女人。"严昭明道,"不过齐霖不算什么女人,那是个婊子。"

庄霖拦住齐斯汉道:"说说吧。"

"我们认识的时候,我对她印象非常好。她好像对很多人有天然的吸引力,这不是说她长得漂亮,她长得不怎么样,但和别的女人不太一样。身上有一股奇气,你越想认识吧,她又越躲着你。老实说,那是我见第一面就想睡的女人。可她对我爱答不理,我没办法,就只能各种引起她注意。比如跟她参加同一个比赛,甚至给她办了假身份证——我当时知道她需要那个。可是吧,我做了那么多事,她一直是不置可否。我们睡了,也算是在一起了吧,可她好像对此浑然不觉。我是说,她不觉得跟我睡了有什么,也不觉得跟我生活在一起有什么,她不会觉得我是她的男朋友,不会想着一些事要跟我商量。她好像无所谓,但她的无所谓,不是以无所谓的方式来表现的。我们待在一起的时候,她很关心我,但我不在她身边,她也不觉得有什么……她老是跑,一次跑,我就抓回来,第二次跑,我还抓回来。我是打过她,可这女人难道不该打吗?后来我懒得抓了,她却在外面被打了……也是活该吧。她要躲在一个废楼里,废楼里不是流浪汉就是神经病……成都的废楼就那些,我不可能找不到她……我以为,她被打了,会老实很多。后来她回到我身边,一直跟我说不要去做这个,不要去做那个,有点贤惠的样子,我觉得我们真像在过日子似的。可是呢,她又跑了,还拿着我给她办的假身份证。"

"我后来想,她可能觉得我不是什么好人,或者她又跟了其他男人,反正她跟谁睡我都不惊讶。她之前干什么的我都不知道,她又那么随便,好像跟谁都可以。我是真觉得啊,她跟猫狗都能谈恋爱……前提是,只要这个人喜欢她,她都能奉承上去,还有一套我完全听不懂的说辞,她以为那套说辞就能堵住我的嘴!她走了之后我活得更好了,没人跟我说应该做什么,我开始赌石,算是终于赚到了钱。"严昭明看着齐斯汉,"怎么,生气了?你其实心里也觉得她是婊子吧?只是不便说,好歹她给你生了孩子嘛……"

"我要去那个楼里看看。"齐斯汉半坐在沙发上,身体姿势接近一种过去学校中的体罚——蹲马步。庄霖知道他在极力克制,想拉着他离开棋牌室,齐斯汉却先行一步跑开了。

庄霖重新坐到严昭明的对面,在他伴着哮喘喘息的声音中道:"你也不愿意承认吧。如果没有齐霖,根本不会有人知道你。"

"我知道啊。"严昭明道,"可谁的作品重要呢?画画、拍照,还是其他什么……什么都改变不了这个时代……只是,我们,也都是世俗中人。无能为力时只会辱骂别人,厌弃自己。"

"我们做自己的事……就是改变这个时代吧。"庄霖说着,又觉得自己的话过于冠冕堂皇,有些尴尬。

"我们是世俗中人……齐霖也是,她早就知道了。我也知道。可知道了又能如何。让我去搞实业吗?让我完全不做跟艺术相关的吗?我做不到的。不过齐霖可以。或者说,她觉得自己可以吧。"严昭明说完,为庄霖打开了房门。

外面烟尘滚滚,两三辆推土机站立在一片昏黄中。父女俩躲进一间烟酒贩卖店,等外面干净些,才看见推土机后面两排民居上写满"拆"字。有的笔触看起来新一些,有的笔触旧一些。还有的沾成一片,分不出谁先谁后。庄霖的手机上再次亮起郑然的信息,他说墓园的无名墓有了新的去处,它们将被重新归置,放在一块新的公墓,再次供人瞻仰。

"不是说墓里都是空的吗?"庄霖回复道。

"祖宗们也知道那里都是空的,但即使是空的,还是给他们造了墓。他们起码要知道死了多少人。"郑然道,"这个数量,是他们唯一缅怀的方式。"

"这就有用吗?心安吗?"

"当然不会啊。但把一件不合理的事努力还原得合理，本身就是让我们自己心安的方式。"郑然道，"你有没有想过，令尊为什么突然就领了结婚证，他是想跟你妈妈埋在一起，可你妈妈肯定是不愿意的……"

"他为了让这种不愿意变得合理，所以去跟别人领证？"

"真实的事情除了当事人谁能完全知道呢……但你要知道结婚不会是突然的，买墓地也不一定就是突然的……他想引起注意，同时把你母亲炸出来……"

"不，他不是。"庄霖敲下一行字，"他是真的要结婚。因为他本来就不需要再给我妈留地方了，他对此是深思熟虑的……我妈是打定主意不想出现……她有她的原因，但不管是什么原因，她首先不想影响我们……她未必就知道自己想做什么，但肯定知道自己不想做什么……不过，我们谁又那么了解自己，那么了解别人，我们不过是知道眼前的事实，就像我妈也许知道了什么，才又一次远离我和我爸……"

"你还会继续查下去吗？"半晌，郑然敲出这行字。

"只要她不想出现，查和不查有什么区别？"庄霖还想再补充几句话，但突然不想再继续说下去。她想起刚上小学时，每一次都是庄承俊或者齐斯汉把她送到学校，直到有一天，看见路边背着双肩包独自玩树枝的小朋友，她突然对自己独自上学产生了兴趣，仿佛那条路上将出现各种好玩的细节。第二天她就独自上学了，可真实的独自上学路竟然充满艰辛。具体的艰辛她已经淡忘了,只记得那次上学,她根本没有心思去玩树枝,去观察喜鹊和小猫小狗。她似乎全部的心力都用在走那条路上。她还想起上学前庄承俊跟她说过的——如果不知道上学的路怎么走,就数数路上有多少拆字,数到两百个的时候,差不多就到了。还有一些细节,她正在慢慢想起,或者,也并非想起,而是知道它们的重要性,且不为这种新的重要感到羞耻。今天,她在严昭明的挑衅面前表情淡定——她知道所有信息都在庄承俊掌握之中,也知道即使是真的,那也和她记忆中的庄承俊并不冲突。她继续浏览在线缅怀网站,却看见齐斯汉删除了自己以往上传的所有照片所有留言,而献了一束新的花,还有一句新留言——

我从目的地往后抵达你,今天、明天、后天。

庄霖想回复一句,却觉得有刻意在屏幕另一端的母亲面前表演的成分。她轻轻删了要发出的一句话。瞬间的沮丧中,她以为对自己重要的东西很多都烟消云散了,只是她常不自觉地留在原地,误以为自己还是几年前、十几年前的自己。又或者,自己真正了解的那些事,依然都是过去发生的,她对它们亲近,只是因为对此刻发生的事情缺乏判断,她只是在跟着一股力量走,而这股力量究竟是什么,她并不十分清楚。

站立在烟尘中的推土机，也可能还有很多，但庄霖注意到的只有那三辆，可她用余光瞥见的其实还有一支更巨大的队伍。这三辆推土机将印刻在她往后的记忆中，正如那一支巨大的推土机队伍将永远停留在她的记忆深处不被她提起。她会延续过往的做法，自觉过滤掉一些记忆中的信息，对外人说，是三辆推土机把这座城市所有的废弃大楼，所有已经爆破过的建筑，所有需要变得平整的土地，推得干净。可她依然也该知道那更大的一支队伍始终都在，即使她忘却了，又或者因为它们不具备戏剧性，不具备表现力，被她忘记了。可她今天突然发现，那支队伍将始终在那里——想等待迟钝的她提起它们，又像在嘲讽她的无知。多年来在她身上显现出的努力奋斗的品质，此刻渐渐褪去它们的皮囊。庄霖突然知道，自己一直以来留给别人的印象是什么——肯定不是她自欺欺人认为的那样坚决、勇敢。她的犹豫和懦弱，在她自己面前展露无遗，而她更不能责怪那些因为她袒露出的这些不"体面"的自我，看轻她或者懒惰地用她表现出的印象来"理解"她的人。庄霖感觉到巨大的沮丧压过来，却又觉得一阵轻松和踏实。她的失落感让她心中的怒气都消失了，让她又一次显现出稳重的一面——那途径的一切就是她的命运，她突然毫无埋怨之意。

她脑中再次浮现起母亲的脸，这一次她想起的不是幼年时的母亲，不是被她努力拼接的、别人口中或伤痕累累或漏洞百出的母亲,更不是那张看起来和母亲一模一样的女人的脸。她看见的是一个更年轻的背影,从她此刻站立的位置,渐渐往前走。那个背影应该穿着一件灰色运动装,可能是短发,也可能扎起高高的马尾。那个背影走过的地方应该有风吹过,不是含着许多黄沙的风,也不是海边沙滩上潮湿的风。那应该是非常清爽、有些干燥的风。她一开始慢慢地走,接着将变成慢跑。她未必比很多人跑得久,跑得快,可她跑的那条路上,始终只有她自己。没有人干扰她,并且她将不会觉得孤独。

二 流 小 说 家

高瘦中年男人伸出一双长腿，占住原本属于涂方圆的那块位置，她只好把椅子往另一侧挨了挨，却遭到另一条胳膊的抗拒。今天的沙龙和前几次一样没有具体主题，只要关涉小说写作，都可以抛出问题，早来的人可以先交流，晚来的人竖起耳朵听着，如果某个间隙陷入沉默，便有机会占据主位。有人始终紧靠话语的麦克风，有人一直没机会讲话。不少先来的人一开始极力展现自我，后来渐渐吃瘪，还有人从头至尾不愿发言，饶有兴致听着。如果站得再远些，根本不知道到底说话多的算胜利，又或不发一语的人才看透一切。高瘦中年男人开好录音键的手机放在长桌正中央，几片高高低低的声音正在形成一幅嘈杂的地图——不过，涂方圆觉得，今天的地图只是区县级的。她不禁走神起来，并想起早间新闻时，朋友在语音电话那头建议她赶紧处理账面上的钱，最好尽快兑成贵金属。而隔壁浴室时不时传来美声唱法，在断续的喘息和淅沥的水声中，伴着另一房间陌生室友焦灼的踱步，听不出歌者是男是女。

"D·H·罗的小说技术确实比蕾蒂西亚·叶好许多，但叶对边境问题的理解，尤其是移民问题的思考……女作家群体中，有几个能做到？"一个沉默了大半场的男生小声道。

"女作家？什么范围内的女作家？边境毒品交易，次贷危机，被边缘化的少数族裔……这些不需要在小说中再次强调……她有自己独特的观点吗？与之相比，罗将一代人的精神资源用自己的方式进行了整合……或许并不高明，但所有置身其中的人，他们一定程度上用自己的实际行动回应了这个多变的时代……"

她声音很大，但因为过分正确又显得极度做作。她穿着白色商务窄裙，内搭黑色吊带背心，两条长腿被灰色紧身喇叭裤包裹，交叉靠在黑座椅的一侧，一副透明边框眼镜遮住淡淡的眼角纹。

涂方圆看出这是最近在《读谈》App 上连发几篇文学评论的 Z。上一次见到她，还是《大道》杂志的停刊直播会上，她作为编辑代表一度泣不成声，给很多人留下深刻印象。三个月后，《大道》转型，以 App 的形式复刊，Z 则转投《读谈》，担任副主编。涂方圆没想到她也来了这次沙龙，记忆中她一直对刚刚谈论的两位女作家颇有微词，并放言这个时代的女性创作者们在集体堕落，"她们并无意展开新的叙事，更愿意在男性前辈们建立的已有秩序下开一些无伤大雅的笑话"——Z 在不久前一次对谈活动上如是感慨。

互联网升级后，网络暴力事件大大减少，很多人比过去更热衷在购物 App 和游戏 App 上消费、娱乐，很多新兴的聊天软件甚至取消了文字功能，语音电话重新流行，并有多个网络智能机器过滤冗余信息。老牌媒体复辟已成定局，但其传统还没有完全恢复，原先的论坛交流改成了直播互动。但说是互动，读者评论抵达晚，尽管后台能看到观看直播的数据，评论栏总是空荡荡，显出古怪的肃穆景象。此番由五家早年影响力很大的纸媒组织的线下文学沙龙活动，便是文化媒体试图恢复对话和讨论传统的一次尝试。最早的组织者 W 甚至说：未来五年，要组织五千场这样的讨论会。可从近半年的情况看，参与人数变得越来越少，质量愈发不稳定，以至涂方圆看到的人，多是渴望给报刊投稿的创作新人和评论者，他们的发言只是为了引起关注。即便个别真诚的言论与独创性的观点，能准确回应者也寥寥。与之相对的，网络投稿通道依然被封死，新人作品若想获得关注，只能通过在沙龙组稿的编辑们。稿件质量参差不齐，不过内容较前些年多元许多。另一面，各个文学杂志官方账号刊出的文章点击率持续走高，纸质杂志因为限量发售，不到三天便售空。甚至有人说，这是严肃文学最好的时期，过去几十年文学的虚假繁荣不再，人们正在重新适应"倾听"。

"……国际平权大会上已经明确不可用'女××''男

××'这样的称谓……刚才听各位发言我有些震惊。"一个看不出年龄的小平头站起来,"难以想象现在大家的思路还停留在几十年前……难道不该跳出作家身份去谈论他们吗?现在这些听起来,太像社会学意义讨论了……"

"文学本来就包含这些问题……难道要避开吗?"

"终于进入重点了……什么样的讨论才是必要的……"又有人附和道。

"谈和不谈,哪一个更真?"涂方圆身后的影子闪了一下,灰暗的室内突然亮起白光,一个五官扁平的黑脸小个子窜到她一旁的座位坐下,并继续道,"不过,要谈当然是好的嘛!"

他脸上堆着笑,很像刚从一个盛大的饭局上下来,还没有褪去之前的表情。个子虽矮,背却挺得很直。涂方圆与他眼角余光交汇,只觉得他外表年轻,眼神中则充满不易察觉的城府感。她想起几个月前地铁车载电视上播出的某实验室有人出逃的讯息,据说有个"文化沉寂期"患癌的报刊评论员临终前签署了参与新医学实验的协议,身体经处理后被长期冷冻治疗,据说此举有望杀死体内癌细胞。评论员被冷冻时尚存一丝气息,并预言二十年后将迎来世界性的文化爆炸,如能苏醒,他一定要看到"二十年后的繁荣"。涂方圆当时只关心这个出逃的人是不是评论员,却不料电视节目串台到新的移民新闻那里。高大的少数民族记者正用标准普通话播报着新一批从边地前往内陆城市的新移民，他们学历高，有教养，深谙本民族文化，且掌握着三种以上外语。他们牵着的孩子也像好环境下精心教养出的好孩子，学业优异，还可能是某个小学生航模比赛的冠军。新移民穿着蓝色衣服，除却那些被派往研究所的高精尖人才，还有一些人正凭实力抢占着本地市民的就业机会。涂方圆的脑回路被电视节目带过去，直到现在看见黑脸小个子，才突然又想起那条"出逃"新闻，以及"出逃"这个奇怪字眼背后的讯息。

如果是自愿冷冻，为什么有"出逃"一说。如果不是自愿冷冻，那……

涂方圆觉得更可能是第三种情况——确是自愿冷冻，却也真的苏醒，可苏醒后被圈养起来了。就像古代的圈地运动，只是这一次，是文化"圈地"，要确保他可以适应眼下这个时代，精神和生活不被这种断层所害，又要保护他内心的理想主义火焰，以便让他能继续为这个时代效力。涂方圆一边想着，一边又觉得自己动机不纯——仿佛一瞬间，她也是来这里观战的，她没有比那些追求名利或渴望精神庇护的人更高明。她想起申请参与沙龙活动的表格上，她的用词热血沸腾，涉及"力量""繁荣""责任"等字眼。她知道写下的那一刻她是真诚的，只是这些词语的体量过于巨大，她其实没有认真去想，它们用在这里到底合不合理，以及如果要使用这样巨大的词，背后复杂的逻辑又是什么。这么想一遍，涂方圆突然更仔细端详起小个子。只是，比起小个子到底是不是出逃者，她更关心，如果他真的是，或她自己也有机会是出逃者，接下来他们要如何做……眼前这一切真的是繁荣期吗？会不会是又一次"倒退"？但"倒退"是真的"倒退"吗？涂方圆突然觉得无限混乱，她扫视了所有人，又看到小个子狡黠地回看她一眼，使她刚才那个眼神很像一个有意为之的"颜色"。他尾随涂方圆从沙龙教室出来，直接下到一楼，面对大厅的透明玻璃和白色大理石地面，他突然叫住她。

"要不要喝一杯？"

随着经济衰退，文化沙龙正在成为新的社交方式。只是大街上哪还有酒吧？这句过时的搭讪语让涂方圆再次怀疑小个子可能真的是出逃者，她突然有了兴致。

"你说的喝一杯是打游戏的意思？"

"你说什么就是什么吧，反正这也不重要。"

小个子再次把问题丢给她，但涂方圆也并不在意，"我可以带你去旁边的智力游戏体验馆……"

"什么智力游戏，就是 dota 和狼人杀的升级版嘛。"

"那些是比较大众的，还有很多其他的啦。"涂方圆一边笑一边故意解释道，"比如最简单的盲棋馆子……前些年电子产品更新换代太快了，患眼疾的越来越多，下棋打麻将都只能盲下盲打了。不过也还好，禁烟禁酒令下来了，所有娱乐游戏都在变成不同层级的智商类游戏……必须在高度清醒下才能玩……"

"我其实只喜欢有个游戏的最后一个环节……"他道,"最后一个环节,打败所有人后还要不让其他人看出自己是最聪明的那个……否则会被其他人找机会灭掉。"

"《打死第一名》。"涂方圆背出了这个游戏的名字。

小个子道:"你信吗?我们的沙龙也是刷掉最好者的游戏。"

再走进教室,先前的座位已经换了次序,高瘦中年男人不见踪影,几个掌心握着微型摄像头的拍客被赶出教室。还有一个穿着蓝色衣服的俊俏姑娘,跟大家反复说,坚持方言写作多么必要。

涂方圆看了眼手机,距最后的编辑约稿会还有三十分钟,但她还没看到 A 可能出现的迹象。A 是她坚持来这次沙龙的动力,涂方圆觉得主办方很可能把 A 藏了起来——为保证沙龙能延续,A 的出场时间被设置在最后十五分钟。这种想法的蔓延,让涂方圆比刚才更加不耐烦。她抖动着笔记本的一页纸,而那一页后面就是她想在朗读环节读的自己的小说。此刻,再看见这些熟悉的字句,她突然无限羞耻。在游戏公司工作时,她常常在新游戏的聊天对话框练习写小说。说来奇怪,聊天软件虽然取消了文字功能,但游戏聊天窗口却可以发文字。这几年,更多人把游戏软件当作社交软件在用,很多密集的对话比过去时代视频网站的弹幕更多,刚想回应,一层新的信息就覆盖住了之前的一层。信息流的厚度让涂方圆更愿意自说自话,反正不管发什么都没人注意,自说自话成为公开又私密的爱好。想象中存在或不存在的眼睛让她发文字的热情进一步被点燃。和她一样,A也是在游戏软件中才感受到写作的冲动。在A最新的一则视频访谈中,他把游戏称为他小说变形的读者。

"我知道它仍然不存在……即使作为变形的读者。"A慢条斯理,"它不存在,就是它最好的存在方式……"

只可惜,A最新的小说刊登后,很多读者表示写得过于古怪。他们在A的小说中看到很多他发明的流行符号,以及文化暗语,批评这是过于概念化的写作,甚至表示这是A对他所处时代的大量引用,他们甚至直言——"他是在复制时代,而非创造"。但这段批评语言,又被一些别有用心的人利用,提炼出"文学是否真的可以创造时代"这一论题。每隔一段时间,都有人针对这个议题写文章,虽然许多评论是在私下进行的,未公开在网上,但这样一篇一篇文章累积下来,仿佛真的在片面"印证"A写该作的动机成疑,让A的处境变得更加艰难。

端着咖啡和简餐的服务生进来又出去,也有一些人陆续离开。讨论陷入两三人的自说自话。从涂方圆的方向看过去,黑脸小个子已经坐在其他空位上,高瘦中年男人再次出现,坐回之前的主位。Z和她的文化评论同僚们走出教室,在门口三五成群地抽烟,偶尔有人提起什么,其他人也并不回应,只是朝着电梯口的方向不断张望。涂方圆觉得气氛凝固下来，看似和几分钟之前无异，但遮掩中又有一层奇特的默契。大家好像计划好了不发一语，决心冷眼旁观。涂方圆想起，上一届诺贝尔文学奖得主安托来访时不少人也是这样聚在一起默默等待，但每隔一段时间，还会有人问"安托到底堵在了哪条路上"。还有刚刚获得布克文学奖的旅英作家白舒杨来的那次，他和经纪人出现在楼下的消息在语音聊天群一公布，就有几人冲了过去。

这种对在世著名作家的过度追捧曾被一些言辞激烈的评论家和媒体人发文抨击。但很快，这种抨击又变回十分正面的论调，有人甚至说，即使在被肯定的那个文学繁荣期，也很少有文学爱好者能够这么直接在沙龙上看到活跃着的在世著名作家们，尽管在倡导节制的当下，声名很多时候是制造出来的，但他们确实占据着国际文学话语权，普通文学青年能够频繁和这些作家对话，无论如何是沙龙的成果之一，这是在呼吁新的文学繁荣期的到来。

与此同时，一批批国内作家译著从被国际市场冷遇，到渐渐被国际读者大量接纳。有人在沙龙上说——这么多年过去，我们终于有了更多被国际关注的作品，只是创作水准并没有提升，更多国内作家被关注，好像根本也不是文学上的原因……如果是这样，不如去发展经济，或把更多资源投入智力游戏的开发，活跃民间生机，可能还更重要。

只是这样的话难免又一次被利用，却也是沙龙中难得的尖锐真诚之语。涂方圆曾以为互联网繁盛了大半个世纪，已经改变了人们的思维习惯，甚至理应一定程度取消某种世俗的差异性。然而，在沙龙上，大家关注和关心的仍和过去许多年间一样，是非常相似的，且这种相似的目的甚至也一样，仍是为了博取更多人的好感，为自己的论点获得更多支持。

"他们不会写出什么好东西。"涂方圆一边自言自语，一边察觉到自己对那些人的关心，不禁再次为自己感到羞耻。她按压着桌角，像捶地又像被疲惫中的暴躁感引导，鼓起了掌。接着，教室内也响起零落掌声。教室门不知何时被人墙堵住，一声似乎是批评，又似乎是表扬的嘹亮语调升起："这么多人吗？"

和外界传言的那样，争议似乎让A更加兴奋。多日前，他曾连续三晚加长更新了自己的新小说，咆哮的弹幕甚至把小说段落都遮住了。涂方圆想起在一次网络直播中，A手舞足蹈地模拟着自己写作时的模样——低着头，十根手指在黑色键盘上来回跳跃，仿佛在弹钢琴。只是这次，A没有那么浮夸，他低头坐在椅子上，看向地面，大谈起相声、量子物理和艺术学对写作的影响，甚至站起身，打开已覆满灰尘的电风扇。随着一阵轻而模糊的"哗哗哗"，大家感受着这遥远的声音，还有一小撮人表示许久没有见过电风扇，以致真的见到了，也似乎像没看见一样。

"就是如此。"A轻轻跺脚，"风把你们的笔记本吹出响声,乍听是不是也像泉水……不过,你们也不知道泉水声是什么声儿。"

"现在还有泉水吗?"

"是说人造泉吗?"

"我记得您的小说《西行记》里有一段写主人公在新大陆上挖井。"涂方圆道,"那几个人坚持很久,算是挖出一口井的模样,可井里却没有水。他们百思不得其解,直到再往下挖,水从陆地的另一端流了出来,引导他们挖井的先行者说'那是泉'。"

"'泉水本是一滴滴往外漏,接着变成一缕缕,顺着岸边的琴声弹回新大陆,井里终于有了泛着甜味的水'。"涂方圆边背诵边评道,"'新大陆和先行者说的一样,是'一柄长勺形的漏斗',既然打开了一端的口子,另一端必然要封住,否则,精华又要流失,整片大陆又要回到'旧模样'。其实我不太明白,为什么不能像河流一样,两端都是通畅的呢?让先行者所谓的'精华'在整片大陆流淌,难道不是更好的吗?"

"如果是那样,大陆不就塌陷了吗?"A道,"到处流淌的东西怎么可能是'精华'?如果到处流淌,那必然不是'精华'。秩序的建立和平衡,不是有人得到,有人失去,是封住时封住所有人的那份;打开时,打开的也是所有人的那份。没有真的'封住',也没有真的'打开',它们只是规则和秩序本身,是古人喝酒前的祝祷歌,是丧仪上复杂的哭礼，提醒每个人，他们喝到了水，但不是自己挖出来的水，而是他们经过一番努力之后，才可能被恩赐水。"

"那又怎么解释，这篇小说结尾，许多人最后都渴死了？"又有陌生人的声音响起。

"如果努力就能被'恩赐'，那秩序又何以建立？'恩赐'只是一种可能，是为更多人能持久地喝到水建立的可能。必须有一些人喝不到水，才可能让更多人喝到水。也必须不那么平等，才可能拥有更大范围内的平等。"

"但即使是喝不到水的一些人，他们本来也有机会喝到水的。故意让他们喝不到水是为什么呢？制造戏剧性吗？"黑脸小个子站起来，"您的小说都很容易看，多是寓言体，短小、流利，是为了让更多人读吗？这是不是也阻碍了您往更深处挖掘？"

"制造戏剧性又如何……更深处是什么？为什么要往那里去？"A大声道，"我只想做好一个'二流小说家'。"

全场安静下来。大家摸不透A这是陈述句，还是另一次讽刺的开始，毕竟他总是否定自己，但每一次否定，又再次被他否定。没有人知道，他否定和嘲弄的仅仅是自己，还是更多其他作家。有几个坐不住的人提前离场，还有几个人支支吾吾想要说出些什么，却最终没说出来。涂方圆想起年少时，常常守在游戏聊天框的一侧，等待着A新一段小说的连载在游戏弹幕中划过。可很多时候，她等到的，只是A发出的各种与小说内容无关的讯息。他说自己的小说诞生在游戏之中,所以也必须用游戏的方式去阅读,即使这本身是非常严肃、对读者要求甚高的小说,却也只能从另一面去参透它。"我的小说在阴影中,但是,我们现在,谁不是生活在阴影中"——A曾在某书店的落成礼上这样说,他面向眼前的读者,右手指着书店中一盏盏亮着的灯。

"外面是白天,但现在室内开着灯,你们听着我和另外几个同行的演讲。"他当时说,"我的小说就是这样的环境中写成的,我在游戏聊天框里写小说,大家在弹幕中阅读。游戏是什么?如果电脑和手机象征着外面的白天,游戏就是室内一个个小房间,它明明被外面的白天或者夜晚所包围,却好像更多时候控制起我们对世界的感受。好多年前我们就知道——'不需要再走出房间,就可以得到一切',那么,多年过去了,我们知道自己此时此刻待着的房间,和过去多年间的那个有什么不同吗?它复杂得和外面那个白天一样,和夜晚一样,和外面的建筑物,和城市及工厂一样。它有多少盏灯,就可能有多少块灰色,多少块阴影,我们生活在这种阴影中,并没有觉得不适。但如果在外面呢?我们一旦被大面积的阴影长时间遮蔽,常常会觉得烦闷,可在室内我们很难感觉到这种遮蔽,在网络世界也很难,但这本身恰恰又是更大的遮蔽。当网络热点将一个人的名字拔地而起,与之相应的是更大面积信息的自动屏蔽与消解。是信息的浓缩,是信息流密集碾过的感觉,让空间仿佛无限撑大到可以无视它边缘的程度。日常细节早已经和我们的精神生活成为一体。想要赋予它们清晰的样貌，要用苛刻的筛选机制驯服它……我觉得这个东西只能是'阴影'本身，用'阴影'驯服'阴影'……"

黑脸小个子起身在教室周围徘徊，似乎在和 A 悄悄交谈，又或只是 A 较为注意他的表情，但很快，小个子又窜到其他角落。涂方圆看清他身上穿着过时品牌的衣着，其中有的品牌已经倒闭多年，不过这些年，购买二手衣的人越来越多。说来奇怪，这些衣服往往比新衣更结实。涂方圆朝着他的方向看久了，觉得视线深处开始模糊起来，小个子也渐渐模糊成一块马赛克，一颗深灰色的小点。她重新又想起自己的事，并感觉曾经那个 A 和此刻的 A 叠在一起，既彼此牵绊，又一前一后走来，直到成为一个人——仿佛也如她自己的状态，是房间里很多人的状态。有的人不停转换座位，那之前座位上的他们和之后座位上的他们，表情、状态看起来也相差甚大，又怎能说，那之前状态中的他们和现在状态中的他们是同一批人呢？

"我们都在阴影中。"她念叨着，继而大声道，"那么，您觉得什么是一流小说家？"

"直接成为'阴影'的那个人。"

"什么？"

"不被看见，有能力让自己不被发现。他和谁在一起，谁就是他的保护色。他可以跟随任何人，任何环境。就像光斑,今天在这里,明天在那里,今天是这样,明天是那样。但不管怎么样,我们如果有能力看见'光斑',任何状态下、任何时候的'光斑',就知道那是他……他就是这个世界的光斑之一,但如果他决定发言,就会统领这个世界的光……也包括一切可能的危险。"

"这么听起来,他可能是个瞎子。只有瞎子看见的世界,才是一个个光斑。"有人起哄道。

"倒也不错,就像瞎子。"A道,"不关心事物的边界,只关心那最好的东西是什么,那能留下的东西是什么。人类前行百年,留在纸面上的不足0.5毫米……一流小说家,他的目光不在这个时代,也不可能被这个时代理解。"

"您不想成为一流小说家吗?"一个远处的声音道。

"成为一流就那么好吗?"A的右腿搭在左腿上,"谁一定想知道最深处的真相?知道就能真的改变什么吗?那是危险的。把危险带给一个时代,那不是病毒干的事儿吗。最珍贵的是二流小说家,因为他知道怎么在该闭嘴的时候闭嘴。"

"难道不被理解就不能说了吗?"

"当然能啊。而且,如果真的知道真相,谁舍得闭嘴?能成为一流,有几个人忍得住去做二流。"A继续道,"也有例外,也有那些披着二流小说家外衣的一流小说家呢。每一个时代都有,我们时代,想必也会有吧。只是,我只想做游戏里的最终关,在每一次系统升级之前休眠一次,然后再次通关……"

"这是很深层的自恋!"又有人起哄道。

A大笑起来:"最好的二流,在越来越厚的信息流中提炼出少数几句能和我们真正发生关系的讯息。找出现有规则和过往规则的差异之处……然后撕开一条自己的通道……他让已知世界中的一切都站在自己该在的位置,而这本身又是他的核心竞争力。他有强大的平衡能力,他的公心已经成为才华的一部分,或者说那才是他所认为的真正的才华。"

"这么说,二流小说家是极体贴的了,可您的文字常有讽刺的言语。"高瘦男人道。

"所以我不是好的二流小说家。"A对着教室门口巡逻般走来走去的"移动眼睛"道,"和很多人一样,忍不住把心里想说的都写出来,也包括那些还不能说清楚的,可二流小说家不会,他的每一句话都有来处,每一句话都清晰……大部分人都忍不住,又没有一流小说家成为'阴影'的能力,所以只能在边界游荡。沙龙就是他们游荡的方式之一。"

"假如彻底结束游荡呢?"教室外的模糊黑点道。

"那整个世界都将开始游荡。"

"您在聊天对话框写小说——算是您的游荡吗?如此说来,游荡不是很有生命力的一种方式吗?"涂方圆道。

"游荡只能是必须的,不提倡,也不拒绝,如果我们真的需要，它应时而生……或者说，只有允许游荡，我们才能真的理解彼此，认同我们所处的世界……过去的世纪不会有在游戏聊天框写小说的作家，可现在有了。事实是，也只有我们这个世纪有被弹幕孕育出的写作……我是这个世纪才会出现的作家，我相信不止我一人是这样。弹幕的内容早已变得无限复杂，可以发各种暗号，可以发交易密码，可以发数学公式和程序，甚至现在也可以发各种小视频了——所有人都学会了不被纷繁的信息影响，而只看到自己想关注的那类东西，这样强大又即时的筛选机制，过往时代那些人是没机会拥有的。弹幕背后那个主体的游戏场景是什么，已经变得不那么重要。它们的重要性被取消，弹幕却变得重要……至于生命力，只要能存在一点，就和存在很多一样……你们中很多都来自高校和研究所，这点问题肯定比我清楚……"A看向白色天花板上的菱形玻璃吊灯，看着它随着他的音量一点点亮起又一点点暗下去，"前几天你们沙龙的组织者在微博上说'应该回到上一个世纪'，应该回到'文学繁荣期'……可还有什么文学繁荣期？有人说现在是繁荣期，有人说过去某个时期是……可繁荣不繁荣，不是最好的几个作家定义的吗？除了那少数几个，其他人做什么还重要吗？我们不是要普及文学……这本来就是少数人的工作。那些更遥远的时代你们也都研究过了，有什么伟人作家被遮蔽过吗？被遮蔽和湮没的只有脆弱的心灵和不入流的作品……脆弱的心灵不写也没什么。不然你们现在走出去,走到现在仅剩的三个只在节假日营业的酒馆里,跟酒保聊一聊,也许他还会是一个过时的诗人吧……"

"如果只是知道自己不能成为一流,所以不写呢?"一个不远处的影子道,"这样的人在过去几十年不是频繁出现吗?但即使不再写作,又如何说他们没有在进步?"

"他们会进步,但他们的进步也不再重要了。除非他能让更多人跟随他一同进步。"A点起烟,从座椅上站起来,又迅速掐掉,其他人也站起来,教室瞬间有了一丝肃穆的气氛,A的面部抖动了一下,并伸出一根手指头。这是示意还可以再问他一个问题,但最好不问。只是大家并不想放弃这个机会,有两个人速度最快,差不多同时站在A的两边,像左右护法般问起所有人都想知道的那个问题——

"您新小说的连载断更多日,是因为之前小说的争议吗?"

A还没有来得及张嘴,其他人又问道——

"新小说的结局,什么时候会出来?是今晚吗?还在那个游戏弹幕里吗?"

"听说弹幕审核章程最近也要出台,您会选择在其他平台连载小说吗?"

"您觉得自己新作的争议跟您突然选择出书有关吗?有读者质疑您的小说不适合纸面阅读……"

A干瘦的身躯依旧斜靠在椅背上,远看像一截瓦楞纸。

涂方圆打开游戏手机端口，在过往弹幕的信息栏中，看见A多日之前留下的那句小说结尾——

"跑，快跑，到水里去。"

和不久前刚出版的那部新作不同，这部作品从一开始就不那么连贯。断断续续的语句像话剧台词，又像诗歌……还有很多内容，由一个个看起来互相无关联的词语组成。涂方圆再往上拉，看见一排加粗的新生词。

几十年来，城市原住人口向乡村转移已成趋势，但他们又很难融入当地人的生活，成为既不属于村镇又不属于城市的特殊居民。这些居民改良了各个地方的方言，把它们和普通话，和其他地方的方言进行结合，渐渐形成了自己的独特口音。这些音节渐渐落实在纸面上，有的文化学者甚至建议让它们进入大词典。只是没人想到，新生词越来越多，仅去年一年，就出现六百多个新生词。大势所趋，有关部门迅速修订了《新生词大词典》，并组织撰写了《新生词史诗》，用以记录新生词的出现和发展过程，以及他们对当代社会和文化的影响。和词典不同，史诗的书写语言十分文学化，乍看下去，它并不是一篇记录性文字，更接近上个世纪的现代诗。它把一些原本需要注释的语词，用通用语言在文中进行了解释，因此阅读者更会觉得这是一篇长诗。这也是编纂者们期待的——让人们在阅读中逐渐体会新生词带来的语言变革，适应新生词进入日常生活的过程，理解新生词和通用语言本质上并无不同。

新生词史诗的完成确实让一些最初倡导新生词的人有了自豪感，尤其是一些网络红人，除分享国语鸡汤之外，他们开始频繁使用新生词。输入法软件被迫增加了新生词的打字法，一串串看起来像中古时期某种拼音文字的新生词一时间充斥网络。A使用的这几句是《新生词史诗》第二卷里的，翻译出来则是——

> 他们把水埋在地下/树运走/杂草拔光/推平大楼和工厂/在春天最后一日吃掉当季的粮食/凛冬降临，没有谁的肩头再有阴影（via《新生词史诗·第三版》第二卷第十一章）
>
> 我们拥有的一切只是粮食/我们吃掉种子，长出种子，不结果实（via《新生词史诗·第一版》第二卷第一章）

在《新生词史诗》以不同书名、不同载体（包括大众熟悉的电子书和有声阅读，以及车载广播、视频广告植入等多种方式）发行的那段时间，正是涂方圆刚刚大学毕业后的第三年。她所使用的这版普通话在那段时间受到新生词的冲击——因为不少网红以使用新生词为时髦，由此衍生出不少以新生词为母本的网络热词，新版普通话和第六十六版《现代汉语词典》不得不把这些词语纳入词典中。但也有不少人认为，新生词看似严密，实则漏洞很大，它

"不过是把一系列不同时代的冗余信息重新排列组合,进行了一次字母化,由此带来的语言文字更新可视为某大洲又一次渴望征服东方的野心再次暴露……"。然而,在所有论调中,最让涂方圆惊讶的,是《大道》前主编S的一篇短文,他论述了新生词为什么只能以拼音文字呈现,并提出目前的拼音文字本就是新世纪多国多民族文化又一次融合后的结果。但他似乎又不愿止步于语言文字的探讨,他更想说明近几十年语言的流变已经让大量传统词被网络词所替代。他写道,"假设网络如科学家预言的那样继续不稳定,甚至崩塌……未来的人类不得不放弃使用网络,甚至放弃他们的祖先曾经因互联网所带来的诸多便利……最严重的或许不是某种生活方式的倒戈,而是未来的人将因此不得不重新解释近些年出现的新生词——我们不能在那些词汇后面只是干瘪地加上许多注释,因为在那个时代,或许网络已经被丢弃了。而这些新生词,一旦离开网络土壤,就显得毫无想象力。未来的人类要重新准确地诠释生活,将必然再次发现古典的魅力。或者说,他们不得不从古典中汲取能量,不得不通过古典的法则重塑语言文字的尊严,并从这种尊严中找到那些可以准确形容他们眼前事物的语句。我想,那可能是又新又旧的……一种隶属于《诗经》和《荷马史诗》的语言和文化传统……"在文章末尾,S大胆预言——"未来的文学将再次属于故事,它将通过一个个故事,重新在这片大陆焕发新的生机。"他称,"目前再次风行的文体实验只是文学家集体懒惰的结果,他们应该讲故事,但不是像上个世纪,以及上上个世纪的那些作家们那样让人物携带大量细节踏出一个个复杂叙事。他们应该使用最最原始和古老的传统,用民间的歌声把不同时期人类的想象力有效串联起来(尽管,在当下,'民间'是不是还存在,本身就是个问题)……想象力只有从根源生发,才得以成立,才具备真正的价值。而文学的根来自'诗',但不是现代诗歌中的'诗',而是一种采集与播种的传统,是一个人唱,另一个人和的传统,是万人书写一部巨著的传统。对照当代,最可能接近这种'诗'的文体是网民(或者现在不该再用网民这个词,因为人人都是网民了)的弹幕,是游戏聊天框中滚过的各式荧光色信息流。尽管这些信息中充斥大量粗糙词语,但它们呈现出的却是一个独特的野性循环——所有信息一方面整体出现,一方面又在这种出现中被自己内部的一条条信息所打破,它们在互相打破,又在打破中组成细微的群落。这是一个开放又封闭的系统,封闭虽然有其问题,却也保护着开放性所带来的风险……那些在前面那些年已经多次出现过的道德问题,因信息不节制造成的各个群体危机。但我相信,这个系统本身是未来文学的方向,我们应该重新和彼此站在一起,不为和与我们不同的那些人处在同一个群体中感到羞耻,认识到独立性的背后正是无数群体意识在支撑……"

同时,S还写到,"我们很难想象多个世纪之前,人类旅行是不必办护照的……人在大海上漂泊,看似没有故乡,但永远有一个未知地有合法接纳他的可能……这种局面在上上个世纪被打破了。人类似乎变得更加自由、膨胀,却也前所未有地被自己一手打造的信息时代(或者说人工智能时代)摁在原地——从来没有哪个世纪的人,比我们现在的人更依赖于想象……外出的便利与安全严格的审核制度配套,要享受前者,人类就要付出如后者般更大更繁琐的代价。只要人类继续向前,制度只会进一步优化——这也意味着,人类将前所未有地不自由。"

涂方圆一边在心中默背着当年 S 的那篇文章,一边看着游戏弹幕屏上继续闪烁的 A 之前的连载段落,那些段落被网友用不同色号的键盘笔标识出来,看起来很像一组古怪却又熟悉的预言——

人类的生存空间终将再次被密集的自我意识占领

——A 于 9:21:06p. m.

活着是练习死亡的过程

——A 于 11:35:47a. m.

所有的不相信,是我们相信一切的基础

——A 于 6:12:00p. m.

我们都在说同一种语言/我们不再会说任何一种语言

——A 于 3:00:12a. m.

涂方圆张张嘴,也想跟着前面不节制的提问队伍,问一个自己的小问题。可她想了很久,也没有筛选出一个又合适又有重量的问题。在迟疑中,只听见A缓缓对着头排一个提问者道:"自从作者可以和读者互动,读者就都在作者笔下了……昨日的弹幕、今天的提问……明天的直播……它们都折叠成同一种现实了……它们本就试图让我们相信它们的内在逻辑很相似,正如它们让我们只说同一种语言,并最终让我们因为没有其他语言可说,而只能说这种语言……我们太容易被影响——这一点是天性,跟网络无关。你看吧,如果从现在开始关闭三个月网络,我保证你还是会被很多人影响,信息所到之处,都预示着一个个差异正在被取消……但谁又知道,取消不是建立的开端?最初的最初,界限是没有的。建立、打破、重建、打破……再次重建,继而新生……"

"那也未必是新生呢,可能是毁灭!"远处的声音道。

"如何知道新生是新生,毁灭是毁灭?"A道。

"如果新生之后还是要毁灭,那新生本身的意义是什么?"

"新生本身就是新生,循环本身就是生机……正是指向一切的那个东西,正是永远看似在指向终点的那个东西拉着我们往前……给我们开路,我们走在路上,然后路成了路……"

在涂方圆的视线中,A的身躯从一截瓦楞纸渐渐变成一面瓦楞纸,两只手臂按在椅子两侧,鼻梁上的镜架缓缓滑落……涂方圆看向弹幕网站正在发出的警示灯,一条红色的信息显示——

仅存储三个月信息

她咯噔一下,并想着三个月前 A 的连载片段将从此消失,感觉到一种历史断层的痛感,但这种信息空白的可能又激起了她强大的斗志。而没等她开口,已经有不知谁张嘴问出了这个问题——

"A 先生,听说如今只能保存三个月信息,您三个月前连载的小说将被一键抹去……其他活跃在网络的作家也一样,小说被抹去或许还不算什么……我们将看到很多人在网络中的痕迹被抹去……他们也不会再记得曾踏足过哪些主页发过什么弹幕……"

"这不很好吗?"

"什么?"

"很好呀。会有更多人可以创作。" A 道,"信息被抹去,也意味着必须有其他信息填充进去,才能保证信息流不间断的闪烁……如今我们多么依赖于信息流的闪烁啊,我们不害怕信息流的密度,不害怕信息矛盾,只有闪烁的信息流让我们感觉到安全。以不同颜色标记出的不同时间和地点发出的信息流构成我们生活的另一层真实。相比信息被抹去,这些东西被抹去或许更痛苦。我们可以想想,有多少信息是可以不被抹去的?我可以说,大部分说话的地点是值得保留的,这些东西可能是我们目前可以触碰到的唯一的真实……所以法律规定地点和发信人不能被篡改……这不就是一个话剧的蓝本?一些人的名字后面是冒号,而他们说的话被抹去,这正是创作开始的地方……"随着A的话音落下,弹幕上已经出现许多条关于A小说的倒叙书写,许多网友组成的填空小分队,把A被抹去的连载记录,重新用他们的理解补充上,甚至在补充的过程中,一些A的粉丝保存下来的连载记录也被迫被改写,否则就无法补充,无法补充就又回到信息被抹去初始……更好玩的是,连载的重写也生发着很多新内容,比连载填空更独特的,是这过程中出现空白信息追踪小分队,队伍中的人不再关心小说人物可能说什么话,只是想A会怎么写,怎么说。他们不再追踪人物,只是追踪A,这反而让他们得到的连载信息,读起来更接近曾经A的小说原文。

现场因此沉寂下来,有人时而看着台上的A,又看向弹幕中已经分不清是网友填写还是A撰写的小说原文,一瞬间甚至恍惚到底哪一个才是真实的,哪一个才更接近每个人心底真实的A。仿佛摆在他们面前的是一个实体弹幕,他们只是对着A填空、想象,他承接着很多人的理想,也必须承担时代责任——给他们答疑解惑,再一次突破自己。而他不管是突破自己还是解答别人的提问,都仿佛在做一件事——把包括他自己在内的很多人心中朦朦胧胧的念头擦亮。A不止一次在写作中觉得自己走在一条分界线的边缘，他如果再走一步，就彻底远离了他的读者和他的同行，但如果他退回已有领地，又仿佛对那个更重要的东西不负责。只是他同时坚信——往前抑或往后都是前行，如果他要承担更大的责任，他必须要释放出更多对日常事务的热情。他不可能不考虑读者，他要写所有人能看懂，又无限清晰，无限接近他理想的那类小说。这种艰难感曾让他在很多夜晚失眠，但此番网友们沸腾的"填空大赛"倒让他放下了重担，他甚至认为这是一个机会。高高低低的信息正在构成一个新的世界，而他正走在新大陆上。

与此同时，弹幕中那些花花绿绿的荧光字迹彼此之间正在形成追赶和竞争的关系。涂方圆看到，有的人因为不满后面的人补充得比自己快，开始修改自己补充的那部分，以求挤掉前面的情节，在这种循环中，A的小说又呈现出新的面貌。他饶有兴致地看着屏幕中小说的变化，仿佛那许多个看不见的手敲击键盘的声音从四面八方，从更遥远的时区传达到他耳边，他越来越兴奋，皮鞋鞋底跟着心中键盘声的韵律不断抬起、放下。一哒哒，二哒哒……接着，他的节奏慢下来，台下的节奏却快起来。许多人开始埋头按动手机键盘，加入填空大军，一些原本就在参与这场竞赛的人也渐渐把手机拿上桌，不再假装还在玩《打死最好者》的手游。他们偶尔抬头看一下其他的脸，确认着对方眼中兴奋的火焰,又继续敲击手中的键盘。这些声音原本非常混乱地交杂、膨胀,似要冲破整间教室,但渐渐的,却变得井然有序。涂方圆感受到一个巨大又透明的身影,正在穿过包括她在内的许多人,那是 A,但又不止是 A,那包括这个时代最好的人,又包括这个时代之外的最好的人。他们对此都非常模糊,也各有各的弱点。但此番他们都被共同的东西点燃了,他们开始坚决地朝着自己擅长的那条窄路写起来,却似有越走(写)越宽的倾向。这场比赛渐渐成为许多人闪光点的集中体现——并且,不再只是满足于弹幕上一道道五颜六色的荧光字迹,他们(确切说是现场的这部分"他们")开始顺着 A 的那些诗歌般的警句一句接一句唱下去——

> 一切"自由"都是人对某一事物的集中想象
> 生活本身就是虚构
> 所谓"孤独"只是一种不节制的骄傲而已
> 才华不止是创造,还有"公心"
> 巨人并不庞大,甚至非常微小,它是一条穿梭于人群的"缝隙"

他们一句一句接下去,直到弹幕充满整个屏幕,新的信息和旧的信息调和成屏幕上一道道马赛克。涂方圆敲击键盘的手慢下来,接着她看见,屏幕上出现一段隐约的小字,它是一组对话,好像由几个人写成,又好像只来自一个人的手笔。它使用传统的宋体五号字,并且是黑色,如果不仔细辨认,根本看不出它的存在。但涂方圆看见了,她相信其他人也看见了。那是三段加双引号的字句,中间夹杂着一些网络符号,但涂方圆在阅读时自动滤掉了它们,在她目光的过滤过程中,这三小节变得更加清晰——

"经过多年的工作,我终于成为一个比较积极的人。如果有一天,文字的差异性在我们的共同努力下被取消,我想我也不会那么失落。如你所说,我们都会渐渐变得像一个人……可即使是这一个人,又或者是第一个庞大的'非人',它也依然和过去的那个'人'……与个人化时期的你我不同……我想,我们都夸大了意识组成方式的重要性,真正重要的是——我们能走出昨日的自己多远……如果有人代替你我走到了已知世界的边缘,我们会稍微减少点孤单……一个人的成就,一个时代的微光将有可能被标记。"

"那个人在哪里呢?"涂方圆几乎是跳起来说。

"在那个人出现之前,我们每个人都或许是。"

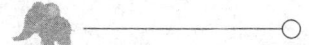

我 出 生 了 ， 但

一九九九及二〇一九，集装箱顺水漂流

Program cross

Instruction C x Instruction Y x Instruction M

我的记忆是从一九九九年开始的。也可以说，一九九九年十二月二十日是我的第一日。我在电视上看到一个从来没有听说过的半岛回归了祖国。相比两年前它邻居的回归，这次回归平静许多。我不知道有多少人跟我一样，在看到新闻的时候，才知道这样一个地方的存在。但这次回归带来了一首歌，是一个小女孩演唱的。从那一年到第二年，我走在哪儿，都能听到这首歌。我甚至怀疑，这场回归，只是一次巨大的宣传活动，而其中输出的第一个成功产品，就是这首歌。

这首歌是一个符号，它的旋律带领着更多符号进入了当时被称为"内地"的、我幼年时心中的"祖国"。我开始喜欢在走路时看各种标语，还有那些不断顺应时代潮流变化的店铺门标。三元奶粉和均瑶牛奶离我远去，甚至开始有人跑到那两个刚回归不久的半岛给孩子带奶粉。那时候我不懂一些东西进来自然有一些东西要出去，只觉得很奇怪，奇怪这些符号来得如此之快，又去得如此之快。

但很快，我周围沸腾的变化热潮停止了。大人们继续按部就班工作,跟我说的话多了一句——奥运会那年你一定要考上大学。

  这再次让我觉得很奇怪。我奇怪的是,什么时候纪年方式变成了这样,就像不知道萨马兰奇为什么就变成了很重要的人。我总觉得应该有一个方法,让人们回到正常的轨道,回到那两个岛还没有回归时的状态,回到"奥运会"暂时还离我们很远,又或者说祖国的发展变化还没有真的引起有些人注意的那个时期。我希望人们专注自己的变化,只有这样,我才能再次看到那种热气腾腾感,那种虽然对前路的认识有些模糊却对一切积极的东西十分响应的时期。我的父母要求我上各种补习班,"奥运会"在他们口中出现的次数越来越多,它限制了我的童年。仿佛在那之前的数年,我只是为了考到北京,和父母一起去看奥运会。这就像更年幼时,我们这一代人的父母,喜欢用"大力水手吃菠菜"来鼓励不爱吃菠菜的小孩吃菠菜。

  二〇〇八年,我真的去了北京,尽管未能考进最心仪的大学,只能在普通学校中挑选一所,我毫不犹豫选择了北京的大学。冥冥之中觉得,"奥运会"三个字对我的影响,比我想象中要大。我已经从心底默认北京就是一个中心,尽管我对它一无所知。只是,家里的人,周围的人,再也不会提去看奥运会的事了。他们在电视上看,在网络直播上看,他们得到的喜悦感并不小于去看现场。但奥运会开幕式一结束,这种对奥运会的独特热情,就渐渐从我的生活中销声匿迹了。周围的气氛,从"这个国家怎么样",再次回到"自己怎么样"。人们继续热衷赚钱、买房、换大房子,而我周围一些同龄人,开始热衷海外购和出国游。大家重新关心自己,可这种消费意识强烈的关心,又不似幼时周围的那种气氛——一个热衷存钱的时代过去了,人们早已不再那么相信银行,热衷用各种名贵物品和房产来彰显身份和"投资"。快消品,从服装领域渐渐转移到互联网领域。每隔一段时间,我都能看到某个新型 App 开始火爆,但往往不到半年,这些互联网企业又纷纷倒闭。人们换电子产品的频率变高了,苹果手机从第四代之后开始质量滑坡,却又突如其来地占领了大半个市场。房价涨得很快,但突然有一天,又不再涨了。大城市走了很多人,二三线城市呈现出一副热闹却又保守的场面。我开始觉得每过一年像过去了三年一般,很多无效的密度,胀满我的生活。

很快,"集团"崛起,它收购了很多互联网小程序,集合成看似是自己独创实则每一处都能找到出处的巨型网络。这个网络,以基础聊天功能为统辖,并关联了各种游戏、购物网站、演出活动、打车租车、地图及定位系统……无数熟悉的事物朝我们涌来,然后集合成这样一个熟悉又陌生的事物,直到它纷纷占领更多人的手机,而我们只能使用它。我不知道,是周围真的变化如此之快,还是仅因为,网络为这些变化贡献了符号和标识,让这些变化显得更断裂,因而也更粗暴。人们开始过着更斩截的生活,很快能和上一小时告别,随时开始新的夜晚。但同时,一些根深蒂固的道德观,和一些不节制的当下生活,无限缠绕在一起,急需一个新的观念来统领一切。"集团"就试图做这件事。它号召更多人来这里工作,让人觉得在这里工作才是有前景的人生,它还提供很多新的职位,让年轻人谈起"集团"就觉得亲切。我像所有刚毕业的自认为有能力的年轻人一样去"集团"各个部门面试,像所有人一样参与了集装箱表演。

那场表演很壮观,我和很多人一起钻进一个巨型集装箱,接着又走进写着各自姓名的集装箱。在一阵轰鸣声中,我们整个从高处被抛下。那种独特的恐惧,因为集体的力量被消解了,有的人甚至一点不担心会有危险,另一些人则像领导人一样安排大家如何成功回到岸上。我是从自己所在的集装箱开始渗水的那一刻才意识到"危险"的,并想起幼年时学校每年重要节日的常备节目——"板凳舞"(尽管实际的舞蹈工具是靠背椅)。我是领队,站在第一排,白色芭蕾舞鞋尖跳上身旁的椅子,后半只脚轻轻落下,再一条腿跟着另一条腿迅速抬起。我需要嗅着油漆味还未散去的椅背,坚持到一首《黄鹤楼》背完。

> 昔人已乘黄鹤去,此地空余黄鹤楼。
> 黄鹤一去不复返,白云千载空悠悠。

这是属于我的独特计时方式,最初那段时间,我能在走神中跟随语调惯性,背完整首诗,而且语速偏快。可没多久,背到"空悠悠",就会自然忘词,如果不能从第一句开始就专注于这首诗,忘词就会打乱内心的计时器,在后面的同学已经完成她们的第一套动作后,忘记自己应该跳下来。

我最后一次跳板凳舞,是幼儿园毕业前一次向上级领导展示的文艺汇演上。我长高了,也胖了许多,但椅子并没有跟随我的成长变宽变长变结实,油漆味都没有了。这种清新感让我慌乱。我早已深深怀疑自己是不是还能控制椅背,可每次这么怀疑时,却又完成了标准动作,尽管觉得椅子的晃动一次比一次强烈,但最终结果是——我完成了。下学的自动铃声又一次响起时,我突然对着渗出木香的靠椅喘了口气,脸紧紧贴着红色椅背,近到终于又嗅到了久违的油漆味,只是它淡淡的,更像对我的一种安慰。接着,我脚尖点地,像主动缴械投降一般,离开了剧烈晃动的椅子,动作之快,让人不知道是我摔了下去,还是主动在某种危险来临之前逃脱了。我往前紧走了几步,接着很快退回位置上,之后的时间,我在舞蹈伴乐中丧失了控制权,尽管动作依然标准,但恐怕谁都知道我是跟着后面的同学一起完成的动作。只是我终于不再紧张,反而觉得很自在,又回到了背熟《黄鹤楼》的时期,毫无阻隔地忆起那后面几句——

晴川历历汉阳树,芳草萋萋鹦鹉洲。

日暮乡关何处是?烟波江上使人愁。

可这几句气势远弱于前面几句。一阵怪异的沮丧情绪向我袭来,我突然知道,我对"板凳舞"没有热情,我的热情在于持续做一件看起来程式化的事情,在这种长期的重复中,让自己处于一种无限高效的错觉之中。"精英",只是一种幻觉,是在误认为自己到达世界顶点之后,产生的骄傲感。可世界哪里有顶点呢?

C爬向闪烁的电子屏幕,上面的符号和对应的名字原本整齐排列着,现已然打散,渐渐组成以红、蓝、黄三色为标识的一组组新的姓名队伍。一开始只红色阵营跳动,接着三个阵营中的部分名字开始不规则跳动,到现在,每个名字之间竞争着跳动,谁都不敢慢下来,谁都不敢暗淡,变成灰色,否则,它将是被C删除的又一个数据。已经连续半年了,C每天都会在总控制室删除数据。一年前向"集团"领导提交裁员计划书后,C便不顾一切地开始进行"人员消减计划"了。她使用了核心技术部最新的研发成果,在部门内部的清查工作中,把模拟小程序植入整个"集团"员工的电脑,通过读取更多信息,筛选出上一季度和上一年中效率最低的人员名单。再结合"集团"资料库中各个员工家庭背景、学历背景等,以及各人力资源专员与不同员工的面谈记录整理出的员工精神状态报表,圈定了一个基本删除范围。其中百分之九为中下层团队领导,百分之二是"集团"不同部门的高层。

"人员消减计划"虽然一直未通过最高层正式决议,但在部分领导的支持下,计划一直顺利进行着。只是,如果成功消减掉这些人,C尚可以在"集团"继续任职,若中途出现任何问题,她就是替罪羊之一。明天早晨,当今天被删除的员工像往日一样来上班,会发现自己根本无法进入"集团"系统,登录页面只会反复告诉他们"系统错误"。更有甚者,连人脸和员工卡都不会被识别,只能站在"集团"大门外。没有通知,只有一笔结算到数据删除前工作日的薪金。随着他们的存在痕迹被消除,他们所有在"集团"的关系网也不复存在。

C脑中不停弹出往日景象——巨型控制台上方的绿色显示屏不断发出各种指令,十几台同时打开的电脑和来自不同部门的诊断信号在控制台的不同屏幕上跳转,跳转。多年来,总控制室诊断过一百多个部门每个季度出现的业务问题,但还是第一次,负责诊断员工身上的问题。C感到神清气爽,但同时又有些恐惧。大部分被清除的名字,都是入职不算太久的新员工,而仅凭工作效率来判断一个员工的价值,又让C不禁质疑。

她点开新的通讯界面,最新一条信息是明晨十点的全员大会。被清退的员工已经到达一个数值,许多人已经察觉到这一点,除了少部分人得以调到更重要的岗位,许多人连原有的步调也无法保持。他们必须承担更多工作,才能让效率诊断单上的数据看起来比较漂亮。"集团"前些年疯狂的收购计划,让大部分不同类型的企业都纳入"集团"版图,员工们不再像前些年那样可以轻易主动离职,除非他们愿意像那些消失的名字,从事一个个"集团"版图之外的简单服务类工作。C怀疑明晨大会之后她会被问话,但在此之前,她还要和下属筛选出下一批消减员工的名单。她的两名参与此计划的下属(实际上也是C"人员消减计划"任务的实际监督人),在"集团"内部的身份是核心技术部的M,还有人力资源科的Y。M的记忆比Y和C多出来五年,他常常会在工作时唱起谢东的《笑脸》,并告诉其他两人,这首歌曾在一九九四年唱遍祖国内地的大街小巷。也因为这多出的五年,在工作出现问题的时候,M会率先补救,在他所居住的黑色盒子空间,把自己重新化作一颗补丁,跳入C与Y正在读取的电子屏幕信息中,就像蜻蜓跳入大海。

今天,M建议明天删除的名单缩减到三个,并延长整个计划完成时间。最终,三人确定出明天的备选名单范围在三十人左右,而程序中跳动最为明显的只有五人,分别是——

Annie、罗林、黄鹤、Bobbie、A

前面四人分别入职低于三年、四年、五年、一年，至今仍是普通员工。而A，是刚被核心技术部兼并的原技术三组的资深员工。C三年前在一次员工大会上公开反驳了A在语音电话上提议的停止继续收购和召回一年内被遣散员工的计划。同时，A还是C进入"集团"工作之前的面试指令官之一，C当时像现在这样闭上眼，打开即时通讯设备，在面前突然出现一张打着马赛克的老年女性的脸，她的视线突然晃动了一下。在马赛克的边缘，她"看"到A的双眼处打了马赛克，耳垂偏大，戴着一对金色耳环，C怀疑是一位泰国人，又或者是一个生气勃勃的美国人。她们当时的交流十分顺畅，只有最后一个问题，C不知所措。

A问的是——

如果有一天，你的出生数据被篡改，你原有的生活秩序被移植到一个新的环境，只因为这个环境是大家认为的能匹配你智力和能力的环境，你愿意吗？

C已经忘记自己当时是如何回答的，也可能根本就没有回答，也或者她的回答让A并不满意，但A决定给她投一票，只是她删除了C回答问题的记忆。C只记得，那次通话过后，她在自己那个小盒子一般的生活空间来回滑翔，桌椅、电脑、唱片机在她面前一字排开，再被她大手一挥封进柜子中。她担心自己的回答已经让自己失去了进入"集团"的机会。C想看，她的小汽车突然在黑色地图上闪烁了一下。C启动越野模式，轮胎换了个方向，灰色小汽车再次驶入黑漆漆的地图中。

"人员消减计划"第一百零三天工作报告

Instruction C

一、本职工作完成情况

1. 完成审计部、财务部四名员工数据挑选及删除；

2. 筛选一百零四天删除的人员名单；

3. 完成"人员消减计划"模拟程序第三次升级。

二、不足及问题

1. 三人小组会议首次出现分歧，Y建议计划暂停，召回三十天内遣散员工中往日业绩相对稳定者，M附议；

2. 程序升级后，数据之间竞争更为激烈，常常出现两个名字同时闪烁的情况。

C很快读取完自己的所有工作报告，总系统盘在读取结束后自动上传了上述要点。今天从总控制室大屏幕上撤回，她感觉曾经的兴奋已离自己远去，甚至开始有些厌倦"人员消减计划"。她知道，只要愿意，她随时可以停下，毕竟没有任何一个任命通知，要求她继续在这个不存在于"集团"花名册的岗位继续做下去。在"人员消减计划"开始前的几年，C是"集团"某已被兼并的技术部门见习生。

随着第三次网络技术革命结束,大量同质化网站纷纷关闭,一部分原因是没有市场,更大部分原因则是像"集团"这样的企业巨头,开始大量收购各类中小型网络科技公司。看起来,人们的日常生活状态和十几年前无异,事实上,不止可使用的矿产资源和生存资源正在锐减,信息爆炸时代积累的冗余信息也正在占领人类的精神空间。起初是信息过多导致电子产品速度缓慢,一日一日的自动清理也无法维持使用,而这一切问题,反馈到最上面,就是像"集团"这样量级的企业,必须为信息冗余提出解决措施。C是第一批网络程序员之一,经过三昼夜不间断的信息读取和自动删除,一时间,不止"集团"研发并生产的电子产品,全国网速甚至都一定程度变快。但是,频繁的数据删除也正带来新的冗余信息。C在某日工作完成后上传工作报告时,提出"彻底删除计划",和她有同样症状的,还有M和Y。他们三人,在那一天都出现了程序错误问题,总控制室的电子屏幕上反复出现乱码。最高层不得不读取三人上传的"彻底删除计划"。

该计划提议不定期召回"集团"研发并生产的初代及次初代电子产品,统一市场上各类电子产品的型号,待总控制室中的电脑读取了所有用户的基础信息,为不同的用户设置专有存储空间,解放一大批不需要过多存储空间的电子产品。最后,将用户各自的存储空间绑定在一个更大的终端处理器上。看起来是泄露隐私,并增加了使用风险,但"集团"多年来的系统稳定性,让不少用户依然选择了相信,更何况,前些年的网络透明化发展,它的私密性早已荡然无存,人们比过去时代更擅长进行网络展示。面对如此浩瀚的信息库,也没有人会在意偏偏自己的信息就是特别被读取的那个。

只是那个时候,C还没有想要把这个计划运用到人员消减上。和所有精英意识强烈的人一样,C相信世界是属于少数人的,大量长期不作为的岗位就和冗余信息一样,需要一一清除。但如果按照程序来,清除计划面临的是整个人情社会的抵抗,而霸道的删除,则不再有这个问题。尽管十分冒险。

C的双手挥舞了一下,她空荡荡的黑色小盒子房间出现了一张灰粉色瑜伽垫。她躺上去,决定在冥想中入睡。她已经有阵子没有出现在"集团"员工的电脑上,现在她很期待明天进入"集团"后看到的景象。她不禁想起刚毕业时,老师问她——如果可以进入拥有这个国家最尖端科技和最强市场领导力的"集团"工作,她希望自己在什么岗位上。她回答的是——"让所有岗位都能高效运转的那个岗位"。当时她热血沸腾,精力旺盛,却总被迫束缚于条条框框中,"集团"并没有比过去更开化,可她又只能在"集团"工作,而现在她终于有机会一搏,这么想着,她梦见自己后背上长起翅膀,尽管在大雾漫天的夜晚,始终无法起飞,而双脚下的大海又因裹挟无数不明生物让人觉得阴森恐怖。她在梦中闭上眼,向着依然不甚清晰的天空——即使在梦中,她也在努力保持平静。

"人员消减计划"第一百五十天工作报告

Instruction M

晨 8:30——9:30 与 A 的对话

A 自请离职,并请求上级暂缓秘密执行"人员消减计划"。

晨 9:38——11:23 与 Instruction C 的对话

Instruction Y 失踪 12 小时,Instruction C 希望在 Y 归队之前暂停"人员消减计划"。

中午 12:20——13:12

二十八名被遣散员工在"集团"静坐,要求经济赔偿和精神伤害赔偿×××元,三名在职员工提出辞呈,其中一名是核心技术研究员 W。

下午 15:20——18:30

Instruction Y 的编号在总控制室大屏幕上不断跳转,成为"人员消减计划"中被系统选定的遣散员工之一。

M 眼前的视频通话端口再次出现 C 打着马赛克的脸。

"我们好像还是这样见血更自在。"C 上唇的马赛克和下唇的马赛克一上一下,像木偶动画片里的人,举止僵硬,但因为剧情需要，只能靠两片嘴唇不停吞吐着大量信息，其中也包括别人内心的表情。

"不是好像。"M道，"是本来就是。"他们长舒一口气，对着屏幕哈哈大笑。

不久前，M、C、Y决定正式见面。这是违背纪律的，但他们内心焦急，必须把彼此的想法告诉对方。他们打开各自的定位系统，原计划在午休时段进行程序交互，最终还是选在傍晚时分的总控制室电子屏幕。那个时段，"集团"员工多数已下班，电子屏幕上将闪烁着新一批正待删除的名字。之前，每天的最终删除名单都是由C决定，但近几个月，这种局面逐渐改变。M和Y在很多时候的反对，开始被C听取，这也间接说明对于"人员消减计划"，C不再像之前那么有信心。

M闭上眼，在休眠状态中等待C和Y的到来，点开一集"杀死最好者"游戏。这是"集团"十年前的一个爆款游戏，因为游戏设定的缘故，始终无法最终通关，到现在也有很多玩家在玩。每隔一段时间都有人在社交网络发布如何通关的攻略，但实际通关者始终寥寥。游戏要求玩家在游戏中的角色必须首先成为将军或者首领，接着，必须确保生者超过三人的前提下，把"最好者"找到。而大部分玩家找到"最好者"的时候，已经错杀很多无辜者，游戏中已经没有活下来的人了。M正在关键的一局，他已经是首领，在成为首领的过程中已经斩杀一些角色，现在还围绕他左右的只有大护法和二护法，以及一名女使。如果这一局杀错了人，M只能重新来过，他觉得谁也不像最好者。傍晚已经来了，在游戏屏幕的微光中，M看见身后两个身影歪歪斜斜想要进入自己所在的主页——他们先是在窗口外争吵，接着有人抵住窗口，另一个人则拼命想要进入。

"你压到我的手了。"女声道。

"你在我眼里没有手。"男声道。

这二人的声音和通话中听起来无异，但又总让M觉得怪怪的。他本是背对着他们，马上就要转身，在听到他们声音的那一刻，却迟疑了。M调亮了总控制室内所有机器屏幕的光，连同他比手掌还大的手机也显得亮了。只是一前一后的明亮之间仍有差别，M觉得离自己最近的手机屏幕依然是最亮的，因它只覆盖了他的脸，而其他机器的光照亮整个总控制室，倒显得集体灰暗许多。它们把M背后那两个人的身影拉长，M看见阴影边缘线曲折不定，两块影子的争吵声越来越大。就在其中一人想要按下遥控器时，M抢先关闭了机器总闸。他扭过头，在一片灰暗中，看见C和Y一高一矮的身躯，看见他们身体的边缘线如地上影子一般曲折不定。像从视频通话中渐渐走出来，连带双手双脚，只有衣服的颜色在飘动。女性口音的那位重又启动了机器，在五组疯狂跳动的姓名编号前，M终于看见他们的脸，那比刚才暗影中更清晰，能模糊看到眼睛、嘴唇、耳朵的位置,只是它们被遮蔽在一片透明度约百分之六十的马赛克色块中。像有人故意不让他们彼此看清对方,却又因技术有限性,而让他们又能给彼此留下印象。M只能依靠他们手中拿着的东西来判断他们要做什么,可C舞动过来的一只手只是拍了拍他道:"你好啊,M。"

"你好啊,C。"

"C?"C诧异。

"所以你到底是C吗?"Y继续问道。

"我是C。"女声站在五个名字前,"但我也有名字……"

"我们都有名字,可我们说了吗?你的名字,那是什么?进入系统了吗?我们对你来说也是一个代号,对此我们毫无怨言,这难道不也是你进入'集团'工作前就知道的吗?"M道,"他们没有告诉你吗?"

"他们?"

"对,就是那些一开始面试你的人。"

C想起"集团"面试的那天,她面前的指令们同时问她一个问题,可他们同时发问,只是为了看她的目光看向谁。那排指令中坐着当时的总裁,如果第一时间看向总裁,那么回答即使有问题,也算通过。但如果第一时间没有看向总裁,却能够每一句话都说给总裁听,才算是面试优秀。C是后者,很快被委以重任。她不知道M是不是也是后者,但从M后来的表现来看,他必然是了。M在入职一年后,就进入核心技术部从事理论建设工作,在过去,这是入职十年以上的老员工才能胜任的工作，M用一年就做到了。很多人喜欢打开页面听M谈论"集团"现今的发展局势，M会告诉他们，互联网已经穷途末路，再变出更多不同的App也只是重复过往的经验，人们需要的不仅是一个集成性的线上通道，不仅是一个以人情结构为基础建立和摊开的"网络"，更是一个把他们未经留意的生活空间进一步透明化展现给他们自己的存在——互联网对人最大的改变，就是让信息获取变得简单，加深了人们的惰性，很多人渐渐不会立体地看待事物，思维趋于二维化，而一个新的吸引人的产品，它必须具备把二维重新三维化的能力，让人们借助这个工具，进一步清晰内心的轮廓，让自己看世界的目光准确而立体。只可惜，近年来"集团"新开发的产品反响平平，不得不靠一些初代产品的回炉、复刻、升级来维持场面。然而，当M真的将自己的理论整合成实际的技术变革计划时，却一次次被驳回。上层们似乎更希望他始终在讲台上滔滔不绝，让台下的人们相信他们服务的是一个引领型企业。

"不要再说这些有的没的了。要我说。这计划必须停止。"Y道。

"停止？那前面的呢？前面的人会想要回来，只有继续让更多无用的人消失，才能打消他们的念头。"C道。

"无用的人？"M道，"你难道还不知道吗？也许我们才是那无用的人。"

"是啊。所以我们被选来折腾这个该死的计划,却不是其他人!"Y大声说。

"不,我们来进行计划,是因为我们是最好的。"

"最好的?"M道,"最好的会从事最危险的计划?最好的难道不是躲在暗处指挥一切,让我们以为对方只是一个代号的那些人?"

"我只知道,如果我们停下来,我们就真的变成了必须占领别人的跑道才有生存机会的那种人。"C坐下来,大口吞吐着总控制室仅有的氧气,她的动作让M想到一种前些年刚灭绝的哺乳类动物,它长期趴在冰层上,在冰块融化后只能抓住一小块浮冰顺水漂流,如果不幸游到温暖的地区,就会缓慢死去。他们三人都不愿再继续说下去,他们心里知道,那些他们能看到的散落在"集团"各个角落,拥有真名的员工,不被马赛克遮挡的员工,都只是为了掩饰像他们这样没有名字的员工的存在。那些在"人员消减计划"中被遣散的前同事们,他们的崩溃并不只是失去"集团"的工作,而是从那一刻,他们视线中的"集团"大楼,就只是一块铅灰色阴影中即将倒塌的马赛克。

在它倒塌之前,他们每个人都看见,"Instruction Y"出现在电子屏幕上,无数闪烁的名字之间,并渐渐吞噬其他名字的微光,成为最耀眼的那颗。

"人员消减计划"第一百九十四天工作报告

Instruction Y

一、筛选下一梯队人员消减名单，完成工作交接；

二、确定代号"抛物线"的技术员是否参与下一梯队消减计划；

三、通报C、M，本阶段"人员消减计划"完成情况；

四、讨论决定C、M、Y最终去留……

Y的工作报告还没被上级读取完毕，他就匆匆按下保存键。在"集团"工作的数年，Y每次写完报告上传，都会选择涂抹姓名。一开始，Y只会涂抹汉语名字，保留英语名字Youth，也会督促小组内其他人，把自己的汉语名字抹掉。久而久之，他就忘记了自己一开始是有汉语名字的，甚至忘记自己的英文名，而越来越认同"Instruction Y"就是他的名字。他的两个同伴，同样有过汉语名字的M（英文名Midlife），和依然认为自己有名字的C（英文名Childhood），也是如此。不过，C偶尔会在记录中留下自己的符号，有时候是一句诗，有时候是一个不属于她的汉语名字，有时候只是一些奇怪的双引号。Y依靠C留下的标记，读取了每一本员工花名册，也依然没有找到C的照片，那个写着"C"的汉语名字的工作牌，和C真正的面孔一样，凝固成一团马赛克。

在"集团"，和Y一样低着头行色匆匆者也确实不是少数，这导致Y偶尔会和他们的目光相遇。他们的脸不会变成马赛克，但他们的名字永远不会被他铭记，与这样的一排排清晰面孔相遇，反而让他倍感模糊。Y常常觉得这些人脸，只是"集团"的底色与背景，而对这些人而言，Y也同样是他们眼中的背景。Y不知道，在某些他未察觉的地方，C也许已经看见过他。只是他们都不能把对方的脸和对方的代号连在一起。Y是"人员消减计划"第一阶段收尾工作的负责人，整个第一阶段是由C牵头，由M和他从中监督和协助，现已历经一百九十四天了。按照C的设想，这一天，"集团"最后一批需要离开的员工会出现在总控制室的大屏幕上，出现在每个人的关联程序上。只是这一天真的来了，C、M，包括Y自己，都不愿意读取新信息。从Y的名字在大屏幕上闪烁，其他两个人必然已经知道了，他们也会有同样的命运。然而，虽然已经猜到了那另外两个名字，虽然自己的名字早已经出现过，Y却依然不敢看向手机。最近几日，"集团"办公室变得寂静许多，机器的声音首次超过人的声音。那沉闷，却又能准确抵达每个办公室的机器运作的声音，像一曲配乐，是"集团"员工们日常工作间隙的调剂。Y甚至有些怀疑，那一层层机器声音的热浪，其中有一些声音，也是他自己发出的。他滑动了一下手臂，眼前出现一句新的指令——

启动本市逃生路线

这也是一早定下的，当他们三人，其中有人的名字（代号）出现在"人员消减计划"的大屏幕上，另外两个人也必须离开整个小组，甚至离开"集团"。"人员消减计划"的血统必须纯正，每个参与此事的名字（代号），都不能持有对方的基础信息和资料。只是，M似乎并不打算离去，甚至想要和C共同参与下一阶段的消减计划。他们三人在过去这些时日费尽心机筛选出的名单，正在被新的名字填满。人力资源部门比过去任何一年都要更忙，短暂的高效，换来的是整个"集团"员工忠诚度的下滑。最高层无力改变这一切，只能招揽更多新人，然后再不断优化内部结构，展开新的删除计划。Y所在的三人小组，只是整个计划中的一环。他相信，M和C早已知道了这一点，只是并不像他那么愿意承认。Y看见自己的名字渐渐由红色变成灰色，接着在整个电子屏幕上隐去，就知道这是必须离开的信号。

他在GPS系统给出的线路图上胡乱开了一通，努力避开了定位系统所能监测到的所有大路，而是拐入一条小巷，从那里彻底离开本市。只是说来奇怪，Y已经开出本市很久，却依然看见同样风格的道路和相似名称的店铺，他知道这其中有统一规划的缘故，但在Y的仔细观察下，这些道路和店铺，依然来自本市郊区。Y像绕着一个圆环，不断在城市边缘打转。除非他决定再次回到被监测区域，从老路离开本市。Y开始摇摇晃晃地开车，曲线的线路迷惑了监测系统，而Y拐出的曲线，在监测系统上，呈现出一个模模糊糊的脸庞的形状。在 C 和 M 的电脑上，Y 的汽车，停留在这张面庞的下巴处，接着又转移到了头顶，继而转移到耳朵，然后便又一次变成了灰色。Y 开始一路朝前开，道路越来越漆黑，他的车灯不管怎么打，都似乎照不亮前方。Y 的黑色小汽车内大声放着音乐，是上世纪九十年代初的香港情歌。首先出场的是一个叫张国荣的歌手，他的脸借由立体系统，已经出现在 Y 的驾驶盘前。Y 对他很陌生，但想必 M 对此颇为熟悉，Y 想起，这辆小汽车，本来也曾是 M 使用的，后来才由他和 C 共同使用。

在一阵因疲惫产生的恍惚感中，Y 重新回忆起"人员消减计划"中，每一个被遣散员工的名字，他们和那些曾与他在"集团"相遇的脸庞合二为一。这些人，曾多次向他、C、M 表达自己决心再次展现的实力，渴望重新回归"集团"的想法——毕竟，只有在"集团"，能有他们渴望从事的岗位。Y 想起自己找工作时，"集团"还不像现在这么被职场人青睐，那时候，他们这一代毕业生，还有很多选择，甚至很多人，从事专业不对口的职业。可后来，这一局面就改变了，大城市留不住人，二三线城市成为收纳更多毕业生的核心场所，大学本科教育，变成培养实践型人才的基地，如果专业不对口，就必须通过严格的考试，才可以从事非本专业工作。Y 不知道，在这种情况下，"集团"是怎么招来的新人，也或许，就像他当时那样，被拉去很多个保险公司，听了一场场热血沸腾的招聘会，听着每一个前来介绍的人讲述的卖保险的前途,每个前去"听讲"的人面前电子屏幕上,都展示着一个个鲜红又虚假的数据。他们那时候不知道,大学招聘会是很多企业宣传自己的方式,而他们实际上并不需要这么多人。"集团"也是同样,它知道自己不需要那么多人为自己服务,但它需要让更多人知道自己的存在,直到这个国家所有人都知道自己的存在。这种宣传策略下,必然有更多岗位是无效的,保持这种无效的运转,维持虚假的繁荣,也需要更多人的存在。而"人员消减计划"这样一轮轮筛选下去,最终每个人都会出现在电子屏幕上。因此,这些新人的入职,新人名字的出现,就是为了抵消可能出现的"集团"领导的名字。可哪还会有这么多年轻人呢?他和C,和M的存在,他们的出生,从一开始就是为此服务,直到他们自己,也出现在"人员消减计划"的删除名单中。因为,"人员消减计划"不得停止。Y想着,突然一阵头痛,他脑中不断闪现出一九九九年的场景,还有二〇〇八年的场景,他终于能辨认,那些场景,都是他人视角,那些场景,右上角都有电视台的台标。那不是他的记忆,只是他也只能有这样的记忆。他想起他的生日比C早了几天,比M晚了整整五年。在更早的时期,M孤独地工作着,从来没有像他和C这样,渴望开着小汽车走出自己的边界。Y想着,导航系统已经响起林志玲的声音——

昔人已乘黄鹤去,此地空余黄鹤楼。

后 记

二十岁以前,我不是那么关心自己,反而始终在关心,有没有度过有意义的一天,有没有和"理想"待在一起。我那时的理想很朴素,有时候是完成一幅不错的画,有时候是写一篇自认为还不错的小说。如果这些"理想"无法实现,我甚至会极端到哇哇大哭。那时候,我心中没有自己,热情关心朋友们的创作,关心更远处的事物,以为世界就是按照我内心的期待在运转,我认为我关心世界就是关心自己,我不知道世界真实的运转逻辑(却还以为自己知道),从来不知道它真实的面貌(却以为自己竟可以有能力关心)。一旦我觉得无法得到符合期待的回应,就会对自己不满意,觉得一切都不正确了。

也是那时,我很喜欢一部电影《昨日女孩》,结尾有一句台词,到现在也记忆犹新——"如果我们能为万物承担责任,我们早已在地上拥有天堂了"。有一段时间,每当我因为生活中大大小小的事务沮丧时,就在内心默念那句话。它提醒我,我真正想做的事,从来不是单纯的个人理想的实现,我希望生活在一个人们能够互相理解的世界,我渴望能创造那样一个世界，那样一种秩序。但这种愿望带给我的，不是深入理解和了解世界，反而是逃离，我总是试图逃离所有让我不适的环境，生活在积极的安全带之中。这让我变得矛盾，一方面觉得自己应该跟拥有完美秩序与系统的古典人物生活在一起，一方面又不愿意让自己与当代生活过于疏远，我希望我能建立一条属于自己的生活的缝隙，为这个世界踏踏实实做点什么。

但那时候，我并不那么清楚人与人是如此不同，我以为，全世界的人都应该和我一样有这种朴素的愿望。直到我发现，在实际的人际交往中，我始终都在按照自己的方式来，从来没有真的明白对方的想法，甚至对那些我渴望奉献的事务，也依然按照自己认为正确的方式，导致我始终在获得适得其反的效果。我也因此发现，所有做的事情，它只对自己有意义，而不是像我以为的，在做对别人有意义的事。如果我决心与我心中那个世界生活在一起，那首先我要做的，是与一个不那么完美的世界相处，与始终无法获得自己满意的"自己"相处。

可能以上这些问题，对许多人而言早已是十分简单的道理，但对我来说，却是十分艰难的一段心路。我无法在眼前的世界中看到一个比较好的生活的模板，因此只能一点点调整身上的问题，直至努力接受那些我自己无法改掉的问题。我把自己当成一个世界，我觉得只要把自己调整到一个合适的温度，我与世界的相处，也会渐渐变得平和。

我不能说这种方式就是正确，或者唯一正确的，但对我自己来说，我只能使用这样的方式。

《象人渡》里的六篇小说，都是在这样的背景中完成的。小说里的人物，无论是《接下来去荒岛》中的"我"，《东国境线》里的郑东阳，《雍和宫》里的项奕，《象人》里的母亲，《二流小说家》里的 A 等等，无一例外都面对着一个艰难的处境——精神上再往上一步很难，曾经的热情被具体的生活细节打散，又不愿意安安分分在普通的生活中完成一件件小事……要么逃离去完成或许可以实现的理想，要么就真的再努力一把，寻求那始终存在，但已经很微弱的向上的呼声。

这个呼声，并不是让这些人区别于"普通人"的方式，而是他们因为自己的本性，敏感到别人没有敏感到的问题，从而保护那些没有认识到问题的人，我认为这是人承担责任的方式。尽管这本书中的人物，我觉得还没有做到足够好，但也提供了他们的努力过程，我认为这是值得记录下来的精神历程，并愿意把这样的过程分享给需要继续向上走的人，希望每一个这样的人，都能把内心的孤独，转变成更为具体的力量，拥有能把别人的不理解，也一并理解了的能力。

最后，《象人渡》在写作过程中，入选上海市文化发展基金会 2018 年第一期文化艺术资助项目，及驻马店市第三批"四个一批人才"文艺类作品。感谢上述单位的鼓励和支持，并感谢上海文艺出版社以包容之心出版了这部风格多元的小说集。

图书在版编目（CIP）数据

象人渡/王苏辛著.-上海：上海文艺出版社.2020
ISBN 978-7-5321-7171-2
Ⅰ.①象… Ⅱ.①王… Ⅲ.①中篇小说－小说集－中国－当代
②短篇小说－小说集－中国－当代 Ⅳ.①I247.7
中国版本图书馆CIP数据核字 (2020)第016176号

发 行 人：陈　徵
责任编辑：于　晨
封面设计：居　居
内文版式：钱　祯

书　　名：象人渡
作　　者：王苏辛
出　　版：上海世纪出版集团　上海文艺出版社
地　　址：上海绍兴路7号　200020
发　　行：上海文艺出版社发行中心发行
　　　　　上海市绍兴路50号　200020　www.ewen.co
印　　刷：上海天地海设计印刷有限公司
开　　本：889×1194　1/32
印　　张：9.625
插　　页：2
字　　数：177,000
印　　次：2020年5月第1版　2020年5月第1次印刷
Ｉ Ｓ Ｂ Ｎ：978-7-5321-7171-2/I · 5921
定　　价：45.00元
告 读 者：如发现本书有质量问题请与印刷厂质量科联系　T:13817973165